# 來自大唐的情人

西嶺雪◎著

來自大唐的情人

【目錄】

# 一　大明宮皇城根兒下的棄嬰

養母在大明宮城牆根兒下吊嗓子，「咿——呀——」的高音夾著我稚氣的笑聲。

**從此**

　我成了唐講師和周女士的義女，

一個擁有十八隻金鐲子和不明身世的謎樣女兒。

　殷墟是商的廢都，西安是唐的廢都，

**我**

也是生母記憶中，一座被廢棄的都城吧？

舊時王榭堂前燕，飛入尋常百姓家。

唯一的知心朋友，只是城牆上一個叫作「秦鉞」的名字。

我是一個棄兒。

我的父母是誰，爲什麼要拋棄我，我的具體出生年月日是多少，關於這些我都一無所知。

有文字記載的歷史才算歷史。所以中國的歷史是自殷墟開始，而我的歷史自西安北郊大明宮遺址的南牆根兒開始。

殷墟是商的廢都，西安是唐的廢都，我，也是生母記憶中，一座被廢棄的都城吧？

一個女人，對一個男人癡心到肯爲他生孩子的地步，愛的程度一定不淺。然而最終還是留下了我這樣一個始亂終棄的廢物，原因一定很不得已。

是個纏綿緋惻的故事吧？

養父母說，那是個冬天，呵氣成霜，我被裹得很暖，並不哭，躺在襁褓裏骨碌碌轉著眼睛，完全不知道自己的命運已經被轉了手。

養母周青蓮早起到大明宮牆根兒下吊嗓子，有霧，空氣黏濕陰冷，隔幾步就看不清人。她清清嗓子，開始唱：

「啊——咦——良辰美景奈何天，賞心樂事誰家——」

忽聽得「哈」的一聲笑，天真稚氣，不由得嚇了一跳，那個「院」字也就此咽住。低頭一看，才發現十幾步遠的地方隱約有一點兒紅。走過去，竟是小小的我在咧開嘴笑。

這，就叫緣分吧？

於是我的有記載的歷史，就從那會兒開始了。

周女士至今還保留著我當年的資產：一套大紅真絲面子雪白紡綢裏子繡著百蝶穿花的棉襖褲，罩著大紅緞子壓金線的毛脖大氅，從手腕到臂彎兩串黃澄澄新炸的金鐲子，成色足還是其次，難得的是雕工精美，粗細均勻，分量相當，而樣式個個不同，絞絲的也有，纏枝的也有，雙龍戲珠也有，雲破月來也有，喜上梅梢也有，一共十八只，神氣非凡。

這使我的出身更加撲朔迷離。

按說擁有這樣十八只金鐲的母親生活一定不困窘，那又爲什麼一定要拋棄我呢？還有，慷慨得連生活費都留了下來，爲什麼卻不肯留下片言隻字，至少，應該像棄嬰慣例那樣，留張字條寫明我的出生年月日也好呀。

以至於到今天，人家問我芳齡幾何時，我還一邊響亮地回答著「廿三」，一邊心虛地想，或者是廿四也未可知？

啊，差點忘了說，當時我還穿著鞋的，也是大紅真絲繡花，質地和繡工都無可挑剔，絕不是一般百姓人家淘澄得來的。花樣兒也不是普通的「五毒」或者「福祿壽」，而是五彩祥雲托舉著一對兒燕雙飛，燕做紫色，雙翼如剪，栩栩如生。據說，養父爲我打開襁褓，脫到那雙鞋時，點頭嘆息：「這女孩子出身不簡單，非富則貴，莫不是『舊時王謝堂前燕，飛入尋常百姓家』乎？」

養父唐中華是西北大學古文學講師，平生至大愛好即是古董鑒賞。可是我那串金鐲子因爲新炸過，已經無法判斷年月，而那樣精美的刻工，唐講師說，就是古代王宮飾品也少有那麼講究的，一句話，其價值難以估計。

唐講師因此給我取了單名一個「豔」字，音同「燕」，暗喻著王謝堂前燕的意思。

養父母都是很開明的人，他們從不忌諱談起收養我的經過，讓我一直記得他們對我的恩賜。

我像念聖經那樣，每日在三餐一寢前重複：感謝父母，賜我生命與食物。如果不是你們，我現在早已凍餓而死，你們的恩德，我將永誌不忘。阿門！

——最後一句是我自己悄悄在心裡加的。

我們的關係，始終更有點像賓主，而多過像家人。

因爲熟知自己的歷史，我成了一個太早有過去的人，遠比一般同齡小孩早熟得多。

我通常很安靜，安靜得彷彿不存在；但是給我機會說話的時候，我又會說得很急很大聲，好像害怕過了時段便沒機會給我講話似的。

生命中一切的喜悅與悲哀我都視爲一種機會。

或者說，一種恩賜。

因爲如果我沒有被收養，那便連悲哀的機會也沒有。

不，也許正相反，應該說悲哀便從此永恆——在我尚不懂得什麼是悲哀的時候。

所以，悲哀也是生命恩賜於我的機會。

我以仰望神明的姿態仰望我的父母，自小堅信，如果真有觀音菩薩，也就是母親那樣子。

母親是標準的美女，出生在粉墨世家，於穿衣打扮上最是講究，且中西結合，古爲今用。一面灑著外國朋友贈送的「阿瑪尼」香水，一邊年年養著俗稱「指甲花兒」的鳳仙做寇丹。

而且，她是西安城裏少有的每天洗頭的女子，因怕傷了髮質，從不用吹風機吹乾，半濕著披在肩上，坐在鏡前一下下地梳，嘴角含笑，眉目留情，姿勢節奏都若合韻律，有無限的風情。

而她的風情又都是落在實處的——每當此時，父親總會擱下筆，倚著書桌含笑望著，興致來時，還會吟上一兩句「頭上倭墮髻，耳中明月鐺」什麼的。

我非常尊重且敬愛我的養父母。

剛出生便被生身父母拋棄是人間至大不幸，但能被唐中華講師和周青蓮女士收養，卻是不幸中之大幸。

我對生命並無抱怨。

只不過總是有些擔驚受怕，擔心自己做得不夠好，會被他們重新攆出去——雖然並沒有人給我這樣的暗示。

我從小就很懂事，懂得看大人的眉眼高低說話，因爲知道哭泣也不會帶來疼愛，所以自幼便極少哭。第一次掉牙齒，是笑著拿了落齒對母親說「牙掉了」，第一次落紅嚇得要死，也是笑著對母親說「我屁股出血了」。

而且我的功課是好的，尤其作文，每每被當成範文由學藝股長一筆一劃用粉筆謄在教室後面的小黑板上讓大家學習；還在小學三年級，名字已經多次出現在廣播電臺舉辦的中小學生暑假作文比賽獲獎名單裏。

但這些也都未能讓父母因此疼愛我超過疼愛我哥哥。

哥哥唐禹犯了錯，父親會抓來打屁股，但打過之後，母親會摸著他的屁股掉眼淚，不住聲地問「想吃些什麼？」於是哥哥便帶著淚花兒，受了老大委屈似抽抽泣泣地說，想吃羊肉泡，想吃葫蘆頭，想吃辣子雞。

自然，媽媽做那些美味珍饈時總不忘也盛給我一碗，可是那滋味是不同的，是正品的附贈品。

因爲佐料裏少了一味，叫作憐惜。

父母從來沒有打過我，他們當我大人一樣地同我講道理。

有一次我不小心打碎了父親一只挺貴重的清雍正年間出產的景德鎮青花瓷瓶，父親心疼得眼圈兒都紅了，卻仍然沒對我動一根指頭，只是把自己關在書房裏生悶氣，連午飯也沒出來吃。

可是這只有使我的心更加難受。尤其看到媽媽不住望著書房門憂心忡忡的樣子，我的胃裏就堵了千斤重石。那天中午吃的是韭菜炒雞蛋，我很努力地吃了小半碗飯後起來倒水喝時，忽然一低頭，「哇」地一下把剛吃進去的飯全部吐了出來。

當時我第一個念頭就是：壞了壞了，我又闖禍了。緊接著意識到如果這要是哥哥吐了，媽媽一定會格外心疼他，當他心肝兒寶貝般地緊張著。心裏一陣悲哀，我吐得更厲害了，最後幾乎要連膽汁也吐出來。

媽媽忙著給我端水漱口，最後連父親也被驚動了出來，到處給我找藥。

我更加歉意，看著父親的臉說：「對不起。」一語未了，眼淚「嘩」地流了出來，可是忍著不敢哭出聲。媽媽便說：「一家人有什麼對得起對不起的，快，不舒服趕緊上床躺著去，別哭，哭什麼？好好睡一覺，起來媽重新給你做吃的，想吃什麼，只管說。」

終於，我第一次享受到了哥哥的待遇，可是滋味原來卻是這般的難受。那以後，我更加小心翼翼，因爲清楚地知道了我和哥哥畢竟不同，索性再不覬覦貪嘴。

那件事的另一個後遺症是，我從此再也不肯吃韮菜，聞到韮菜味兒就會噁心。而且，我開始留意古董瓷器，一心想為幼時的失手補過。

是從那時起開始對舊貨感興趣的。

買了許多資料回來生吞活剝，不懂的地方就向父親請教，興趣日漸廣泛，陶瓷古幣乃至金銀玉器都有所涉及。其中最為留意的，還要屬古董首飾。

一直記得父親當年說過的話：那一串十八只雕花金鐲子，就是古代皇宮裏也未必有這般精緻的物事。翻了許多的資料，漸漸知道金飾價格不只在黃金本身，而要看年代與工藝。在我國，金鐲作為飾物始於唐宋，興於明清，雖說黃金有價玉無價，然而一副雕工精美的宋代雙龍雕花金鐲價值還在完美古玉之上。

我看過許多古代金飾的彩色圖片，掐絲鏨玉，金碧輝煌，但不過是一件半件，像我手上這種成套金飾就是收藏書目上也還未見記載。只可惜無法鑒定年代，如果是明清以前出品，說是價值連城也不為過了。

因此便有了許多的暢想。

想我的祖上也許是一位貝子或者格格，至少也是皇親國戚，名門望族。想鐲子也許是我父母當年的定情信物，他們因故失散了，相約某年某月在大明宮遺址相會，他們並不是要拋棄我，只是把我在那裏放了一下，暫時走開，養母錯以為無人理會才把我誤拾了的。想我擁有這樣名貴金鐲的生母一定是人物風流，氣度高貴，不食人間煙火，說不定就是三聖母下凡，偷食禁果，被二郎神追捕，才不得不離我而去，金鐲子就是寶蓮燈，是我一生的護身符……

給自己編故事成爲我的專長。無窮的暢想中，我一年年地長大，對古玩的鑒賞品味也越來越高。

父親很高興我與他興趣相投，也很注意培養我這一點慧根，真正稱得上是誨人不倦，每逢有玩友新得了寶貝捧來諮詢，必喚我出來一道玩賞。客人自然免不了要說些「虎父無犬女」、「家學淵源」、甚至「遺傳基因」之類的恭維話，每逢此時，父親總是笑而不答。

而我的幻想中不禁又增加了新的更具體也許更荒誕的內容，幻想自己乾脆就是父親的親生女兒，所謂大明宮拾嬰云云根本是個故事，父母編排來逗我玩兒的。否則，我們父女又怎麼會那樣投契，連心志趣味都如出一轍呢？

於是便有那麼一段時間的忘乎所以，甚至學會使小性子撒嬌了，一有機會就纏著父親帶我去小東門「鬼市」淘金。

多半是在年節前後，天寒地凍，而我毫不覺冷，因爲那一刻是同父親最爲接近的時候。那種急急趕路的興奮是細微而隱秘的，因爲不知道會遇到什麼，便格外奇異而愉快。

天剛濛濛亮，塵土與曉霧交織在一起，一切都朦朧而虛幻，卻依稀看得見朝陽門裏一點點的紅燈籠，在昏暗中東一隻西一簇零星地亮著，遠看著猩紅的一點，走近了卻仍覺得遠。燈下的人與物也都模糊，影綽綽地忙碌著，買的人和賣的人都把聲音壓得低低的，嘰嘰喳喳地彷彿密斟。

但是貨是好貨，一只晚清年間的玻璃內畫的鼻煙壺，一柄綢面已經殘了圖畫卻還鮮活的舊扇子，很可能是上百歲的古物兒，小販們從無知鄉農手上淘來，於此與你有緣相遇的。最難得的是價低。許多年後我在北京琉璃廠東街見過賣香袋兒的，金線銀扣，分明是現貨故意做舊，竟然索價八百元。而這裏真是正宗的古貨，卻不過要你八十，還有得還價餘地。

我只覺眼花繚亂，又想擁有，又怕上當，不論買不買都要同父親討論一番，心裏滿滿的都是喜悅新奇，不禁有些得意忘形。

轉眼看到一支壘絲金鳳釵，忙忙搶在手中反覆把玩，問父親：「這就是《紅樓夢》裏『懦小姐不問壘金鳳』的壘金鳳吧？」

父親笑笑說：「同你那鐲子倒像一套。」

彷彿被誰打了一掌似，我猛地一呆。

原來父親是記得的，我並不是他的親生女兒，不是。

許久以來，當我們兩父女沉浸在陶壺玉盞的古香古色裏留連忘返時，我曾經刻意而奢侈地忘記過許多事。

可是現在我知道，時時刻刻，父親記著我的來歷，記著我的金鐲子，記著大明宮的撿拾，記著他對我永遠的恩賜。

他記得，我自己當然更不應該忘記。想忘也不可以。

心忽然就空了。

忽然誰喊了一句什麼，「嘩」地一聲，人群說散便散，小販從我手上搶過釵子便跑，我腳下猛地打了個趔趄，父親忙將我一把拉住，險險沒有撞倒。

一轉眼人群已經散盡，連個影兒也不留下，燈籠也都刷地滅了，讓人簡直懷疑剛才的一切都是夢。

可是手上被金釵刮破的血痕是真的，城牆根兒下逼擠的小巷是真的，手搭在我肩上維護著我的父親也是真的。

天地間彷彿只剩下我們父女兩個人，如此親近，如此熟悉，然而我們，畢竟是不相干。

我望著父親，心中莫名傷痛。

我與他，畢竟是，不相干。

那以後，再不敢幻想自己是父親的親生女兒，也再沒去過小東門。

後來知道，小東門「鬼市」的生意其實是違法的，貨的來路也多半不正，不是國家明文規定不許轉手買賣的文物，就是小偷「順」來的賊贓，因爲急於出手，所以才會低價求沽。人們管它叫「鬼市」，因爲它只有黎明才開，太陽一出集就散了，所以又叫「露水市」。

但我卻想，這個「鬼」，未必就是「孤魂野鬼」的「鬼」，倒是「鬼鬼祟祟」的那個「鬼」吧？

事實真相原來如此醜陋粗鄙，我更加惆悵。

晚上夢裏聽到鐘樓敲鐘，驀地想起一句詩：「姑蘇城外寒山寺，夜半鐘聲到客船。」忽覺萬般孤寂，淚水忍不住奪眶而出……

這樣的不快樂，也還是一天天長大了。

於是知道成長與快樂無關。

我更加沉默懂事，也更加落落寡合。除了尊重和疏遠，始終不大懂得該怎樣與別人打交道。

國文課上老師讓用「形影不離」造句，每個同學都說出自己最好朋友的名字，「我和小麗形影不離」「張強與我形影不離」……

我不甘示弱，便也說：「秦鉞是我的好朋友，我們每天一同上學，一同回家，無話不談，形影不離。」

老師給我打了「勾」，說我用詞準確，描述形象。但緊接著她問我：「秦鉞是誰？」

「是我最好的好朋友。」我無辜地回答，毫不遲疑。

於是同學們都知道我有一個好朋友叫做秦鉞。

沒有人知道，其實「秦鉞」是不存在的，它只是一個名字，沒有具體形象，也沒有身分年齡。它就刻在城牆磚上，一指粗細，時斷時續，有種披肝瀝膽刻骨銘心的感覺。

第一次發現它，是在一個秋日的午後。

鋪滿了城牆根兒的微微泛黃的梧桐葉，落了一地卻依然芬芳著的月季花瓣，還有帶著雨意的清涼的風，讓我一直清楚地記得，那是一個秋日的午後。一直一直，忘不了。

卻不記得是爲了什麼要躲到城牆上來流淚的了。

一個養女是無權在家中哭泣的，於是隱忍已久的委屈便只有交付給沉默的古城牆。一踏上那厚實的城牆磚，城下的人事凡塵就立刻遠了，淡了，於是我成了古人，不再爲今天的瑣屑而煩惱。

我輕盈活潑地在方方正正的城磚上邊跳格子邊追著自己的影子玩兒，正像是一個十三歲少女應該做的那樣。累了，便坐在城頭閉起眼睛嗅那雨後帶著青草氣息的微涼的風。

雨早已停了，天上的雲絲絲縷縷，很淺很淡，隨風浮泛著，使天看起來這樣澄澈渾圓。我的心在藍天下舒展成一朵輕柔的雲，而思緒便隨那清風飄遠，飄向碧藍如洗的天邊。

不知道是第幾次跳跳停停的時候，我發現了那名字——以某種利器深深刻在城磚上的名字——秦鉞。

忽然之間，心彷彿被什麼撞了一下，我忍不住跪在那名字旁，用食指一遍遍順著它的筆劃摹寫著，每寫一遍，便感覺同這名字更親近一分。

秦鉞，秦鉞，秦鉞……這是一個人的名字吧？是男人還是女人？是老人還是年輕人？他是做什麼的？爲什麼會在這裏留下自己的名字？是和我一樣孤獨無助的孩子麼？

我對他說：「別怕，我會陪著你。我會常來看你。」

我坐在城磚上，開始對他講述我的故事，關於大明宮的緣起，十八只金鐲子，父親和他的古董收藏，母親的秀髮與歌喉，還有我在學校的功課和交際……

等到走下城牆的時候，「秦鉞」已經成了我生命中第一個摯交知己了。

從此再傷心時便有了自我安慰的好去處。常常在城頭徘徊到露濕裙裾，那感覺彷彿在等待一個久候不至的親密友人，有一種隱秘的歡喜，又有一種淡淡的淒涼。

父親說，西安的城牆是中國古代城垣建築保存最完整的城牆，也是世界上現存規模最大、最完整的古代軍事城堡設施。它牆高十二米，底寬十八米，頂寬十五米，原有城門四座，東名長樂門，西名安定門，南名永寧門，北名安遠門。每門建城樓三重，城樓在裏，箭樓居中，閘樓在外，牆頂內側有護牆，外側有垛牆，端的是炮轟不爛，槍打不進，甚至連地震旱澇也無奈它何。

西安城牆是老百姓的定心丸，是豪門大族的老家長。古人喜歡用「固若金湯」來形容堅實，這四個字用在西安城牆上最恰當不過。歷史上不知發生過多少次沙暴、饑荒、戰亂，然而天災人禍都止於城牆。日軍侵華，打到西安就不打了；國共內戰，到了西安也自會和平解決。

它的修建，最早可追溯到漢，由漢修到唐，由唐修到明，一次次翻修完繕，直至今天。修這城牆，也不知累死了多少匹騾馬，耗費了多少人心血。至於石刻，也許便是修城人或者築磚人的名字吧。

歷史的人都走遠了，歷史的城仍在。於是那些修城的人便因了這城磚而不朽。

那已不僅僅是歷史，更是信仰。老百姓心甘情願地維護著他，背負著他，也心安理得地享用著他，依賴著他。而我，則毫無保留地信任他，愛慕他。

最喜歡在暮雨的黃昏，緩步登城，四顧蒼茫，天地混沌，前不見古人，後不見來者，念天地之悠悠，獨愴然而泣下；又或者找一個月光皎好的晚上，輕拾裙裾，沿階而上，輕輕唱起一首有音無字不成曲調的歌兒。

這個習慣一直維持到我上大學。

我考取的是北京大學的新聞系。父母為我舉行了隆重的慶祝宴，要我對親友一一告別。可是我心裏最捨不得的，卻只有古城牆。

第一次，我在城頭流淚不是為了委屈。

寄人籬下近二十年，終於有機會飛離那個屋簷，只覺海闊天空，呼吸自由。雖是初次離鄉，卻全無去意彷徨，倒似乎歸心似箭。

四海為家家如寄，處處無家處處家。

其實，到哪裡算是「去」，又到哪裡算是「歸」呢？

走的那天，父母命哥哥為我送行。擁擠的車站，滿是淚眼相望的多情人，而我和哥哥只是微笑著。

哥哥說：「寫信回來。」

我說：「一定。」

哥哥又說：「別忘了我們。」

我答：「不會。」

再沒有別的對話。

從小到大，我和唐禹一向無話，沒同他吵過架，也從沒試過向他撒嬌。兩兄妹相敬如賓，和氣而不友愛。

但畢竟只有他來送我，畢竟就要告別我自幼看慣的古城牆。火車駛動的一刹，眼淚還是流了下來。

不爲什麼，也許僅僅因爲在車站。就像人們會在春天戀愛，會對陰雨嘆氣，有時喜怒哀樂也不過是一項反射動作。

車窗上有微微的塵土，我用手指在上面劃了「秦鉞」兩個字，摹寫太多遍了，幾乎熟極而流。

我看著那名字，輕輕說：「我會回來看你的，等著我。」

# 二

## 美麗的黛兒有多少顆心

**我嫉妒黛兒。**

她的漂亮，聰明，活潑，富有，以及「濫交」，

在我內心深處，都引起一份深深震盪。

這樣美麗的一個女子，卻沒有靈魂。

**可是**

誰又能同美麗生氣呢？

有的人，生來就是為了討債，有足夠的資本揮霍享受，**像黛兒**；

而有的人，卻注定一出世便要負債累累，償還不清，**像我**。

北京給我的第一個感覺，是大和傲。

馬路寬敞平整，交錯縱橫，從二環、三環一直修到四環、五環、立交、高架，車水馬龍令異鄉人迷失的不僅僅是方向，還有自信。

人們在不明事物前，總會有一點信心不足。北京幾乎是強制性地讓外鄉人陷入尷尬與猶疑。於是這便更加強了北京人的傲慢。

西安人也很傲，但是那種心虛的無奈的硬撐著的傲，是阿Q「我們祖上先前也闊過」的那種傲，是井底之蛙拒不承認天外有天的盲目而自欺的傲。

北京人卻不然，他們是青蛙看到了天，便以為天是牠的，理直氣壯而目空一切地傲著，好像生命的目的就是為了驕傲，沒了驕傲就沒了活著的意義，每天就為了尋找傲的理由而絞盡腦汁。年輕人因為天子腳下而傲，他們的傲是具體形象，生辣鮮活的，這表現在他們每天興高采烈地販著最新的消息最酷的經歷最刺激的感受最廣泛的人脈，哪怕在最無聊的話題前也不忘帶上國際軍事形勢或者國內經濟走向，以顯示自己眼觀六路耳聽八方手眼通天無所不知，而每一次酣暢淋漓的談話後，他們便更增加了一分作為天子腳下首都人民近水樓臺先得月的驕傲資本；與年輕人不同的是，老一輩的傲與自矜則是為了大宅門的典故歷史，為了皇親國戚的流風遺韻，為了滄海桑田耳聞目睹的不俗經歷，讀萬卷書不如行千里路，而行千里路又不如經百年事，雖然也都過去了，可是畢竟時日還近，門楣窗櫺、石馬玉獸，總留下那麼點兒真跡，實實在在地訴說著曾經的輝煌，使這傲也便落在了實處。

在西安時，總聽到老陝罵京油子：「傲啥傲，才做了幾天首都人民？」

北京人則乾脆得多也張揚得多，直接罵盡天下狂人：「你有錢，你有錢買前門樓子去呀！」

可我覺得，前門樓子未必比得過西安的南門甕城，萬里長城則與兵馬俑不分軒輊，而西安還多著個古城牆呢。

一個城市要有城牆才可以稱之爲城。

西安是一座真正的有尊嚴的城。

它四面連綿不斷的城牆使它歷經千年滄桑而仍有一股帝王之氣，就好像歐洲貴族冠在姓字前的「馮」或者「德」，到今時貴族雖然沒落，貴族的氣質卻依然鶴立雞群，不容混淆。

身爲十三朝古都的長安子民，我自覺沒理由在北京人面前感到自卑，但也不屑爭鋒，於是仍舊採取我行我素獨來獨往的老作風。

巧的是，與我同宿舍的陳黛兒也不喜歡北京人，在班會上公開罵他們是「遺老遺少」，私下裏對我說：「考進北大的人一個比一個傲，北京當地的就更傲，可是你，卻比他們都傲。」

我嚇了一跳：「我？」

「就是你。」黛兒讚許，「可是你傲得有氣質，一種，一種……憂鬱的氣質。我喜歡你！」

黛兒最後這樣結論。

我微笑。

沒有說出口的是，我也相當地喜歡她，第一眼見到已不禁喜歡。

愛美也是一種反射動作。

黛兒來自浙江台州，典型的江南少女，嬌俏柔媚，是一朵花初初盛開，正在香豔的極致。

這樣的女子，身邊自是有許多追隨者，她的愛情故事，每星期都要換一個男主角。張三李四，甲乙丙丁，而她來者不拒，對每個人都很好，說話時一雙眼睛毫不躲閃地望著對方，春波蕩漾，若含笑意，不發一言已將對方俘獲。

古人形容美女的眼睛是秋波，黛兒的卻不只是波，而是浪滔滾滾，不顛倒眾生也淹死眾生。她自己，則是迎風破浪的小船，永遠浮在海面，誓不同沉。

所以我雖然喜歡她的美，卻不贊同她的恃美而驕，豔幟高張，於是刻意疏遠。

但是有一天一位物理系的研究生何培意——也是苦追黛兒的死士之一——特地捧了只彩釉瓷碟來奉獻給黛兒。碟子中間繪著數朵豆蔻，鑲邊一圈丁香，圖畫豔麗細緻，正是釉上彩獨有的特色。

黛兒愛不釋手，捧著碟子翻來覆去地看，又努力辨認那小字：

「『丁』什麼什麼『上』，『豆』什麼什麼『頭』……」

我心裏一動，脫口而出：「眼兒媚。」

「什麼？」黛兒不解。

「相思只在，丁香枝上，豆蔻梢頭。」我輕輕吟誦，看黛兒仍是一臉茫然，不禁嘆息，耐心解釋：「這是一句詞，詞牌名叫作《眼兒媚》，那行字多半便是『丁香枝上，豆蔻梢頭』。」

「眼兒媚？」黛兒喜笑顏開，「好別致的名字。」又喃喃地念，「丁香枝上，豆蔻梢頭……」

我看一眼何培意，那呆子早已滿臉漲紅，可是眼中癡癡迷迷，滿是對黛兒的渴慕熱愛。然而黛兒正眼也不看他，只急著問：

「那你說這碟子是不是真品？」

我接過瓷碟，輕輕敲擊，又細辨其花紋，肯定地說：

「這只瓷碟釉面細潤，很少雜質，光澤自然含蓄，沒有一點浮光，必是真舊。」

「你怎麼知道？如果是仿製呢？」

我教給黛兒：「你從這側面看碟子，是不是有一種貝殼般的自然光暈？這在術語中叫『蛤蜊光』，絕難仿製，是康熙瓷的獨有特色。其他的清代瓷，像雍正官窯彩瓷多半為粉白釉底，乾隆官窯釉面堅致勻淨，道光瓷呈波浪紋，到了同治期間，瓷釉泛白，胎質稀鬆，已呈現式微之態。而近代仿品，瓷器中有『火氣』，瓷質不會這樣含蓄柔膩。所以，這八成是一件清代康熙年間的五彩釉。」

黛兒五體投地，用一雙如波似浪的媚眼兒欽佩地看著我說：

「你怎麼會知道得這麼多？」

和黛兒是這樣子成爲朋友的。

黛兒是個熱烈的蕾絲迷，喜歡一切帶有蕾絲花邊的衣飾以及所有蕾絲性質的玩物，包括仿的琺瑯盅兒，玳瑁梳子，景泰藍雕花鐲子，金步搖的鳳頭釵兒，雙面繡的蘇州絲帕，甚至舊的梅蘭芳的上色劇照，林林總總，搜集了一大堆真假玩物兒，自然十九都是她那些裙下之臣進貢的。其中或者也不乏一兩件有價值的古董珍藏，只是她自己固然不識，便是那些討她好的朋友們也都是外行看熱鬧，起個鬨罷了。

我幼承庭訓，對古董鑒賞多少知道些，判真辨僞，只要能說出典故的，多半不錯。黛兒因此視我爲知己，天天纏著問東問西，死記硬背。我勸她：「你這樣子旁學雜收是不行的，真要有興趣，不如買資料書從頭細細地看一遍，多少知道些根本，免得鬧笑話。」

她只是不聽：「我最不喜歡的就是看教科書，記不住，記住了也得忘。倒不如聽你講，記得還牢些。」

黛兒極聰明，對喜歡的事物素有過目不忘的本領，考試前只要略翻翻書，總能混個及格，但考完試不超過三天，即又忘得一乾二淨。但是整部《紅樓夢》，她卻能熟極而流，每每抽出一段話來同我比記憶力，十次總能贏我一兩次。

兩個人能成爲朋友，往往不是性格迥異，就是趣味相投，我和黛兒居然兩樣全中，自然如膠似漆，割頭換頸。

黛兒對我極信服，得了新玩藝兒，總要第一個捧到我面前來，讓我品評鑒賞；交了新男朋友，也總在第一時間帶來給我過目，要求打個分數。

但是往往不等我記熟那男孩的名字，她已經通知我彼此分手。

我問她：「這麼快就足以瞭解一個人了嗎？」

黛兒答：「已經很慢了，其實喜不喜歡一個人，只要相處十分鐘已經知道。」

「那爲什麼還要繼續交往，浪費彼此時間呢？」

「無聊唄。」黛兒答得老實，「我找不到比這更好的消遣時間的辦法，也找不到比這更好的豐富收藏的辦法。」

我搖頭，十分不以爲然。美麗不是錯，卻不該以美麗爲武器，左衝右突，枉殺無辜。

但明知勸說無效，只得閉上尊口。

過了一會兒，黛兒忽然又補上一句：

「書上說，女子過了十六歲還沒有性生活，會發育不良。」

當她說到「性」的時候，態度十分輕鬆放肆。

我不由越發噤聲。

於是黛兒的男友仍如走馬燈般地換著。

她沒有玩累，我卻已經看累。索性告誡她：「以後換了新男朋友，不必再通知我。」

黛兒頭搖得好比賣貨郎的撥浪鼓：「那我戀愛的樂趣不是少掉一半？」

我沒好氣：「你戀愛是為了要給我講故事？」

黛兒理直氣壯：「交男朋友的一個主要作用本來就是為了驕之同儕，不然我那麼在意他們的個頭學歷幹嘛？我又不急著嫁人等飯票用。」

我瞠目。這枝罌粟花，竟是以異性的愛慕與同性的豔羨來做肥料呢。

但是黛兒的確有一直玩下去的條件。

她的家鄉台州，是一個出了名的富裕小鎮。那裏幾乎人人都很有錢，有了錢便喜歡買地，蓋房子，錢賺得越多，樓便蓋得越高。

台州人鬥富，不像大城市裏的富豪那樣，比車子，比女人。他們就比樓，看誰起的樓高，房子大，裝修豪闊。

黛兒的家不算富，但也足夠她念自費大學，請家教補英語，以備畢業後出國留學，甚至在國外買一棟房子。

黛兒從不爲開銷犯愁，也不爲前途擔心，她的口頭禪是：「那麼拚命幹嘛，我又不缺錢。」

她爸媽有錢，她便不缺。她是他們的女兒，他們的錢便是她的錢，她有權支配那些來購買自己的快樂。不然，他們賺那麼些錢又是爲了什麼呢？

黛兒讓我又一次認識到了血源的無上的力量。

偶爾，我也會對黛兒談及我的家庭，但從沒有告訴過她我是養女。在她一加一等於二的簡單思想裏，是接受不來這麼複雜的故事的。

上大學後，因爲要利用寒暑假打工賺學費，我很少回西安。中間回去一次是因爲哥哥唐禹要開公司，來電要我回家商議大事。

見到養父母，覺得他們忽然之間彷彿老了許多，頭髮已經見霜了。父親在這一年升了教授，分了新住房，但是也並未見得高興。原來單位規定舊住房還要上交，而且新房也必須他本人居住，父親原以爲可以將房子押給銀行替哥哥貸些款子的，因爲沒有產權，這一希望只有落空。

我便問：不知現在金子是什麼價了？父親立刻板了臉，嚴肅地說：你不要打那些鐲子的主意，我是寧可借錢背債也不會賣你的鐲子的，那些是屬於你個人的東西，將來說不定還要指望它們來和你的親生父母相認呢。

我說：不用的。不論是我還是鐲子，既然被你們撿到了，就從此屬於你們了。如果那天早晨遇到的不是媽媽，而是一般貪心人，說不定撿了鐲子扔下我也有可能呢。

但唐教授堅持說：我們收養你，是出於人道，如果拿你的東西，倒像是收養你是爲了貪金子了。

唐教授的態度很堅決，有種凜然的味道。於是我便不敢再提了，但到底還是在私下裏將鐲子一骨腦兒給了哥哥，讓他變賣了去換些現款。

哥哥十分感激，但也知道事關重大，最終取了個折衷辦法，取了十只鐲子向朋友抵押了二十萬救急，言明三年內加息償贖，三年後若不能贖回，鐲子便歸對方。

父親後來還是知道了，特意叫了唐禹來問：你那朋友人品可靠嗎？

哥哥連忙解釋那朋友其實是他女朋友的遠房親戚，知道根底的，要父親和我不必擔心。

母親便嘀咕：你那女朋友，可比你精明十倍，她要真是想玩你，只怕你被賣了還幫著數錢呢。

倒是我，對於能否贖回鐲子其實並不關心，因爲這件事終於給了我一個報恩的機會，使我心裏多少有一些安慰，覺得白吃白住唐家那麼多年，現在才總算回報了一點點。

走在城牆上，我撫著秦鉞的名字輕聲說：「我還了他們了。」

有風細細吹過，我的淚流下來，轉眼又被風吹乾了。

再回北京時，黛兒攜了新交的男友阿倫來車站接我。不過是一個星期未見，兩個人倒像久別重逢似的，一見面便擁抱在一起，再分開時，黛兒的眼睛竟有些紅紅的。

那一刻我衷心感動，自此與黛兒更加親厚。寒冷的冬夜，兩個人擁著被子奢談愛情。

我問黛兒，究竟想找一個怎樣的如意郎君才肯從此繫舟呢？

黛兒答得乾脆：「總要十倍於我才行。」

「什麼十倍？」

「各方面。勢力強過我十倍，或者比我聰明十倍，再或者家境富我十倍，都行。」

「愛你十倍於你愛他，如何？」

「那算什麼優點？」黛兒用一隻手指敲敲腮幫，吐出一個完美的菸圈，「那只能說明我比他優秀十倍而已。」

黛兒抽菸的姿勢很美，是一種手指的舞蹈。

她的手指修長，略帶一點嬰兒肥，伸直時骨節處有小小的肉坑，十分誘人。

刻意地，她只吸一種菸，牌子叫做「520」，意即「我愛你」。從臺灣走私進來，市面上很不容易見到。但是她的那些男朋友們總有辦法幫她淘來。

菸蒂處有一顆小小的鏤空的紅心。黛兒說，那便是她。

一盒菸有二十支，她便有二十顆心。

「……政府公告：吸菸有害健康。」我一字一句，給她念菸盒上的字。

什麼叫「明知山有虎、偏向虎山行」？又什麼叫「佛陀面孔、蛇蠍心腸」？香菸盒的廣而告之像不像情場高手一邊勸人不必信我，一邊大力拋媚眼兒？更何況取個什麼「我愛你」的怪名字，分明巧言令色，請君入甕。

然黛兒自有妙論：「菸草又叫『忘憂草』、『還魂草』、『相思草』，原本與愛情分割不開。」

她用火柴點菸，那種磷頭扁平如女兒撅起的小嘴的洋火柴，也是由她眾多裙下之臣自大賓館西餐廳得來。

窗外有風聲響起，空氣清冽冽的，有點兒雪意，憑空地帶著點兒愴然的味道。這是一個無花的季節。

黛兒說：「我喜歡玫瑰，那是用眼淚澆灌的花。」

「那不成了絳珠仙草？絳珠草就是賈寶玉用淚水澆灌的。」

「離恨天外的絳珠草到了人間，就是玫瑰花兒了。」

「可是，爲什麼玫瑰一定要讓人流淚呢？難道不可以用快樂來培養一枝花？」

「沒有一朵玫瑰是無刺的，當然也沒有一種愛情可以不疼痛。」

「你痛過嗎？」

「沒有。因爲沒有人肯爲我用眼淚澆灌一朵花。」

我們常常喜歡說一些這樣莫名其妙的話。黛兒嗜讀童話，王爾德、安徒生、格林兄弟都是她的至愛，每當大話西遊，她就會有種魂離肉身般的純淨，整個人都清澈空靈起來。我常常想，可惜她那些男朋友看不到她這種神情，否則更不知要怎樣瘋狂。

美麗女孩的真正朋友往往是同性。

只爲，男人在見到美女時，大都過多地耽於美色，而忽視她的心靈。漸漸地，美麗便成了她的唯一標誌。一旦年老色衰，即遭拋棄。

是以紅顏多薄命。

相貌平庸者，卻往往可以得到真正愛情。

「小王子說，你如果在一顆星星上有了一枝玫瑰，你在夜晚就會愛上所有的星星。」

「我卻是要遇到一個肯爲我用眼淚澆灌玫瑰的人，才肯愛上所有的玫瑰。」

沒有愛情的玫瑰是死的。

沒有愛的玫瑰只是一朵花兒罷了。

「有了愛情，玫瑰便不再是普通的花兒了，她是有色彩，有香味的，即使看不到聞不到，也一定是最香最豔的。」

黛兒也是有香有色的，她的整個神情裏都透溢著對愛情的渴望。

不知為什麼，永遠被無數男友圍繞的黛兒，卻仍然時時流露著對愛情的饑渴。

「如果有人送我九百九十九朵玫瑰，可是沒有一朵可以令我流淚，那麼所有的玫瑰便都是荒草；相反地，當我為了一枝玫瑰而流淚，如果有人在玫瑰的對面對我笑一下，那麼我就會愛上他。」

少女們喜愛玫瑰，從來都不是為了玫瑰本身。

「但是你又允許自己遨遊五湖四海而後已。」

「可我的心是乾涸的，我的心仍然在等待他濕潤。以心血，以眼淚。」

「不若相濡以沫。」

黛兒哈哈大笑，瀟灑地彈去手中菸灰：「總好過相忘於江湖。」

花朝雨夕，我們無休止地討論著似是而非的人生道理，不厭其煩。

大學功課，最主要的題目本來就只應該是愛情而不是別的。

因為黛兒的陪伴，大學四年於我有如伊甸園。但是我們也有吵架的時候。

——還是爲了那個書呆子何培意。何培意本是最老實木訥的一個人，從小學到中學到大學再到讀碩士，從沒有偏離正軌半步的，一日不知怎地忽然動了凡心，打書堆裏抬起頭來，一眼看中了黛兒，把她想像成但丁的比亞翠絲，普希金的繆斯女神，昏頭昏腦地談起戀愛來，一天比一天更呆，幾乎連學業也要荒廢掉。

黛兒同他的事我一直都很清楚，正經手也沒牽過幾次。黛兒說，這人太老實，有妄想症，她不想他陷得太深，日後麻煩。可是又一直攥著他不放，冷一會兒熱一會兒地交往了大半年還沒有分手，倒成了她戀愛史中最長的一段。

我忍不住勸黛兒：「你已經有了阿倫，而且也不喜歡何培意，不如早些說明了也罷。」

黛兒冷笑：「這個年頭，難得找一個這麼傻的，留在身邊開開心也好，不急放生。」

「何培意很傻麼？」

「不多，一點點。」黛兒笑得更媚，拖長了聲音，「每個女子，總是希望找到一個天下最聰明的男人做伴侶，卻又總希望那男人肯爲了她而傻一點，做一些傻事來證明他對她的愛，證明她雖然不必比他聰明，卻一定要比他高明。何培意，就是我最好的試金石。」

我搖頭，「這樣不甘寂寞，好像穿上紅舞鞋，走火入魔。」

「紅舞鞋？很好的比喻。不過並沒有魔鬼給我紅舞鞋，是我自己不願接受你那種高貴的寂寞。」黛兒輕佻地向我吐了個菸圈兒，「只要還有一口氣，我都會一直跳下去，而且頻頻換舞伴，跳到跳不動爲止，到再沒有人邀請我共舞爲止，否則絕不言倦。」

黛兒的愛情理論一套一套的，而且她身體力行，樂此不疲，生活中主要節目便是顛三倒四地考驗著她的裙下臣，變著花樣玩弄愛的遊戲。

我不以爲然：「黛兒，自己的感情是感情，人家的感情也是感情。你喜歡的人的感情是感情，你不喜歡的人的感情也是感情。因爲在付出感情的時候，每個人拿出的真誠都是一樣的，你即使不珍惜，也至少應該尊重。」

黛兒怪異地看著我：「怎麼你說話好像老學究一樣？這話放在十年前也許挺有道理，在今天，落伍了吧？」

「今天的人就不用講感情了嗎？」

「講是講，不過，得用條件講。」黛兒又打鼻子裏哼出一聲，「那些愚蠢醜陋貧窮卑賤沒腦筋沒手段的人是沒資格談感情的。」

明知黛兒的話只是隨口說說並無所指，可是聽在耳中還是說不出地刺心，我忽然便惱了：「天下男人都瞎了眼睛，會喜歡你這水性楊花的女子。」

黛兒瞪起一雙媚眼：「豔兒，你吃醋？你不是喜歡那何呆子吧？明說好了，明說我讓給你。」

我那三分惱本來還只是玩笑，到這會兒卻變成真心，不禁猛地站起身來——起立過急，把桌上的茶杯也帶得翻倒下來，茶葉茶水灑了一桌子——指著黛兒，聲音顫顫地，厲聲說：「你別太張狂了，以爲天下就你一個會交男朋友，別人都是乞丐，專等著撿你不要的！」

黛兒後悔不迭：「這是怎麼了？開開玩笑罷了，怎麼說翻臉就翻臉？」

我已經推開門揚長而去。

走在花園中，涼風一吹，整個人清醒過來，也不禁有些後悔。

捫心自問，何培意不過是個引子，其實我是一直有些嫉妒黛兒的。她的漂亮，聰明，活潑，富有，甚至她煙視媚行的濫交，在我內心深處，未嘗不渴望自己是她，可以如她一樣拿得起放得下，一樣翻手為雲，覆手為雨，揮灑自如，顛倒眾生。

但是另一面，黛兒的話卻還是刺痛了我。她的不在乎不計較，恰恰讓我覺得她在心底裏是認為自己高過我的，像天鵝在雲端俯視醜小鴨。

棄兒固有的自卑與自傲發作起來，我僵著臉一整個星期都不肯與黛兒說話。

到了週末，是黛兒先撐不住了。以往，每個星期天早晨我們的固定節目就是逛琉璃廠，但是今天，我存心同黛兒嘔氣，眼看著她照舊早早起來，磨磨蹭蹭地打扮著，只躺在床上裝看不見。

眼看快九點了，黛兒走來走去地在我床前轉了七八個來回，期期艾艾地看著牆說：

「再不起來，就太晚了。」

我把被子蒙著頭，咬著被角兒偷笑，硬是不肯答腔。

只聽黛兒又說：「真有便宜貨，也都被別人撿去了。像上次那只『丁香枝上，豆蔻梢頭』的碟子，也不知還能不能再碰上，湊成一對媚眼兒。」

我忍不住頂了一句：「碰上了又怎麼樣？還不是拿來當玩物兒？」

黛兒就勢坐到我床邊，推搡著說：「好呀，原來你還在替姓何的打抱不平。既然這樣，我答應你，明天就跟他說分手行不行？」

我忽地掀了被子，「哈」一聲笑出來：

「呸！我才懶得管你的閒事！走吧，免得你另一隻媚眼兒被人家搶跑了。」

不過是約女伴逛街，黛兒也要打扮得奇裝異服，招搖十分——一件純白繡花低胸吊帶緊身毛線裙，外披玫瑰紅大流蘇的羊絨披肩，配同色手袋及高跟皮鞋，硬是不覺暴露，只覺性感。惹得路人頻頻回頭。

她又極喜歡說話，笑聲如銀鈴輕撞，即使同人討價還價也如撒嬌，弄得小販面紅耳赤。我有時懷疑，黛兒那麼刻苦地向我學習鑒賞常識，爲的正是要向人炫耀，以便吵架尋樂子。

關於古董鑒賞我雖然也不過知道些皮毛，可是對付琉璃廠小販已經足夠，而戲弄那些弄虛作假的小販，惹事生非，正是黛兒的強項。不過真把事情鬧大了，黛兒也自有平息的本領，自然還是那一笑二嗔三媚眼的絕招兒，無論何時使出來，都笑到功成，無往不利。

前不久我剛同黛兒討論過有關紫砂壺的收藏常識，這會兒她便專門尋著紫砂店找老闆抖機靈。她不像通常買主那樣看準什麼先挑挑選選，然後再問價，卻是擺出闊佬模樣大大咧咧衝老闆一擺手：「你這兒有什麼上好的紫砂舊壺，幫忙推薦兩樣。」

看得我心中暗笑，而店裏老闆夥計也都望著她樂，眼中表情一望可知：這不定是哪位大老闆的秘書得了小費來這兒充內行呢。

而這，也正是黛兒一心製造的戲劇效果，就是要讓人先輕視了她，然後再異兵突起讓人大吃一驚，而她的樂趣也就在其中了。

果然，老闆不經意地隨手掂了一把民國初年梅花小壺笑嘻嘻推薦：

「姑娘年輕漂亮，用這種精緻小巧的梅花壺最合適不過了。」

黛兒不屑地一笑：「這種民國時候的梅花壺，太濫，年代也太近，不要！」

「原來姑娘還是個行家！」老闆讚著，又重新捧出一只加彩花卉壺來，「這個可是明朝的東西了，一般人我還真不給看。姑娘看看這彩繪，和姑娘衣服上的繡花有得一比呢。」

黛兒果然喜歡，但是一翻轉壺底就樂了：「老闆，您看這壺底的四個字可是『宜興紫砂』？」

「正是。」老闆滿臉是笑，「原來姑娘認識篆字，那就更好了。這正是紫砂壺中最好的宜興紫砂。」

黛兒笑容裏滿是貓兒已經抓住耗子尾巴的幸災樂禍：「那麼老闆可知道宜興原來叫什麼嗎？」

老闆一愣，「原來叫什麼？宜興不就叫宜興了？」

黛兒現學現賣，架勢可端得十足，清清嗓子一板一眼地說：「宜興，原名荊溪，自清末改名宜興。老闆這把壺是宜興紫砂不錯，可是，卻不是明朝的，而是今人仿製的。老闆，我說得不錯吧？」

老闆臉上一呆，態度鄭重許多，也不駁回，反而恭恭敬敬拱了拱手：「姑娘細說說，今天到底想看什麼樣的貨色。要說我的壺，種類多是多，可都在庫裏，不能一下子拿那麼多，姑娘說準樣子，我讓人取去。」

黛兒笑得更媚：「老闆眼光又好心思又周到，一進門就跟我推薦什麼梅花壺啊加彩壺啊，肯定是看出我是什麼性格的人了。這會兒才想起問我要什麼，不是裝假嗎？其實剛才你推薦的這兩樣都不錯，只不過，我要的是年代久釉色齊的好貨色，是真舊，越舊越好，價錢不是問題，就只別矇我冤大頭就成。」

「痛快。既然姑娘把話說到這個份兒上了，生意反倒好做。」老闆一揮手，「把前兒新進的明代加彩提梁壺給這位姑娘請出來。」

黛兒聽見，反倒愣了。我知道她只是吹牛皮過癮，嘴上吹得大氣，口袋裏卻是不爭氣，什麼「價錢不是問題」，根本是「紫勢」唬人，真有好貨，她還真買不起。

然而夥計已經把貨取了來，老闆分外鄭重，特意開了頂燈讓黛兒細看，又小心翼翼地去掉壺嘴倒置臺上，指點著：「姑娘請看，古時候真正的好壺講究倒懸一條線，就是這壺口、壺柄、壺嘴平齊一條直線。您再看這款識，姑娘剛才連宜興原名荊溪這種學問都清楚，不會不知道明朝人做壺落款喜歡連年代加製壺人名字都落上，您看這印識雖然模糊了，可是這『明萬曆』仨字兒可還看得清，這是一把真真正正的明朝小壺啊！」

黛兒愛不釋手，但仍然忘不了褒貶：「釉彩這樣粗糙，說是明朝壺，怎麼信得過呀？」

老闆不高興了：「這釉彩還粗糙？您看看這光澤，看看這紋理，細膩瑩潤，別說姑娘這樣的行家，就是外行也看明白了，這種彩，一望而知不是哥窯就是鈞窯的釉活兒。」

黛兒辭屈，嘴裏卻不肯示弱：「怎麼就知道是哥窯的鈞窯的？就算真是哥窯，現在仿的也多的是。這款識也說明不了什麼，現代人一樣可以刻個年號，說陳曼生也行，說時大彬也行，說徐友泉也行，說陳鴻壽也行，那還不是憑人一把刀隨便刻嗎？」

我聽得忍不住搖頭，黛兒哪兒是在買壺，根本是在賣弄學問，連陳曼生就是陳鴻壽也不知道，還要信口開河，強辭奪理。好在老闆也不知道，否則這醜可就出大了。

然而老闆雖然聽不出她的語病，卻看得明白她是在無理取鬧，板了臉發作起來：「姑娘今天到底是來買壺呢，還是來砸場子的？要誠心買賣，咱們好來好去；要是閒著沒事兒跑我這兒閒磕牙兒逗貧，姑娘請了，哪兒涼快哪兒歇著去，我這兒還得做生意呢。」

黛兒下不了臺，臉上漲紅起來，悻悻地將壺翻來覆去看了又看，又以指輕輕叩擊，其聲如金石，果然是把好壺。但是我聽出那聲音中似有雜音，不禁微微皺眉。黛兒一直盯著我的臉色，這時趕緊碰碰我手肘說：「怎麼樣？你看看這壺是不是真的沒問題？」滿眼渴望，巴不得人家是假貨。

我不禁好笑，取過壺來，自壺身至壺底依次輕輕敲擊，發現壺口、壺嘴、提梁都是以金屬包鑲，並不是純粹的紫砂製品，不禁凝神細聽。

黛兒望著我的時候，老闆也一直死死地盯著我，這時候察言觀色，主動解釋：

「這把壺在容易破損處包鑲黃銅，是怕碰破的意思。要說古人的技術，那真是沒法兒說，您說它這黃銅和紫砂土包在一起，怎麼就一點看不出來呢？這以前的好壺，越是珍重的才越要講究包鑲呢，這才顯得矜貴。我猜呀，這字兒雖然看不清，可是一定是哪位大師製的壺，說不定就是這位姑娘剛才說的什麼陳曼生時大彬的壺，因爲難得，所以包了黃銅。我聽說哇，還有的壺用真金包鑲呢，那就更貴重了。兩位姑娘是行家，我不跟你們說假，要是外行，我就告訴他這是金的……」

不待他說完，我微微一笑打斷：「老闆既然不說假話，怎麼又跟我們說這是明朝的壺呢？」

「這就是明朝的壺啊。」老闆急了，「姑娘，你話裏有話呀，天地良心，我向人家進貨的時候就是按明壺的價兒，你不信，我把底帳拿來您看。您要，原價兒拿去，咱交個朋友，您不要，起腳兒走人，別編排我這壺不是真舊。」

「老闆別急呀，你聽我姐說完。」黛兒連忙嬌滴滴一笑，又推推我，「姐，你說這壺不是明朝的？」

「我只知道，包鑲技術是打清朝末年才有的，始創於朱石梅。明朝也有包鑲壺麼？倒沒見識過。」

「哈，你還有什麼話說？」黛兒笑起來，「老闆，你是不是打了眼，被人家宰了？你們行話兒怎麼說來著，『打了一輩子雁，倒讓雁叼了眼』，哈哈！」說得老闆臉色由紅轉白，由白轉青，旁邊小夥計也都噤了聲，半天不說話。

黛兒得理不饒人，仍笑嘻嘻地說：「老闆，你是願意繼續留著這壺等那不懂行的冤大頭上門啊？還是照新壺的價格割愛讓給我呀？我也不讓您做難，您開個價，我能出就出了，不能出，您就自個兒留著，慢慢再等那肥的來。」

老闆卻只是滿臉死灰，半天不言語。看來這回老闆確實沒說假，真是按明朝壺進的貨。古董行裏慣例，行裏人「打眼」是最丟人的，做買家的自己明白騙外人可以，自己不明白被人家騙了卻是奇恥大辱，老一輩的玩家一旦打了眼，什麼也不必說，悄沒聲兒把東西砸了算數。這老闆年紀不輕，雖然不至於像老輩人那麼在乎，可是也還看得很重，當著夥計的面被我們兩個小丫頭教訓了，只怕半個月內都要寢食不安。

我不禁後悔太過刻薄，拉拉黛兒準備離開，那老闆卻突然喊住了我們：

「姑娘，你既然喜歡，你就拿去，至於價錢，您是行家，您看著給好了，我絕不計較。」

# 三

## 香港閣樓裏的舊報紙

黛兒在香港遇到了她生命中的真龍天子，

**而我**

則找到一個老故事。

六十年前的愛情，是這樣的纏綿悱惻，令人動容。

我走進陳大小姐的眼淚中，深深迷失。

她懷中的嬰兒，是誰？

琉璃廠奇遇讓黛兒十分得意：「幸虧你知道什麼朱石梅，拆穿它不是明朝真舊，白撿一個大便宜。」

我卻只是悶悶不樂。「我也不能斷定它不是真舊。」

「什麼？」黛兒吃驚，「你不是說包錫是清末才有的嗎？」

「那是不錯。可是也不排除一種可能性：就是壺確實是明壺，只是後來崩損了，近人採用包鑲工藝細心補救，壺是舊壺，鑲卻是新鑲。雖然不再像整壺那麼值錢，可是畢竟是真古董。」

「那更好了，你幾句話就把一件真舊用贗品的價錢買了來，還不值得高興？」

「你是高興了。可是你想想那老闆呢，他可是在夥計面前丟盡了臉面，只怕以後都沒有自信再吃古董飯了。你看他今天巴不得我們趕緊走的樣子，就好像看到世界上最可怕的東西一樣，心裏不知難受成什麼樣子。」

「誰叫他學藝不精，活該！」

我看看黛兒，她有一雙最美麗靈動的眼睛，深邃如夜空，時時彷彿有靈魂在深處舞蹈。可是實際上她卻是一個沒有靈魂的女子，不懂得愛人，也不懂得尊重人。

我張了張嘴，到底什麼也沒有說。告訴她要學會體諒別人的心意，己所不欲勿施於人嗎？她不會聽進去的。

可是我的心始終不安，越來越後悔自己逞一時口舌之快而陷他人於不義，久久不能釋懷，對黛兒也亦發疏遠。

黛兒不明所以，只當我還在爲何培意鳴不平，不久便明白地向他提出分手。

就在宿舍裏，當著我的面，黛兒一張小臉繃得緊緊的，有一種少見的嚴肅和認真，一字一句地說：「何培意，也許我早就該告訴你，但是你現在知道也還不晚——我根本不喜歡你，從來沒有喜歡過。你很好，很有前途，但我們兩個不來電。我們以後還是不要再交往了。」

何培意的臉在那一刹變得慘白，眼中空洞洞的，彷彿什麼都沒有了似的。

他說：「你何必要說呢？」

多年以後，再想起這一段往事的時候，我仍然不能忘記何培意當時的神色與語氣。

何必要說呢？

我不禁後悔自己的多事。

當時還以爲何培意自欺欺人，愚不可及。但是也許他比我們任何人都更清醒，也都更瞭解自己的處境，只不過他不願去追究真相。他寧可固執地認爲黛兒是天下最純潔高貴的女子，配得上他爲她做的一切。

當他這樣信著這樣愛著的時候，不是不快樂的。

尤其成長後看到太多勉強湊和的婚姻後，我更加不敢嘲笑何培意呆。

爲戀愛而戀愛總好過爲結婚而結婚。

但是誰在年少的時候又不是自作聰明的呢？又有誰沒做過顛倒眾生集萬千寵愛於一身的綺夢？

何培意走後，黛兒問我：「現在，你願意原諒我了嗎？」

我不忍心：「沒有婉轉一點的方式嗎？」

「結果都一樣，方式又有什麼區別。」黛兒坐下來，攬住我的肩，「豔兒，我只怕失去你這個朋友。從小到大，我身邊的男孩子多得煩人，可是知心女友，卻一個也沒有。我真的很珍惜你。」

我看著黛兒。我知道她說的是真話。

我想起城頭的秦鉞，想起我整個寂寞的童年。其實，我又何嘗有過什麼知己朋友？

黛兒是第一個主動走近我的同性，雖然淺薄，但是熱情率真，透明如水晶。無論是在她之前還是在她之後，我再也沒有見過如她活得那麼真實燦爛豐富多彩的女郎。

有時候我想，我之所以那麼愛黛兒，就是因爲她可以做一切我不敢做的事情。抽菸，喝酒，和隨時遇到的任何一個略看得入眼的男子調情，而毫不擔心後果……這些，都是我做不到的。我的身世與成長環境不容我放肆。我的整個童年充滿的，是克制、幻想、寂寞、和各種古董資料，同這個時代完全脫節。

我從來沒有小過。一生下來就是一個千年的妖精，委身於一個童年的軀殼，度過恆久寂寞的生涯。

我看著自己的雙臂，想像它蛇一樣糾纏著某個男人的情形。

應該柔軟如綿，還是輕靈如風呢？

對著鏡子，我扭捏地站起來，款擺腰肢，頻拋媚眼，做風情萬種狀。

然而做來做去做不像，倒是有幾分賊眉賊眼的味道。最後只得放棄。

不得不承認黛兒的風情是天賦異稟。

這樣的尤物，要求她專一地愛一個人也許真是不大公平。

而且，漂亮是上帝送給有緣人的第一件禮物，別人如何羨慕得來？我服了。

到這個時候和黛兒才算真正言歸於好。

暑假臨近時，黛兒提議：「今年假期你不要再接家教了，我們去香港旅遊怎麼樣？我有門路，七日遊才幾千塊，便宜得很。」

我搖頭：「便不便宜看對誰而言，要我看，一千塊已是天文數字。」

「又不是要你自己拿，我請客嘛。」

黛兒大方得很，無奈我承受不起。

「古語說得好，無功不受祿，人窮志不窮，貧賤不能移，自尊不可售……」不待我慷慨激昂地說完，黛兒已不耐煩：「行了行了，誰要收買你那點可憐的自尊了？你也算不得無功受祿，你的任務是陪我嘛。伴遊聽說過沒？跟家教也差不多，都是替人家帶孩子。」

「有你這麼大個的麻煩孩子嗎？」我忍不住笑了，「你還用得著我陪？裙下三千臣子巴不得一聲兒，只怕不但不用你出機票，連你的機票也一塊兒出了還說不定呢。」

「我就是不想看見他們才要躲到香港去的。」黛兒耷拉著眼睛，吞吞吐吐地，這才道出實情，「阿倫上個月不知哪根筋不對，突然跑到我們家跟我爸媽提起親來，我媽打電話給我，我當然不同意。我媽就跟他講道理，說我還小，不打算考慮這回事兒。沒想到，那渾小子當晚回去就吞了安眠藥，現在還在醫院裏躺著呢。」

「呀！」我大吃一驚，「救過來了沒有？沒什麼後遺症吧？」

「哪會有什麼後遺症？統共吞了十幾片，還沒睡過去就後悔了，自個兒把他爹媽叫醒把他送醫院洗胃去了。其實醫生說根本用不著洗胃，可是他們家就這一根獨苗兒，寶貝得什麼似的，哪裡肯聽？反正有錢，窮折騰唄。洗了胃，還賴在醫院不走，非說要觀察幾天，又天天上門找我爸媽閒磨牙，是我媽讓我出去玩幾天，說可以去香港看看爺爺奶奶，順便避避風頭的。」

我愣愣地看著她，倒有些替她叫冤。雖然黛兒朝三暮四遊戲感情的確不對，可是畢竟也沒有對誰許諾過什麼，阿倫居然會演出這幕自殺鬧劇來，未免小題大做。

我由衷地說：「這次怪不得你，是他們無理。」

黛兒點起一支菸，手腕上細細的銀鐲子互相撞擊出叮咚的脆響，伴著她的無病呻吟：「世上男人與女人戀愛結合，大抵不會超過三種結果：一是種瓜得瓜，種豆得豆，自然心滿意足；二是種瓜得豆，種豆得瓜，也未必沒有意外之喜；最慘就是我這種，是種瓜也得草，種豆也得草，左右都是錯。」

我忍俊不禁：「黛兒我真是愛你。」

「這世上也只得你一個人是真愛我罷了。」黛兒繼續長吁短嘆，「雖說弱水三千也只需一瓢飲，無奈你卻不是我的那一瓢水。」

我更加噴飯。

黛兒的的確確是天下第一妙人兒。

私心裏我並不覺得黛兒的濫交是錯，她只是運氣不大好，也許正如她自己說的，沉迷欲海萬丈，卻偏偏找不到她的那一瓢水罷了。

我的做人宗旨從來都是：我是對的，我的朋友是對的，我是好的，我的朋友是好的。你對我不好，你就是壞的，你的朋友說你好，你的朋友就是壞的。

如此而已，十分簡單。所以黛兒是好的，黛兒做什麼都是對的。

包括濫交。

但這不等於我自己也濫交。

恰恰相反，我大學四年沒有過一次完整的戀愛經歷，統統蜻蜓點水，無疾而終。

無他，我也沒有找到自己那一瓢水。

在這一點上，我同黛兒的方法截然不同。她是有水先喝，淹死無悔，找得到更好，找不到就一直喝下去，好女不吃眼前渴，江河湖海聊勝無；我卻不然，雖未經滄海，卻先不飲泉水，未上巫山，早看不到凡雲。換言之，寧為玉碎，不為瓦全。

有一次校際聯歡上認識一位體育健將，曾經數度約會。他比賽的時候，我替他拿著衣裳；細雨如絲的黃昏，打花樹下一道走過，他摘一朵玉蘭簪在我鬢角。香味依稀之際，頗覺心動。

然而一日他到宿舍來找我，見到黛兒大吃一驚，原本已經很擅談，這時更加話多十倍。我在一旁微笑地聽著，不動聲色。下次他再約我時便推託要趕功課婉拒了。

那男生還不明白，又碰了三四次軟釘子才終於灰心。

其實理智上我並不怪他，沒有男人可以不為黛兒的美色所動。

可是，我總希望會有一個男子為了我而不同。

所有的玫瑰都有刺，所有的愛情都是自私的，說穿了我和黛兒一樣，都希望對方無論是汪洋大海亦或只有一滴水，總要悉數地屬於自己。

許多年後，我已經不復記得那男生姓甚名誰，但是玉蘭花的香氣卻記憶猶新。從沒有爲自己的選擇後悔過。因爲如果同他繼續交往下去，只怕連香花的記憶也一同抹煞。

暑假一天天近了，爲了去香港的事，黛兒幾乎同我翻臉：「你到底肯不肯陪我？」不等我否決，已經換了笑臉走過來，雙臂如蛇般纏住我的脖子，軟硬兼施，「好豔兒，大千世界，就你一個乾淨人兒，好歹可憐我孤魂兒野鬼吧，你要再不陪我，真就沒人理我了。」

虧了黛兒，天天這麼著三不著兩的，居然也將《紅樓夢》看了個熟透翻爛，隔三差五用些半文半白的紅樓式對白降服於我，百試不爽。

我想了一夜，終於想出一個讓自己心裏比較好過的辦法。

回西安辦手續時，便同養母商量，想拿一只鐲子出來送人。

周女士的臉上忽然現出一絲忸怩，悶了一會兒才說：

「你的東西，自然你想怎麼著便怎麼著。只是，這幾年你哥哥生意不景氣，把你的鐲子拿去押了筆款子，還沒來得及贖回來。只怕現在剩得不多，禁不起再送人了。」

說著開了箱子，一層層取出大紅繡花毛氅，真絲棉襖褲，小紅鞋兒，最後才是三只黃燦燦纏股金鐲子。

我不由得一愣：「怎麼只有三只了？」但立刻改口笑道，「真巧，還是媽知道我心意，這三只是我最喜歡的了。」一抬頭看到母親的臉「噌」地紅了，才覺出自己越描越黑，倒像有意諷刺，索性清心直說，「媽，這些鐲子是你們撿的，本來就是你的，留下三只給我做紀念已經很好了。其實哥哥真要急用，這三只拿去也，也……」

「也」了兩句，到底捨不得，只好把下半截話吞了回去。

母親臉上紅一陣白一陣，半晌才說：

「豔兒，話不是這麼說，這些東西是你親生父母給你留下的，原該是你的，怎麼用，都得由你自己做主。就是你哥哥拿了，也是你自己同意的，並不是我們給他的。再說，他也不是拿去不還，是暫時借來押點現金周轉，將來是要還你的。不過，做生意的事誰也說不得準，我也怕有個閃失，所以雖然你哥哥說你已經答應把金子借給他了，我還是堅持留下這三只你小時候最愛拿著玩兒的，一旦有個什麼事，這些也好給你留個紀念，說不定，將來你還要指望它認回你親生……」

我知道媽已經多了心，不等她把話說完，趕緊截了回去：

「媽，你就是我媽，我還認誰去？你都把我養了這麼大了，我還再找個媽去不成？就算這些東西是我親生的媽留下的，也是留給那撿我的人養我用的，哥哥別說是借，就是拿去打水漂玩兒了，我也不會有一個字不願意的。我把哥哥當親哥哥，媽媽倒要把我們生分了嗎？」

媽媽聽我說得懇切，這才面色稍霽，苦苦一笑，說：

「豔兒，你真是懂事，總算媽沒有白養你一場。」

換言之，如果我不是深明大義慷慨割愛，她就是白養了我了。

我笑一笑，低下頭，心裏一陣陣地疼。世上沒有免費午餐，更沒有一種恩惠是完全無條件、不要回報的。而我對父母的回報還遠遠不夠。在報恩的路上，我甚至還不曾起步，也許，到死我也還不清那筆債。

只是不明白，爲什麼有的人生來就是爲了討債，有足夠的資本揮霍享受，像黛兒；而有的人卻注定一出世便要負債累累，償還不清，像我。

城牆上，我問秦鉞：「我們之間，是否也有一筆債？」

城牆不語，只有城頭的旗子在風中訕訕地笑。是笑我的可憐亦或可悲？

在廣州同黛兒會齊，我取出一只鵲踏枝的纏絲鐲子來，正色說：「你的機票是送我的，可不是買我給你做伴遊的。禮尚往來，我也送你一樣禮物，我們扯平。」

黛兒是個識貨的，一把搶過金鐲子，只看了兩眼，便大叫起來：「哈，我占了便宜了！我占大便宜了！豔兒，你這只鐲子要拿去拍賣，說不定能賣這個數！」說著豎起一隻手指來，忽又扳下，一本正經地說，「是你說的，這只鐲子是你送我的，將來可不能又要回去，把我這裏當當鋪！」

「當鋪？」我不解。

「是呀。機票才値幾個錢，你一畢業工作，馬上就可以攢足了，到時候可別後悔了，拿著機票錢說要把鐲子贖回去。」

我笑起來：「說過是禮物了，又有什麼贖不贖的？其實看你那麼喜歡搜集古董首飾，我早就想送你一樣東西了。可是這鐲子由我媽收著，一直不好意思開口跟她要。」

說著取出我自己留的兩只給黛兒看，一只是雙龍戲珠，兩隻金龍尾部糾纏，龍嘴相對，中間有個珠子可以撥進撥出，作爲開合的機關；另一只說不出是什麼形狀，由七八股極細金絲條扭在一起，橫向又有極精緻的花紋，匯合處卻是鏤空的雲破月來，那雲絲絲縷縷，斷而不絕，那月一彎如鉤，纖細玲瓏，拿在手上，有種顫顫微微的心疼感，總怕稍一用力便擰斷了金線，可是雕功設計又分明科學得很，相輔相成，十分堅實。

黛兒看一只便叫一聲，翻來覆去看不夠，聽說我原有十八只之多，又羡又嘆，又連呼可惜，又忙著細問另外十五只各自是什麼樣子的，只覺一張嘴不夠她忙的。說得我也後悔起來，倒有些心疼那些鐲子的下落。

當晚，便整夜夢裏都是金光燦燦的鐲子在飄，一夜沒有睡好。

第二天我們便隨隊出發了。

大概是看了太多香港影片，踏足香港時，倒並沒感到陌生興奮，加上無心購物，就更沒興致。但爲了陪黛兒，我還是打起精神跟她一家店一家店地逛著。她又極貪吃，從港式飲茶大排檔到天九翅要一一嘗遍。

坐在露天咖啡座裏，黛兒陶醉地品著一杯花式霜淇淋，臉上露出嬰兒般貪婪滿足，十分可愛。

陽光暖暖地照在身上，有蝴蝶在花間捉對兒蹁躚，我瞇著眼欣賞著黛兒的吃相，只覺難怪有那麼多男人爲了她前仆後繼，對著這樣一張臉，哪怕什麼也不做，單是時時看著已是享受。

秀色可餐，大概就指這個意思。

不時有男人過來搭訕，問可不可以在一旁就座。黛兒指著我笑答：「怕我的愛人不願意呢。」

來人看看我，先是一愣，繼而恍然，再以惋惜，終則悵然離去。

黛兒奇招奏效，不禁哈哈大笑，笑到一半，忽然指指我身後細聲說：「看那個人。」

我回頭。「一大群人，你要我看哪個？」

但是不等她回答我已經明白過來，是個子最高的那一個，穿白衣白褲，相貌有如李奧納多，可是又遠比李氏成熟帥氣，英俊得簡直不像真人。

黛兒貪婪地看著他，神態一如吃霜淇淋。「天，怎麼會有這麼漂亮的人？」

我晃晃手指，「喊，剛才還扮同性戀，這會子又成花癡。小心眼珠子掉下來！」

黛兒卻一把抓住我的手，手心裏全都是汗。「豔兒，幫幫我，想想怎麼能讓他注意到我。」

相識數年，我還是第一次看到老友如此緊張，不禁心裏一動。這時那年輕人已經引著一干人邊說邊走近來，我不及多想，順手扯起黛兒，就在他經過我們座位的一刹那，猛地腳下一絆，黛兒整個人仆倒下去。

叫聲未停，那年輕人已眼疾手快地軟玉溫香抱了滿懷。

黛兒軟綿綿倚在他懷中，媚眼如絲，嬌喘細細：「真要謝謝你！」

年輕人看清黛兒相貌，大概也沒想到竟救得如此佳人，愣了一愣才說：「不謝，應該的。」

黛兒站直身來，臉上飛起紅雲，欲說不說，竟好像傻了一樣。

幫人幫到底，我遂滿面含笑站起身來：「聽口音，您好像不是香港人，也是來旅遊？」

「是導遊。」年輕人微笑，大大方方伸出手來，「我姓高，是西安飛天旅遊社的。」

「我們是同鄉呢。」我換了西安話，自自然然地說，「家父學校最近要組織一次旅遊，不知可不可以向高先生拿些資料。」

「求之不得。」他取出名片來。

我向黛兒做一個「ＯＫ」的手勢。可是慧紫鵑變成了傻大姐，那丫頭平時叫得響亮，這時候卻只如一塊木頭，呆呆看著人走遠了，連一句「再見」也不懂得說。

我詫異：「你也有今天！」

黛兒這才回過頭來，猶自臉紅紅的，手撫著胸口說：「豔兒，真多虧你。」

我揮一揮手中法寶：「這頓茶你買單。」

「那還用說？」她搶過名片來，喃喃念，「高子期，陝西飛天旅遊社經理。」如獲至寶地在胸前摁了一摁，才小心翼翼收進手袋。動作語速都較平時慢半拍，眼神略見迷茫。

我暗暗納罕。莫非真命天子到了也？

那天之後黛兒便有了心事，不論走到哪裡都東張西望地若有所尋。

旅遊團的節目排得很緊，淺水灣，黃大仙廟，海洋公園，登上太平山看夜景，乘輪船遊維多利亞港，還有數不清的購物項目……每天趕場似從一個景點到另一個景點，大家打夥兒搶劫一樣地買衣服首飾家用電器乃至攝影器材，彷彿不買就吃了大虧似。黛兒卻失魂落魄般，做什麼都懶懶的，跟她說話，也總是答非所問。

我暗暗好笑，知道她是在找高子期，但是並不拆穿。

轉眼一周過去。離港前一天，黛兒想起大事，還沒有來得及拜見祖父母。

好在最後一天團裏安排自由活動，我便陪黛兒上門拜壽去。

黛兒的祖父母的確已經很老了，但是穿著打扮仍然很講究，頭髮上不知搽了什麼，梳得一絲不亂，舉手投足間隱隱散出古龍水的香氣。用著一個上海廚娘，也已經很老了，說是解放前從大陸一起跟過來的，做得一手好滬菜。

我微笑，精於享受原來是黛兒的家傳特色。

不知爲什麼，黛兒一直口口聲聲喊祖母爲「小奶奶」。我看陳祖母年紀的確比祖父要小著一截，猜想或許是塡房，可是黛兒又說不是，還說爺爺奶奶去年才慶祝金婚，絕對是百分百的原配夫妻。

「金婚！」我感嘆，「想想看，五十年攜手共度，豈止水乳交融，簡直血脈相連了。」

那頓午飯我吃得很多也很飽，不住聲地誇獎菜式精美，又奉承兩位老人鶴髮童顏，總算應酬得賓主盡歡。

黛兒笑我：「你這傢伙，看不出這麼會拍馬屁。」

我笑笑，要知道，察言觀色曲意迎合一向是我拿手好戲，打小兒訓練有素的。

吃過午飯，小祖母慣例要午睡，祖父原有約會，出門前再三叮囑我們不要走，他很快回來，祖孫倆好好敘敘舊。

閒極無聊，我同黛兒跑到閣樓上去翻看舊雜誌。下午的陽光透過窗櫺一格格照在樟木箱上，有細細的塵粒在光柱裏飛舞，忽然黛兒輕聲叫起來：

「咦，是外公的照片！」

我接過來，原來報上記載的，竟是陳家六十年前的家族秘史。

那時的小報記者最喜歡打聽豪門豔事，何況當年陳大小姐的葬禮那樣轟動，正適合他們一枝傷金悼玉的生花妙筆，駢四驪六，鴛鴦蝴蝶，雖然稍嫌陳腐，確是感人至深，竟寫得驚天地，泣鬼神，正是古往今來第一件至情至性的生死戀歌。

報上說，祖父當年與陳門長女相愛，可是陳小姐紅顏薄命，暴病猝死。祖父其時正在外地經商，聽到消息後一路哭號趕回奔喪，一進靈堂便長跪不起，大放悲聲，一路膝行前進，磕頭搗地有聲，直將青磚地面磕出一路血痕，在場人士無不落淚。後來外曾祖父感念祖父癡心，遂命小女兒代姐完婚，將祖父招贅陳家，成就一段佳話。這陳二小姐，自然便是我們今天見到的小祖母了。

放下報紙，黛兒喃喃感嘆：「好美，好傷感。」

而我深深震盪，整個心神受到強烈困擾，幾乎不知道自己身在何處今夕何昔，一時說不出話來。

我一直比較喜歡三四十年代的老故事，那時的人感情豐富細膩，有強烈而純粹的愛和恨，像林黛玉和賈寶玉，梁山伯與祝英台，也許沒那麼老，但總好過現代人的粗枝大葉。

現代的男女，有誰耐煩再去撫箏問月，海誓山盟，都恨不得將愛情編成程式輸入電腦，按部就班，從簡處理，一步到位，又喜歡假灑脫之名頻頻移情，朝秦暮楚。像祖父與陳大小姐這樣的生死相戀，於今天已成神話；便是祖父與小祖母的半世攜手，共度金婚，又何嘗不是現代傳奇？

久違了的深情款款，相思深深，宛如一座美麗的蜃樓，半明半隱於煙雲之間。而我渴望走進那海市，細問故事的究竟。

黛兒與我心意相通，立刻拿了報紙走下閣樓去問小祖母。

小祖母剛剛睡醒，看到報紙，臉上十分悻悻，半個多世紀的舊債，至今提起還耿耿不能釋懷。

黛兒全無顧忌地追問：「小奶奶的姐姐美不美？爺爺現在還會想念她嗎？當年嫁給爺爺是您自己的意思還是奉父母之命？」

小祖母臉上微紅，尷尬地說：「你這孩子，二十幾歲的人了，還這麼口沒遮攔。」

黛兒只是撒嬌：「說嘛，說給我聽聽嘛！」

小祖母不耐煩：「有什麼可說？男人還不都是一樣，總是得不到的才是好的，失去了的才最珍貴。你爺爺一生到處留情，害慘的何止我姐姐一個人？便是婚後，他的女朋友也是幾個月一換，從沒停過。他原本就樣子好嘴頭活，在女人面前最有手段的，娶我後手上有錢了，還不更胡天花地沒個饜足？就是現在也還……」

說到這，小祖母可能覺得到底不便在我們小輩面前過多抱怨，冷哼一聲停了口。

我十分意外，一時接受不來，莫非他們白頭偕老的美滿姻緣竟是貌合神離？

明知不該問，然而好奇心熾，我還是試探地囁嚅：「您就不後悔？」

小祖母黯然一笑：「我們那年月，講究嫁雞隨雞，嫁狗隨狗，後悔又怎樣？我和父母鬧翻了臉要跟他，錯已經錯了，有什麼可悔，只得好好過日子罷了。」

我不禁肅然起敬，這樣的無怨無悔，也是現世流失了的品性吧？要有怎樣濃烈的愛，才肯嫁一個明知不愛自己的人並伴他終生？

原來報紙上說得有誤，陳曾祖父嫁女並不是出自本心，而是受女兒要脅的無奈之舉。

我想像哭靈受傷的祖父躺在病榻上，陳二小姐殷勤看護，柔情繾綣，祖父只是置之不理，但二小姐還是感於他對姐姐的一往情深，寧願李代桃僵，以身相許，以一生的情來感化他，撫慰他。

怎樣的愛？怎樣的愛?!

整個下午，我和黛兒都沉浸在自己的想像中久久不能平靜。

好容易等到入夜祖父才扶醉歸來，但是興致倒好，聽我們講起小祖母的委屈，他不以爲然地微笑：「是那樣的嗎？」不知爲什麼，我覺得陳祖父的笑裏有一種陰森。

然後他便沉默了，可是他的眼光漸漸柔和下來，隔了好一會兒，才用囈語般的語調輕輕說：「她是美的，真美。」

我和黛兒齊齊一愣，卻誰也不敢出聲，惟恐打斷了祖父的沉迷。只聽他用一種夢幻的低沉聲音慢慢地訴說：

「她那時候真年輕啊，很貪玩，很浪漫，也很癡情。大戶人家的小姐，卻總喜歡打扮成農家女孩兒的模樣從後花園溜出來到處逛，專逛那些賣小玩意兒的小巷子。那次她忘了帶錢，我偷偷跟上了她，看她在小攤前徘徊把玩，一副戀戀不捨的樣子，又三番幾次地回顧。於是我把那些玩意兒一一買下，有荷包兒，有繡樣兒，還有藤草編的蟈蟈草蟲兒，都是孩子的玩意兒，不貴……我跟著她，一直走出集市，追上去把東西送給她，她很驚訝，睜大眼睛看著我，整張臉都漲紅了，那時候太陽快要下山，到處都是紅色一片，她那樣子，那樣子……」

開始我還以為他說的是小祖母，但這時已明白其實是指陳大小姐。祖父情動於中，滿眼都是溫柔，我聽到他輕輕嘆息，頓覺迴腸盪氣。

眼前彷彿徐徐展開一幅圖畫：夕陽如火，照紅了滿山的花樹，也照紅了樹下比花猶嬌的妙齡女子。而那女子臉上的一抹羞紅，卻是比夕陽更要豔美動人的，她低垂著臉，但是眼波蕩漾，寫滿了愛意纏綿，閃爍著兩顆星於天際碰撞那樣燦爛明亮的光芒。她打扮成樸素的鄉下女子的模樣，可是麗質天生，欲語還休之際早已流露出一個千金小姐的高貴嫵媚。她手上拿著外祖父贈送的小玩意兒，不知是接還是不接，要謝還是不謝，那一點點彷徨失措，一點點驚喜躊躇，一點點羞怯窘迫，不僅完全無損於她的矜持端麗，反而更增添了一個花季女子特有的羞澀之美，當此佳人，誰又能不爲之心動呢？

這就是關關睢鳩爲之吟唱不已的窈窕淑女，君子好逑啊！於是愛情一如參差荇菜的瘋長，在那個彩霞滿天的黃昏誕生蓬勃，令情竇初開的良人君子溯洄從之，左右採之，心嚮往之，寤寐求之……

那個時代的愛情哦，竟有這樣的緋惻纏綿！

黛兒忍不住插嘴：「原來她也喜歡小玩意兒，這倒有點像我。」

陳祖父撫著黛兒的頭髮，癡癡地說：

「不光這一點像，你長得也和她很像，像極了。我認識她的時候，她也就你這麼大，一朵花兒的年紀……她是爲我死的，這麼多年來，想起這個就讓我心疼。」

他的眼角微微溫潤，而我和黛兒早已聽得呆去。

然而祖父的神情卻在這時一變而爲冷厲，恨恨地說：

「你小奶奶一直想取代她姐姐，怎麼可能呢？她哪裡會有她姐姐那份真情？所以，我一開始就定了規矩：先奉你大奶奶的靈位成親，然後才續娶你小奶奶，上下家人都只能喊她二夫人，永遠把正室夫人的位子留給她姐姐，讓她永遠越不過她姐姐的頭上去！」

陳祖父說最後幾句話時，竟有幾分咬牙切齒的味道。我聽得不寒而慄。身分名位，在我們的時代尚不能處之淡然，何況他們的時代？小祖母以處女之身，下嫁於祖父，卻一上來就擔個續弦的名頭，豈不冤枉？然而，誰又能責怪祖父對陳大小姐的一番癡心？

黛兒不以為然：「可是小奶奶對你也很好呀。你們已經一塊兒過了半輩子了，沒有感情，怎麼會共度金婚？再說，陳大小姐再好，也是過去的人了，真正陪你同甘共苦的，還是小奶奶呀！」

祖父不屑地冷哼了一聲，一臉厭惡：「她？她有她的心思。她肯嫁我，不過是為了要我幫她對付自己的親哥哥！共度金婚？呵呵，共度金婚……」

他呵呵笑起來，笑聲中充滿蒼涼無奈，令我不忍卒聽。五十年，整整半個世紀，難道用五十年歲月累積的，竟然不是愛，而是恨麼？

我們還想再問，像陳大小姐到底得的是什麼病，祖父又為什麼會突然遠離，還有，祖父究竟是怎麼樣被小祖母的柔情打動的，曾外祖父又為什麼要反對祖父與祖母的婚姻等等等等。可是祖父的酒勁卻已翻了上來，口齒漸不清楚，黛兒只得喚上海廚娘來伏侍他睡下。

時已午夜，我和黛兒儘管不捨，卻不得不回賓館了。

晚上，我做了夢。

朦朧中，看到有女子懷抱嬰兒走近，面目模糊，但感覺得出十分清麗。

我在夢中無端地覺得傷心，哽咽地問：「你可是陳大小姐？」

這時候電話鈴聲響起，導遊說：「要出發了。」

嘿，如此刹風景！

# 四　傷痕累累的西大街

西大街是一條老街，老，而且窮。
可是曾經，很久以前，它是皇城第四條街。

**街上，留下太多的回憶。**

所有的記憶，都是痛。
我在往事的回憶和記者的生涯間掙扎，
不知道哪一個才是真正的我。

回程飛機上，我同黛兒說起我的夢。「我總覺得你祖父母講故事時都有所隱瞞，我真想知道整個的故事。」

黛兒說：「我也想，只不知道問誰才會瞭解底細。」

「問到了，別忘了第一時間告訴我。」

「那當然。」

過了一會兒，黛兒嘆息：「我渴望這樣的愛情。」

「哪樣的？是你祖父對陳大小姐刻骨銘心的愛，還是你小奶奶對祖父那種無怨無悔的愛？」

「都渴望。因爲他們都是那樣強烈、震撼、纏綿，與痛苦。」

「痛苦？你是說你希望痛苦？」

「是的。」黛兒望著我，認真地說，「小時候，我養過一條小狗，白色的，毛長長的那種哈巴狗，叫聲和小貓兒差不多。牠很小，我抱回家的時候牠才剛剛滿月，路都走不穩。我一隻手就可以整個地托起牠，我給牠餵牛奶，麵湯，把骨頭嚼碎了拌在米飯裏餵牠，天天給牠洗澡，連睡覺也抱著牠。有一次牠生了病，病得很重，連寵物醫院的大夫都不願再爲牠浪費針藥。我整夜抱著牠，一次次流淚。那一刻我怕極了，我那麼害怕牠死去，會離開我。我已經在牠身上傾注了太多的感情，不能再忍受失去牠。牠就好像我自己的一部分，牠死了，我就不再完整了。豔兒，你明白那種感情嗎？」

「我明白。但我不明白你想說的到底是什麼？」

「我想說，那時候起我就知道愛是痛苦的。如果你沒有付出過，傷心過，你就不會懂得愛的可貴。小王子說，當你給一朵玫瑰花澆過水，它就不一樣了。愛也是這樣的，你得爲它做點什麼，它才是屬於你的。我渴望有一天，自己會遇到這樣一個人，他不僅能讓我快樂，而且能讓我痛苦。他得讓我爲他流淚，傷心，痛不欲生。那樣，我才會愛上他，把整個兒的心交給他。」

我望著黛兒，她的眼裏充滿著對愛的渴望，是一隻鯨游在金魚缸裏的那種不足與渴望。

她不是沒有愛，只是不滿於她所得到的愛。

她想要得更多。

她想要整個大海。

雖然那裏也許充滿風浪，但那畢竟是大海。

黛兒就用這樣渴望的眼神望著我說：「豔兒，你說我會遇上這樣的愛情嗎？」

老實說我並不贊成她奇特的愛情痛苦論，但我不願掃她的興，她眼中那異樣的光彩令我忍不住點頭附和：「會，一定會。只要立心去尋找，就總會找到那株值得你澆灌的玫瑰花。」

「那爲什麼到現在我都遇不到？」

「總會遇到，也許就在明天，一回身撞上一雙眼睛，撞得人心口微微發痛。」我將雙手捧在胸前，做死去活來狀，「呵，是他，就是他了。」

兩個人嘻嘻哈哈笑起來，引得其他乘客不住回頭看。

同行的團友羨慕地說：「年輕就是這點好，做什麼都高興。」

黛兒扮個鬼臉：「可是我還要應付功課和失戀。我最羨慕的是嬰兒，只懂吃和睡，才真正無憂無慮。」

我接口：「可是嬰兒苦於不能訴說自己的意志，未必沒有痛苦。或許嬰兒會羨慕那未出世的浮游離子。」

「離子呢，如果有知，又該羨慕誰？」

團友被我們說得一愣，我們不由又相視大笑起來。

回到北京，只見阿倫捧著大束玫瑰花守在宿舍門口站崗。

黛兒當他透明，打他面前揚長而過，眼角也不斜一下。

我不忍心，硬著頭皮上前「嘿」了一聲。

阿倫猶自癡癡地看著黛兒背影，「她不原諒我。」

「別理她，她正在更年期。」

阿倫嘴角露出苦笑：「唐豔，爲什麼黛兒沒有你溫和的性情。」

「那是因爲我沒有黛兒美麗的容顏。」

阿倫凝視我：「唐豔，難道你不知道自己的美麗？」

我牽一牽嘴角。有什麼自己知不知道，當我和黛兒並排走，只要看路人的目光落在誰身上就知道了。

「要不要我替你傳話給黛兒？」

阿倫低下頭：「我今天不是來挽回的。我只是想解釋，這是個誤會。我最近精神緊張，一直失眠，要靠安眠藥幫助睡眠，糊裡糊塗多吃了幾顆……」

我不知道他的話是真是假，但已經打心裏笑出來：「原來是這樣，說出來就好了，免得大家尷尬。」

真假又有什麼關係？只要當事人否定便都是假的。至緊是要大家面子上好過。

那件事之後，黛兒收斂了許多，連穿著打扮也不比以往暴露，變得淑女起來。然而再普通的衣服穿在她身上，也別有一種風情。

一天上古文欣賞，黛兒穿了件半袖翠綠色襯衫，同質地窄腿七分褲，袖口與褲管均密密地繡了一圈兒花邊，平時飛散的長髮今天梳成兩隻麻花辮子搭在胸前，辮梢還繫著綠綢帶的蝴蝶結，清靈秀麗得就像剛從民國掛曆上走出來的一樣，連古文學老教授都被惹得頻頻從講義上抬起眼來。

我忍不住嘆息：「黛兒，如果我是男人，我真的也會被美色所迷。」

怎敢再罵那些迷戀黛兒的男人愛得膚淺？美色當前，誰又是深沉的智者？

黛兒說：「爺爺說我長得很像大奶奶，如果他看到我這樣打扮，一定會說更像了吧？」

我問：「你後來有沒有再打聽過陳大小姐的事？」

「問了，沒有人知道。你知道我爸媽那一代，和上代人很隔閡的，還不如我同他們有得聊。再說他們又早早去了香港，他們的故事，就更沒有人知道了。」

我嘆息。不知怎地，自從在小樓上接觸到那個半世紀前的老故事，我就再也放不下。

我開始常常做同一個夢，夢中，有白衣的女子懷抱嬰兒對我欲訴還休，似乎要託付我什麼。但是，我始終看不清她的臉，更聽不到她說什麼。

每次自夢中醒來，總是覺得很累，彷彿夜裏長跑了八千米似的。

我向黛兒訴苦：「如果你不能把那謎底揭出來，只怕我這一輩子都得活在你祖宗的噩夢裏了。」

黛兒不信：「如果真是我祖宗托夢，也該托給我才是。幹嘛找你說話？」

黛兒忽然瘋狂地迷上電腦，拒絕了所有追求者上門，一下課便揣著上機卡躲到電機室裏做網蟲。

她變得沉默，更變得憂鬱，一雙大眼睛越發漆黑如星。

開始我以爲這一切的變化是爲了阿倫，但是不久便發現自己錯了。

傍晚，窗外陰雨如晦，黛兒在宿舍裏大聲朗讀安徒生童話《雪人兒》：

「雪人兒看到了火爐，那明媚的火焰啊，正是愛情的象徵，沒有一雙眼睛比它更加明亮，沒有一個笑容比它更加溫暖，它照亮了雪人兒的心，於是那顆心變得柔軟而痛觸，它感覺到身上發出一種從未有過的情感，它不瞭解，但是所有別的人，只要不是雪做的，都會瞭解的。」

黛兒抬起頭問我：「豔兒，你瞭解嗎？」

「瞭解。小心防火，危險勿近。」

黛兒沒有笑，卻忽然沒頭沒腦地問出一句：

「豔兒，如果我想去西安工作，你會不會幫我搭線？」

「去西安？爲什麼？」我驚訝地停下筆，畢業考在即，我連年優秀，可不願在最後關頭痛失晚節。但是黛兒的提議太過奇突，我知道她父母是早已計畫好要她一畢業即出國的，怎麼竟會忽然想到去西安，我不禁洗耳恭聽好友的新計畫。

「因爲子期不願意來南方。」黛兒低下頭說，「他說他父母都在陜西，不方便遠離。」

「子期？子期是誰？」

「子期就是子期呀。」黛兒責備我，「還是你幫我牽的線，怎麼倒忘了。」

我想了許久才想起香港咖啡座的那次邂逅，恍然大悟，「是他呀，你們後來聯繫上了？」

「我和他一直都有通信。」

我這才知道黛兒天天去機房是爲了同高子期網上聊天。

「原來世上真有一見鍾情這回事兒。」

黛兒低下頭：「在遇到他之前，我也不知道愛情原來是這個樣子的。」

她說得這樣溫柔纏綿，我亦不由認真起來。

「那麼，現在進行到哪一階段了？可有談婚論嫁？」

「沒有。」黛兒的眼中竟難得地有了幾分憂鬱，她略帶彷徨地說，「我已經決定去西安找他，我想天天見到他，你幫我好不好？」

「可是，你爸爸媽媽會同意嗎？你原來不是打算一畢業就出國的嗎？」

「原來我不認識子期。」

「這麼說，你的前途將爲子期而改寫？」

「我的一生都將爲他改變。」黛兒很堅定地說，「男人和女人的戀愛是一場戰爭，誰先愛上對方，誰就輸了。我輸了，我願意！」

「我願意，」這像是新婚夫婦在牧師前永結同心的誓言呢。我詫異，黛兒這回竟是來真的。她眼中的光焰熾熱而堅決，有一種燃燒的姿態，令我隱隱不安。但是想到畢了業仍可以與好友朝夕相見，倒也十分高興。

而且正如黛兒所說，她和子期的事由我一手促成，兩人如果失之交臂，未免辜負我一片苦心，於是義不容辭，滿口答應下來。

回到西安，我立即著手四處張羅著給自己和黛兒找工作。

父親說：「其實何必到處應聘呢，唐禹那兒正缺人手，你們兩個一起過去幫忙不是正好？」

我卻不願意繼續仰唐家人鼻息，只答應介紹黛兒給哥哥做秘書。

哥哥起初不願意，怕剛畢業的大學生沒經驗，可是見到黛兒照片，立刻便滿面笑容地答應下來，理由很簡單，「憑黛兒這張臉，根本不需要任何經驗，只要她肯在陪我見客戶時多笑兩下已經比什麼都強。」

事情就這樣說定下來，約好黛兒過完「十一」國慶日即來西安上任。

而我自己的工作卻仍無下落。

最初的理想是考到一家廣告公司去大展身手，將文采靈思發揮最高價值，一本萬利，點石成金。

可是不知怎的，我報考的明明是文案創意，主考官們卻都不約而同遊說我去做業務承攬。

我百思不得其解。唐禹說，「笨蛋，這不明擺著嗎？現在廣告公司不景氣，最缺的是廣告量，沒有訂單，要文案創意有屁用？」

當十七八次被主考官規勸改考業務承攬時，我終於發作：「請問老師，爲什麼認定我不應該報考文案？」

主考官是個面白無鬚的年輕人，當下輕輕喉嚨回答：

「唐小姐，你相貌清秀，口才伶俐，做公關最合適不過，爲什麼不願意試試呢？」

我抬起頭來反問，「考官先生，您年輕瀟灑，擅於交際，怎麼不去……試試呢？」

我說的是本地一家著名男公關夜店的名字。說罷不待對方反應過來，趕緊三十六計走爲上，溜之大吉。

於是不再指望有朝一日成爲廣告高手，創造奇蹟，但亦不肯到一般商務公司找份文員的職位。蹉跎月餘，才終於應聘到一家雜誌社考取了一份見習記者的工作，月薪八百大元，可是一天倒要打卡四次。

人家說時間即是生命，可是記者的生命恁地不值錢。

唐禹取笑：「原來你努力地棄商從文，就是爲了要說明從商和從文的區別在於不賺錢。」

我強辯：「不是不賺錢，是不提錢。」

反正沒有錢，提來何用？

在大學裏習慣了自由自在的生活，我已經不能再忍受寄人籬下的感覺，找到工作後第一件事就是藉口要陪黛兒，向父母提出租房另居。

母親原本頗不樂意，但見我意思堅決也就算了。

搬家那天，我請父母吃了頓飯，鄭重表示我搬出唐家並不代表會忘了他們，今生今世，他們都是我最親最近的父親母親。

飯後自然又是唐禹送行，不過這次更為徹底，一直將我連人帶行李送到西大街的新居。

西大街是一條老街。

老，而且窮。滿面風霜，衣衫襤褸。

路面都打著補丁，十餘步的距離，可以看到修自不同時候的五六種磚石。房屋只有兩層高，路燈也黯淡，只照得見眼下幾步遠。

說是「新居」，不過是對我這個「新客」而言，其實房子只怕已有半百年紀。只是一個大開間，放下兩張單人床已經轉側維艱。而且水喉灶房廁所都在樓道裏，四戶人家共用。一句話，簡直是大學宿舍的延伸。

可是房租出奇地低。這一條優點足以抵過其他十條缺點。只是委屈了黛兒，那麼光芒燦爛的人偏偏要住進這樣黯淡無光的所在。

住進來第二周，父親突然上門拜訪。幸好我前一天剛剛備下幾種生活必需品，於是燒開水沏出茶來，又下廚弄了幾味小菜，總算不至十分怠慢。

父親嘆息：「豔兒，你長大了。」停一下，又問：「有沒有想過開始尋找生身父母？」

我立刻回答：「您就是我親生父親。我不必再尋找第二個父親。」

父親便不再說話了。

我知道他們還在為我的搬家心生芥蒂，言談越發謹慎。

其實親生兒工作後搬出與父母分開另住的也很多，只是人家便不必擔我這些心事。

飯後，陪父親沿著西大街散步。

街道很破，許多老房子都拆掉了，可是又沒有拆乾淨，露出鋼筋水泥的內臟，十分奇突。店鋪多半冷清，稀稀落落擺著幾件過了時的商品，不知賣不賣得出，沒有人關心。櫥窗也馬虎，塑膠模特兒被剝了衣裳，無尊嚴地裸露著，胳膊腿上一片青紫，連著手腕與臂的螺絲有些鬆動了，露出黑色的鐵銹來，看著有種觸目驚心的感覺。

整條路，都是傷痕累累的。

路邊的樹也老了，一色的中國槐，早已綠蔭成蓋，於路兩旁遙遙招呼著，越來越親近，幾乎連接起來，遮蔽整個天空。有一棵樹，攔腰處奇怪地腫出一大圈來，成球狀，足有本身兩個粗厚。

父親說，那是樹在疼。比方樹還在幼年時被勒了鐵絲，那麼就會在傷處不斷分泌樹汁，日復一日，逐漸增厚。

我的眼前忽然顯出一幅景像來：樹長了舌頭，軟的，濕濡的，含羞帶痛地，於靜夜悄悄吐出，一下又一下，舔舐自己的傷處。傷口結了痂，漸漸癒合了，卻留下一道疤，日益加固，終於成了今天的模樣。

樹，也是有記憶的。

我不禁低下頭去。

父親說：「其實在歷史上，西大街曾經是很顯赫的。隋唐時候，這一帶地處皇城中心，西大街爲皇城內第四橫街，鐘鼓樓都在這條街上。宋、元、明、清，歷代官府都集中在這裏，所以名副其實，又叫『指揮街』，等閒人是不能輕易踏入的。只可惜後來城市中心東移，原來位居廣濟街迎祥觀一帶的鐘樓便被遷走了。奇怪的是，鐘樓搬遷以後，原先鐘樓上的景雲鐘就再也敲不響了，而西大街也一年年敗落下來。」

父親再度吟起那句詩來，「舊時王謝堂前燕，飛入尋常百姓家。」

他吟詩的時候，眼睛看著我。我知道他又想起我的身世來了，忽然之間，我覺得與西大街親近了許多。隋唐，皇城，第四橫街……這些名字聽起來都好熟悉，好親切。也許，我真的會在西大街上，有所奇遇破解我的出身之謎也說不定吧？

送走父親許久，仍覺得心中墜墜。眼中總是浮現出那棵樹來。幼時的傷，是內傷，用盡一生也不能癒合。

我和樹一樣，都忘不掉。

黛兒來西安那天，我和哥哥一起到火車站接車，在月臺上見到衣冠楚楚的高子期，雖然這之前不過一面之緣，且又經年未見，我還是把他一眼認了出來，畢竟男人長得像他那麼英俊清爽的不多。

難得的是高子期也還記得我，滿面春風地招呼：「唐小姐，好久不見。」

我爲他和哥哥做介紹，強調說：「高子期，黛兒的男朋友。」

子期笑了一笑，而哥哥臉上一呆。

這時候車已進站，子期小跑兩步趕上前去，哥哥小聲抱怨：「你沒說過黛兒已經有男朋友。」

我故做不解：「這同應聘秘書有關係嗎？」

「空通」一聲，火車停穩，黛兒出現在車門口，見到子期，歡呼一聲跳下車來，兩人就當著滿世界表情不一的眼睛公然熱吻起來。

哥哥嫉妒得臉都紅了，悻悻說：「色情男女！」

我笑：「應該說性情中人才是。」上前拍一拍黛兒肩膊，「喂喂，留點口水說話好不好？」

黛兒這才注意到我的存在，又大驚小怪歡呼一聲，上來給我一個大大的擁抱。

我笑著推開她，「去去去，同男朋友親熱夠了，把剩餘熱情施捨在我身上，才不稀罕呢。」順手拖過我哥哥，「這是唐禹，你未來老闆。」

唐禹反正沒份獻殷勤，索性板起臉來做足一個老闆應有的戲分，微欠一欠身，莊重地說：

「歡迎陳小姐加盟敝公司。」

黛兒瞇起眼一笑：「沒想到我會有這樣年輕英俊的一位老闆。」

哥哥臉上不由又是一呆。

接著我們一行四人去香格里拉吃自助餐，說好了唐禹請客，可是高子期不做聲地到櫃檯把帳結了。

我對他更加好感，稱讚說：「這才是紳士風度。」

唐禹仍然莫名其妙地吃醋，「嘴乖腿勤而已，導遊的職業病。真奇怪爲什麼女人都喜歡小白臉。」

我笑：「吃的好沒來由的醋。哥，你不是有女朋友嗎？」

「吹了。」

「爲什麼？我聽說她條件不錯，還是個什麼經理呢。」

「媽媽對女強人很感冒，說她比我還像男人，我要是娶了她，將來準沒好日子過。」唐禹悻悻說：「看著吧，下次我非找個女人中的女人，胸大無腦那種，白紙一張，隨我塗畫。」

我大笑。

經此一役，唐禹對黛兒再不遐思綺念，坦坦蕩蕩只拿她當女秘書看待。黛兒反而詫異，對我說：「難得有男人在我面前這樣正人君子，你們唐家的人個個不同凡響。」

我笑：「南方的秀才北方的將，陝西的黃土埋皇上。西安城的地底下埋了那麼多的皇帝，滋養出的子民又怎能沒幾分皇家氣派？」

後來我將這番話轉述給老哥，唐禹得意，從此越發矜持。

唐禹的皮包公司原本發際於我那十五只金鐲子。如今三年之期已過，唐禹卻一直不提贖回的事，我心知事情有變，也只好不問一字。難得公司漸見規模，有閒時我曾專門去參觀過一次，寫字樓裏租用著小小一個套間，傳真電腦也都還齊全，書櫃裏裝滿大部頭封面燙金的商業書，不知是用來看還是用來擺設，但總算已經上了軌道，我那鐲子也就算沒有白奉獻一回了。

轉眼冬至，黛兒在秘書崗位上已經駕輕就熟，雖然不會十分出色，卻也勝任有餘。只是，她好像不大開心，常常顯得神色恍惚，又總是喜歡選擇那些意境淒美結局哀豔的童話來讀，比如《人魚公主》、《小意達的花兒》之類，弄得有些慘兮兮淒切切的。也許，投身愛河的人都是這樣神不歸竅吧？不過這完全無損於她的美麗，反而更增添了幾分沉靜之氣。

空閒時，我們仍然喜歡逛古玩市場，像書院門，北院門，八仙庵，化覺巷，最喜歡去的，要數書院門。

從西大街一路散步至鐘樓，向南一拐，書院門就赫然在望了。那可真是有種令人眼前一亮的驚豔感：路口橫空一道牌坊，古香古色，華麗典雅，清楚地提醒著你，這是一座有著優久歷史與優美傳說的不可多得的老街，一旦低頭從這牌坊下踏過，就彷彿轉瞬間乘上時光飛船，從千禧年飛馳而至大明盛世了。

這條街的最大特色就是「古韻」，兩旁小店均爲仿古建築，高高的房頂，雕梁畫棟，古樸雅致，通常兩層樓，樓下是店面，樓上有嵌花格子，頂上還有飛簷斗角，有的屋角還蹲著獸頭，像個廟。名字多喚做「閣」、「軒」、「樓」、「齋」，念上去，有種口角噙香的感覺，且往往出自名家手筆，劉文西、吳三大、趙朴初的都有。店裏賣的，多半是文房四寶、古玩玉器之類。

黛兒每次逛街前，都要花上大半天時間，把自己著意打扮成一個古裝少女，以便同街道的韻味相襯。看著她穿長裙，著木屐，擎竹骨紙傘於青石板鋪就的小路上迤邐而行、施施然走進古老時代裏去的樣子，就彷彿看到一幅會活動的古代仕女圖；可是一旦停下來想買點什麼了，便又立刻恢復城市人的本色，精刮俐落，討價還價，連消帶打，絕不含糊。幾乎每次都會有所斬獲，淘到點新玩意兒，有時是一只色澤純正的玉芙蓉鐲子，有時是一套罕見的皮影戲兒，有時則乾脆是一把香扇幾張剪紙。

西安這一類的古舊建築物不少，南大街，雁塔南路，北院門，都有好些，但都不如書院門來的地道有味。只可惜後人不懂得維護保存，窄窄的街道上已經是行人擁擠了，還要放了車輛來踐踏。又抽掉了舊的漢青磚，灌了水泥，搗騰得面目全非，失了真味。

黛兒對此十分憤然，抱怨說：我真不懂那些磚好好地待在這裏，他們為什麼要刨了去，又刨去了哪裡。是要送到博物館做展覽嗎？還是以保護為名扔在什麼不見天日的倉庫裏爛掉？我敢說，如果青磚有靈，懂得說話，為自己的利益爭取權利，它們一定會說，我們寧可待在書院門被人踩被人踏，因為這是我們的責任，是我們的位置。

又慫恿我：別再採訪那些誰家老婆偷情，哪個名人同性戀什麼的無聊隱私了，不如用心寫篇文章呼籲一下，讓所有的人都來關心古文物的維護重建，也算文以載道。

我不禁汗顏。

從見習記者轉爲正式員工後，我的收入大幅度增高，雖然薪水沒有三級跳，但是加了編輯費，按版面支取，多勞多得，應付日常消費已經綽綽有餘。加上間或寫些小稿投遞其他雜誌，收入頗爲可觀。可是隨著我文筆的越磨越快，文章的品味卻越來越低，用黛兒的話說就是：挖人家牆角以爲自家稻粱謀。

可是沒辦法，不知怎的，如今期刊圈盛行一股所謂紀實風，各大報刊都在四處搜求案例奇聞，拳頭與枕頭齊飛，暴力和色情共舞，翻開雜誌來，滿眼所見不是殺人，就是亂倫。

古人云：君子不飲盜泉之水，連寫著「盜泉」兩字的水源都認爲不潔，渴死不肯飲用。而今世風日下，人心不古，我輩枉爲文人，遇盜泉豈止飲水，簡直甘之如醴，以誨淫誨盜爲己任，想來真令人志短。

這會兒受了黛兒幾句激，我遂摩拳擦掌，壯志躊躇地說：好，我今晚就動筆，寫一篇催人淚下的大稿，拿出國人申辦奧運的那種煽情勁兒來，讓人看了痛心疾首，恨不得馬上拿出錢來捐款重建。再不叫你小瞧我媚俗。

晚上，我挑燈夜戰，查了大量資料，增刪數次，洋洋萬言。又特意援引了西大街城隍廟的例子為證。

城隍廟就在我們住處對面，最早建於明太祖洪武二十年（一三八七年），比書院門的歷史悠久得多。可是自從「文革」後，年久失修，日漸蕭條，千年的古剎，如今竟成了市集，四處掛滿琳琅滿目的靴襪內衣。門外的石獅子，上千年的文物，就那樣隨意地閒置在泥地裏沒人理，風吹雨打，已經侵蝕得厲害，下場比書院門的青磚還可憐。

都說佛門四大皆空，城隍廟卻是四壁充實，塞滿了貨，也擠滿了人。而城隍香火，卻屈居於廟後一戶人家的窗臺上，險危危地搭著個臺子，挑著杆旗子，算是個臨時燒香點。

我在文中慷慨陳辭：城隍廟會如今有會無廟，廟即是會，本為廟中香火吸引來的商販們居然喧賓奪主，請菩薩搬了家，自己當了廟堂主人，開起店鋪來。人類的忘恩負義在這裏表現到了極致。然而，經濟領導一切，佛也無奈其何，這，便是金錢的力量吧？

黛兒擊掌叫絕，說這才叫痛快淋漓，言之有物！

然而當我興沖沖把那篇自以為字字珠璣的《城隍淚》交到主編桌上時，卻被他批得體無完膚，一錢不值。

「這叫散文還叫隨筆？它有什麼價值？」主編耐心地開解我，「你是個好編輯，好記者，筆頭快，思路廣，可就是太天馬行空了些，老是看不準方向，拿不準題材。要知道，咱們雜誌要競爭，講的是發行量。發行量憑的是什麼？是文章的品質。文章品質指的是什麼？

是素材。什麼才是好的素材？就是大家願意看，想看，卻看不到的東西。這些東西是什麼？是隱私。是案例。是懸念。知道嗎？」

「可是，生活中不應該只有暴力和色情，應該還有更美好的東西，更值得珍惜和珍藏的，不是嗎？」

「也許是，但誰關心。有幾個老百姓想要知道城隍廟的石獅子有多少歲年齡？他們喜歡看到的是和自己生活貼近的東西。」

「暴力和色情就是生活的本質了嗎？」

「當然不全是。美好的東西不是沒有，咱們雜誌宣傳人性本善的稿子也很多呀，頭刊從來都是正面稿件……」

「捐眼換腎那些？」我悶悶，「可是那些血淋淋的煽情一樣讓人不消化呢。」

「那才刺激呀。」主編親切地拍拍我的肩，「你年輕，有幹勁，想創新，這是好的。但紀實風格是咱們雜誌的特色，是多年的實踐得出來的經驗，是發行的保證。沒有發行量，再美好的理想也是空談，知道嗎？」

「知道了。」我灰溜溜地答應著，再不敢以正義自命，替天行道。

主編呵呵地笑了：「小唐，你雖然是個新人，可是前途不可限量。上個月，你是咱們編輯部上稿量最大的，尤其那篇關於明星戀愛的是是非非，真不錯。好好幹，我對你很有信心。知道嗎？」

「知道。」這次我答得響亮多了，因爲清楚地意識到所謂「上稿量最大」意味的是什麼。

自從以版面計算工資後，編輯之間的競爭明顯激烈。文人相輕本就是千古積習，更何況記者編輯還不能算純粹的文人，而且編輯部搬出競爭上稿的法寶，無異於有你沒我，你死我活，同事之間的笑容更加虛僞，仇視卻是如假包換。

所以只要沒事，我總是懶得在辦公室多待，樂得讓出時間位置給那些熱衷拍馬的人覷準機會舞其長袖去，自己則每天挾了相機四處採訪娛樂花邊，雖然情調不高，畢竟無礙健康。

漸漸與各影視公司混得爛熟。

導演戲謔：「其實唐小姐眉清目秀，如果肯演戲，何必採訪人家，自己就是現成的大明星。」

說得我心動起來，便也想客串一回，過一把戲癮。

導演答得爽快：「好呀，最近有個電視電影的本子，青春片，講大學生的，你年齡正合適，就演女班長好了。」

但是本子拿到手，才發現統共三句對白。

「我叫張潔，暫代班長。」

「沒關係，你睡下鋪好了。」

「老師好。」

完了。

製片還要開我玩笑：「還有名有姓的，不錯了呢。」

不錯，主角好過配角，配角好過龍套，龍套裏有名字的好過沒名字的，沒名字中露正臉的又好過側臉的，有臉的好過沒臉的……一個半小時的片子裏，人物早被分了三六九等，等級森嚴，羨慕不來。

我於是爲了三句臺詞輾轉反側，想方設法出奇制勝，硬要從平凡中見出不凡來。

到了演出那天，我對著鏡頭露出嫣然一笑：「我叫張潔。」

微微停頓，欲語還休，謙虛中露出驕傲，「暫代班長。」

導演說：「好！」

居然一次過，我頗爲得意，走到一旁看別人繼續表演。

這件事除了黛兒我沒有告訴其他人，通場三句臺詞，小到不能再小的角色，有何顏面啓齒。

但自己的心裏是興奮的，日復一日地扳著手指算播出時間。

一日自片場回辦公室，剛剛上樓，聽到同事張金定抑揚頓挫的男中音：

「唐豔？我們雜誌社沒這個人。我是新來的，不清楚，或者已經走了吧……」

一陣氣血上湧，我真想推門進去大吵一頓，但立刻意識到吵架不是辦法，最關鍵的，是我絕對占不到上風。

張金定，今年廿七歲，和我同時進入雜誌社，是主編在工作會上公開評價最有發展前途的兩個編輯，故此敵對也最強。最近社裏有消息說新買了幾間套房，除了照顧管理人員和老編輯外，另有一間是獎勵新編輯的，而這新人之中，又屬我和張金定可能性最大。張某家境清貧，世世代代培養出這第一個大學生來，難得考進文化單位，自覺鯉魚躍龍門，恨不得以社爲家，刻苦非凡。加之新近交了女朋友，對那間套房正是志在必得，因此視我爲眼中釘肉中刺，恨不得撲殺腳下而後快。

在他的心目中，女友是女人，女同事卻是老虎，尤其與自己同工同酬同等職位的女同事。

可是正因爲對方已經出此下策，如果我接招，就等於把自己和他劃了等號。而且他是男人，可以罵髒話，我卻不能，罵了，就是潑婦。男女同工同酬，女人卻要比男人承受更多的壓力和管束，真不明白男人爲什麼還會有那麼多意見。

我到樓下轉了一圈又一圈，努力地勸自己平息怒氣，不要七情上面，弄得大家尷尬。很多事都是這樣，你可以做，我卻不能說，說了，就是小氣。這是文化人的遊戲規則。

直到氣定神閒了，我才重整笑容上樓走進辦公室，見到張某人，如常微笑問候。他的笑容也真誠親切，完全看不出剛剛才否認過我的存在的樣子。

他的虛僞，我的無奈，都是自由競爭的結果吧？我很懷疑這種競爭會有什麼正面效應，但是主編堅持認爲有競爭才會有進步，我們也就只有爲了他的一聲令下而廝殺拼搏。

像不像一盤棋，無論將帥兵卒，都不過是奕者手中的一枚棋子，本已賤如塵芥，棋子與棋子卻偏還要自相殘殺，更加賤多三分。

坐下來，我開始整理自由來稿，張金定走過來說：「主編讓我把稿子送過去，你看完了吧？」

按規定，我們除了負責各自稿件的編輯外，還要彼此交換稿件做對方的二審，而我和張金定正是搭檔，故此他的稿子都放在我這兒。我將稿件取出放在一個大檔案袋裏一齊交給他，本能地說一句「謝謝」。

這時代，禮貌同微笑一樣，都是假的。好萊塢導演吳宇森有個大片《變臉》轟動全球。其實有什麼稀奇，我一天變臉次數不知凡幾。只是沒人頒我奧斯卡獎。

臨近中午時，主編打電話上來：「小唐嗎？小張特意說過這期他寫了一篇特稿我怎麼沒看到？他說交給你了，你見過沒？」

「見過，我記得還特意詳細加了二審意見，剛才不是讓張金定一塊給您送去了嗎？」

「沒見到，你看看是不是還在你那裏。」

我趕緊把桌子翻成廢墟狀，卻仍然一無所見，只好跑到樓下跟主編商量，「的確不在我這兒。不過稿子是電腦打字，張金定那兒一定有存檔，不如重新輸出一份吧。」

「也只有這樣了。」主編意味深長地看了我一眼，「競爭是要的，但應當公平，知道嗎？」

我一愣，不由情急：「您的意思是說我故意把稿子藏起來？」

「你這孩子，怎麼性格這麼急？我可沒說你什麼，別人說什麼我也不全信，不過做事還是應該小心謹慎些，不要讓別人落下話柄，知道嗎？」

又一句「知道嗎」，倒真是讓我知道了，一定又是張金定搞的鬼。但是證據在前，理虧的是我，說什麼也沒人相信，我只有吞了這個啞虧，拎起相機袋子出了門。

怨氣一天天悶在心裏，我懷疑膽結石就是這樣形成的。

回到家我對著黛兒訴苦：「你就好了，只對著我哥哥一個人，工作簡單，人事簡單。不像我，同事間就像王熙鳳說的，個個烏眼兒雞似的，不是冤家不聚頭，恨不得將我趕盡殺絕。」

黛兒說：「不被嫉妒是庸人。你文采好，筆頭快，別人越攻擊你，就越證明你優秀，何必介意？」

我驚訝：「看你不諳世事的，倒是練達人情即文章。」

「習慣了嘛。」黛兒言若有憾，心實喜之，「從小到大，我一直被嫉妒包圍，不習慣也不行啊。」

我「哈」地一聲笑出來，有黛兒這樣精彩的良友相伴，真是我枯燥如潑墨山水畫的黯淡人生中最亮麗的一筆。

終於等到片子在電視頻道播出，吃過晚飯，我便牢牢守在電視機前等候自己出場，那種感覺十分奇特，好像同一個神秘人約會，走了幾天幾夜去赴約，但是總預感到對方會失約，所以越走越急，越急越走不快，淺淺的興奮中有著十分無奈的真正悲哀。

黛兒比我還緊張，一會兒開音樂一會兒弄咖啡，一刻也坐不穩。

終於我出現在螢光幕上，是個大場面，人頭濟濟，而我遠遠地一晃，表情根本看不清，聲音亦很僵硬。「我叫張潔，暫代班長。」

一下子就過去了。

我錯愕，「那不是我的聲音。我練了那麼久的臺詞，我根本不是這麼說的。」但立刻反應過來，這八成是後期錄音，隨便找個工作人員錄的，電影公司當然不會爲了三句對白再找我錄一次。

怒極反笑，我忽然覺得滑稽，生命原來是這麼諷刺的一回事，在你眼中看去大得不得了的喜怒哀樂，在別人眼中不過是一秒鐘的剪輯。

黛兒拍拍我的手：「萬事總有開始。那些專業演員也都是打這個階段走過來的。」

我關掉電視，不想再看到自己的另外兩次現眼。

就在那一刻，我下定決心誓必演出一次大角色，讓那些小覷我的導演製片悔斷腸子，對著我的劇照吐血去。我像于連那樣握緊拳頭對自己起誓：「這是任務！」

電話鈴在這個時候響起來，是高子期先生找陳黛兒小姐。

只聽黛兒說：「看電影？現在？可是我……我有點累，不太想出去……要不……」

不等她說完，我已趕緊起身：「反正沒事，回家找老爸聊天去。」

朋友是用來同甘的，至於苦，自己吞咽已經算了，犯不著株連九族。何況子期常要帶團出差，與黛兒見面機會並不多，每一次約會都被黛兒視爲生命中大節目，我不願令她爲難。

關門前，正趕得及聽黛兒說最後一句話：「等等，現在我又想去看電影了……」

# 五　邂逅一個唐朝武士

月光在那一刻驀地明亮，身後有鏘鏘的腳步聲響起，
愈走愈近，伴著鎧甲相碰的清脆聲。我回過頭去，便看到了他。
一個與天地同在的男人！

看到他，
我忽然明白自己從小到大十年來一次次來這古城牆上尋找的是什麼了。
他在夜色中向我走來，柔聲問：「你怕不怕？」
我望著他，望進遠古，也望進永恆：「不怕，是我令你重生。」

清風徐徐，月光如水，我沿著西大街慢慢走至西門，拾級而上，信步走上城頭。夜深沉，因是深冬，城牆上闃無一人，顯得格外冷寂，連月光也比在城下看起來空靈。有冷自心底緩緩滲出，我覺得孤獨，又覺得踏實。終於又回到這古城牆了，感覺上正如老友重逢，我在「秦鉞」的名字旁坐下來，輕輕撫摩著磚上纖細滄桑的名字，彷彿可以聽得到城牆的心跳，感覺到它堅硬外殼下的溫柔的愛。

遠遠地，有人在吹塤，那簡直不是屬於人間的音樂，那是歷史的回聲，是地底的哭泣，在夜風中嗚咽著，一層層浸透我的心。風裏，不知有多少前朝魂靈遊蕩其間，它們使城牆上的空氣顯得清冷而幽微。

月光益發明朗，城磚上的名字漸漸清晰，彷彿昨天剛剛刻就，還隱隱帶著血跡。

我心顫慄，忽然做了一個自己也難以解釋的動作——我將臉依偎在城磚上，輕輕呼喚那名字：

秦鉞！

月光在那一刻驀地明亮，綻放出不可能的皎潔圓潤，瞬間貫穿了我整個的身心。我屏住呼吸，知道要有事情發生了。

身後有鏘鏘的腳步聲響起，愈走愈近，伴著鎧甲相碰的清脆聲。月光下，那聲音帶著一種說不出的清越遙遠，彷彿從遠古走來，可是又分明響在現實中。

我回過頭去。

回過頭去。

回過頭去。

便看到了他。

一個與天地同在的男人！

看到他，我忽然明白自己從小到大十年來一次次來這古城牆上尋找的是什麼了。

他穿著戰袍，鎧甲上泛著素冷的光，並不因年代久遠而鏽鈍。

他在夜色中向我走來，在與我隔一段距離處停下來，將長矛倚在城頭，柔聲問：

「你怕不怕？」

我望著他，望進遠古，也望進永恆。我答：「不怕，你是我的朋友。」

我不能夠解釋那一刻我爲什麼會如此勇敢鎭定，視一切爲理所當然。我只覺得，這樣的月光下，這樣的城牆上，無論遇到什麼人發生什麼事都是正常的。更何況，一個長矛鎧甲的前朝士兵，本來就很合乎古城牆的身分。

我看著他的眼睛，彷彿已經認識了幾百幾千年，彷彿早就知道他會在這城牆上出現，彷彿今天上城牆本來就是爲等他一樣。小學國文作業裏的造句忽然湧上心頭：「秦鉞是我的好朋友，我們每天一同上學，一同回家，無話不談，形影不離。」

我笑了。

他說：「我叫秦鉞。」

我點頭。「我知道，是我令你重生。」

「謝謝你。」

我仍然微笑著，領了他的謝意，「你是哪朝人？」

如果這是在大白天，如果旁邊有人，一定會被我的問話嚇得半死，要不就認爲我已經瘋了，在說胡話。

可是我自己在那一刻一點也不覺得自己的問話有什麼不妥，就像平時採訪影視明星一樣，我問他：「你該有幾百歲了吧？」

「我已經一千多歲了，零頭也比你的年齡大十幾二十倍。」

那麼大，卻沒一點龍鍾老態，我更加輕鬆：「可是你看起來同我差不多。」

「那是因爲我死的時候只有廿七歲。」

「果然！」我拍拍手，「我今年廿三，只小你四歲，最多叫你哥哥。」

他笑起來，聲音爽朗而略帶磁性，很好聽，很青春，甚至很陽光。他怎麼看都不像一隻鬼。

我扳指推算，「一千多年，那是清、明、元、宋……」

不等我推算完，他已自動提供答案：「唐。我是唐朝人。」

「唐朝？」那可是歷史上最香豔昌盛的一個時代。「那你一定同她們很熟，趙飛燕，楊玉環，武則天，」我想起那部著名的電視劇《大明宮詞》，「對了，還有太平公主。」

「我和她們不熟。」秦鉞微笑，「我只是一個武士，遠離宮殿。」

「那多麼可惜。她們可都是美女。」我問他：「對了，你是怎麼死的？」

「戰死。」

高宗時期，邊境來犯，戰亂頻仍，護城守衛們枕戈待旦，誓以生命維護城中老小婦孺的生活平安。

年輕的秦鉞是守城死士之一，自知當夜必死，在月亮升起前向同伴傾訴心事：

「我們是爲了保護女人而戰的，這是男人的天職。可是，我卻還從沒來得及真正認識一個女人，和她轟轟烈烈地愛一次。」

說這話的當夜，敵人來攻，秦鉞身中多箭，戰死城頭。拼著最後一絲力氣，他以手中矛尖蘸著鮮血，在城磚上用力刻下自己的名字。

那是一個月圓之夜，彼時月已升至中天，明潔如洗，秦鉞對著月亮起誓：如果多年之後，有一個姑娘，純潔善良，一如明月。她會出現在這城牆之上，於月光下讀出我血浸的名字。那時，我的精魂將附在這城磚上重生，與她生死相愛。

不料想斗轉星移，轉眼便是千年的沉寂。秦鉞於九泉之下苦苦等待，終於等來我今夜的赴約。

是的，這是一場約會，在千百年前已經訂下了的。只要我出現，便正是時候，不早，也不遲。因爲，他等的是我，而不是別人。

而我，看著他剛毅的面容，亦深深明白，這個與眾不同的勇士，也正是我等待的人。

我們相遇，就像風拂過水面一樣自然而動盪，千變萬化，每一分鐘都有新的漣漪新的驚喜。

他給我講前人的風俗典故，而我告訴他今時的禮儀時尚。我在城頭起舞，白色的棉布裙裾舞成一朵碩大的百合花，只覺自出生至今從未有過這樣的喜悅快樂。

我讓他走近，聞我身上的香水味，說這是法國的牌子香奈兒，還是上次我陪黛兒去香港時她買來送我的。

香港？法國？他不明白。他說唐時的婦女也是香香的，不過是用香料薰染的。

我不信，聽說那時女人都穿得又厚又多，幾個月不洗澡的，怎麼會香？

他笑笑，不與我辯。但是指著我的純棉裙子說這並不是最好的料子，他們那個時代，有一種絲棉，又輕又暖，整條裙子可以束在一起穿過一枚戒指。

我神往。絲，一直是我十分敬畏的一種衣料，總覺得它是有生命的。它的前世是一隻隻蠶，努力地食桑，纏綿地吐絲，絕望地作繭自縛，愈掙扎便纏繞得愈緊，直至吐盡相思，化蛾歸去，成就一件件柔軟的華衣。

整個過程像不像愛情？我問。

愛情。他輕輕重複著，似乎對這個詞有些不適應。他說，我們那個時代的女人不會這麼大膽地談論愛情問題。

我笑了，告訴他今天的女孩們都不一樣了，她們要出去工作，同男人一樣上班，還可以做男人的上司。不過可不是武則天那樣的女皇上司。在現代，男人和女人都是平等的，官做得大也不等於可以多娶妻子或多嫁丈夫，都是一夫一妻，多出來的那個叫第三者，而且一對夫妻只生一個孩子，多了要罰款。

他驚訝，露出單純的笑。我留意到他的牙齒，是白的。於是想起來，那時雖然沒有牙膏，不過好像也是有刷牙的，用食鹽。

我拿這個來問他，他又笑了，停一下，說：「我們那時的女孩子不會這樣問問題，她們沒那麼多話。」

我口快地打斷：「我知道，笑不露齒，裙必過膝嘛。」

不知為什麼，我在他面前十分放鬆，彷彿比自己的實際年齡小了十歲，忽然就學會了耍賴和撒嬌，黛兒那一套強辭奪理刁蠻任性我也都信手拈來應用自如，似乎自己從小便是個飽受寵愛的嬌慣孩子。

雖然爭論頗多，但我們仍然聊得很愉快。他說他千多年沒有與人交談過了，我說我雖然每天說話可也是同樣地寂寞。

分手時，兩人都有些戀戀不捨，於是相約，明夜若有月光，便還來這城頭相會。

我簡直不知道自己是怎麼走回家的。黛兒昨晚出去了再沒有回來，我獨個抱著枕頭坐在床邊想一回又笑一回，直到天已大亮方沉沉睡去。

醒來時，豔陽高照，西安少有的好天氣。昨夜情形歷歷在目，我知道那一切並不是夢，可是不知道該怎樣對黛兒說：我在城頭認識了一個男人，哦不對，是一個男鬼，唐朝的士兵鬼……

會不會把黛兒嚇死？

一整天上班都虛浮浮的，神思十分恍惚。

坐到中午，到底請了假提前回來，打開電腦，上網查詢唐史詳細資料。

秦鉞死於高宗麟德元年，即六六四年，而那一年他廿七歲，換言之，到今天他已經足有一千三百多歲了。

史料上說，就在那一年，身為高宗宰輔的上官儀因奏請廢黜武皇后而被處極刑，家人或被處死，或除籍流放，唯一倖免的只有尚在襁褓中的孫女上官婉兒與母親鄭氏。

上官儀，上官婉兒，鄭氏，我念著這幾個名字，只覺有一股說不出的熟悉之感，心境莫名悲傷。

上官婉兒的出生，與秦鉞之死，這其間有什麼必然的聯繫嗎，或者只是巧合？

網上世界，同城上世界一樣，都是虛擬而又切實的。

我越發不覺得秦鉞的出現有何不妥，至少，他不會比網上駭客更虛幻可怕。

好容易熬到晚上，卻忽然淅淅瀝瀝地下起雨來。

我不甘心，還是出了門。紅紙傘，綠棉裙，於牆頭徘徊良久，然而秦鉞終未出現。

天色完全黑下來，雨漸漸轉了小雪，揚揚灑灑地，沒等落地已經化了。如一個未做完的綺夢。

我看看天，陰沉沉地沒一絲縫兒，只怕這雪越下越大，還有得冷呢。

不得已，只好悻悻地下了城牆。

回到家，黛兒問我去了哪裡，我不答，拉起被角蒙住頭昏昏大睡。

黛兒無聊，又在讀她第一百零一遍的《小王子》：

「如果有人愛上了在這億萬顆星星中獨一無二的一株花，當他看著這些星星的時候，這就足以使他感到幸福。他可以自言自語地說：『我的那朵花就在其中的一顆星星上……』，但是如果羊吃掉了這朵花，對他來說，好像所有的星星一下子全都熄滅了一樣！」

她嘆息，對著牆自說自話：「多奇怪，我們可以因爲愛一朵花而愛上所有的星星，可是我們卻不能因爲愛一個男人而愛上所有的男人，恰恰相反，因爲有了那一個男人，我們視其他的男人爲糞土……」

我心裏一動，耳根忽然癢癢地熱起來。

「如果有人愛上了在這億萬顆星星中獨一無二的一株花……」

我喃喃著，隨手推開窗子，雪已經停了，天邊淡淡勾出一輪月影，淡得如同一個無聲的嘆息，已露殘缺。黑夜寂靜得十分沉重。

「他可以自言自語地說：我的那朵花就在其中的一顆星星上……但是如果羊吃掉了這朵花，對他來說，好像所有的星星一下子全都熄滅了一樣！」

所有的星星，全都熄滅了一樣……

我的心，忽然感到深深的寂寞。

再上班時，看到身邊來來往往的男同事，忽然無端挑剔，覺得他們面目模糊，舉止輕浮，語氣神情都失於柔媚，簡直混淆陰陽，男女不分。

不能想像張金定會爲了多發一篇稿子多賺一塊編輯費而對女人耍手段。

蠅頭小利而已，居然出動栽贓陷害的伎倆，不知現世的男人風度都去了哪裡。

記得編務小李曾經偷偷告訴過我，張金定的女友相貌奇醜，性格刁蠻，張金定追求她，並非因爲愛情，而是爲了實惠：該女友的父親爲本市某局頭頭，如果二人成就好事，則張金定有望將戶口調進西安，從此飛上枝頭變鳳凰。只是，就算張金定的目的達到了，以出賣感情換得一紙城市戶口，他就真的會感到滿足感到幸福嗎？

物欲橫流的時代，信念與尊嚴都被零售碎沽了，人們左手取得一些利益的同時，右手便付出一些什麼，所以現代人都不快樂，可是因爲他們並不知道自己付出的到底是什麼，所以也不會有深刻的痛苦。他們所有的，不過是大觀園裏僕婢口角的瑣碎嫌隙，他們能得到的，也不過是玫瑰露茯苓霜之類的小恩小惠。

我不知道人是變聰明了還是越來越笨了。

秦鉞說，男人的天職是爲了保護女人。在他的時代，男人與女人分工明確，絕對地乾坤有別。女人沒有今天這麼大的自由與權力，可是女人卻擁有無盡的溫存與憐惜。她們花紅粉豔，以研習香料真絲爲功課，全不必過問戰事頻仍，風雲變幻，因爲自有秦鉞那樣的男人爲她們血戰城頭，死而後已。

我渴望自己回到古代去。

事實上，自始至終我都覺得自己與周圍世界格格不入，也許，根本我的出生就是一個錯誤，難怪生身父母要將我拋棄。

一連過了三日夜，天空才又放晴。

月亮剛剛升起，我已一路奔上城頭，這次，我穿的是牛仔褲，存心要讓秦鉞吃一驚。他的時代，一定沒有見過女人穿長褲吧？

秦鉞比我先到，一見面即取笑：「靜女其姝，俟我於城隅。愛而不見，搔首踟躕。」

我大叫：「原來這三天你看到我的，卻不過來見我。」

他不語，眼中掠過苦楚難堪。

他在苦惱什麼呢？

我岔過話題：「《詩經》中我最喜歡的是那兩句：『式微，式微，胡不歸？』問得人心酸酸的。」

其實我還喜歡「死生契闊，與子相悅，執子之手，與子偕老」。可是我不敢說，不是怕秦鉞笑我，我在他面前是透明的，只是我無法想像與他執手相向的情形，我不敢冒險嘗試，無從猜測他的手是一團冰冷亦或一抹堅硬。

愛情不可測試，我寧願隔著一段距離靜靜地望著他，只要他站在我面前，已經足夠。

我們從《詩經》談起，一直談到漢賦唐詩，同一個真正古人討論古詩詞，我只覺獲益匪淺。

我們沿著城牆慢慢地散著步，他給我指點著牆頭的建築，說這叫「馬面」，這叫「箭樓」，這叫「角台」，就在這時候，我忽然注意到身後的磚地上，清霜淺淺地顯露出我的腳印，清晰地，孤獨的，只有——我自己的一行！

雖然早已清楚地知道秦鉞是一個鬼，可是當真用這樣真實具體的方式表現出來，卻還是令我驚心動魄，震盪得一時說不出話來。

步至西門時，秦鉞站住，輕輕說：「你曾問我關於唐朝的那些后妃公主，其實我見過一位，就是高陽。」

「高陽公主？與和尚辯機偷情的那位？」我立刻忘了有關腳印的事，好奇地追問。

「是，那可真是一段驚世駭俗的愛情。」秦鉞目光寧肅，用低沉的聲音向我講述起那個千年前的愛情慘劇——

高陽是唐朝太宗皇帝李世民最寵愛的女兒，嫁與當朝宰相房玄齡之子、散騎常侍房遺愛為妻。她不滿於房遺愛的粗魯木訥，拒絕與其同房，常常將他關在門外。房氏一族引以為恥，但礙於她是皇上最寵愛的公主，並因為她而「禮異他婿」，得到眾多賞賜，故而唯有隱忍不發。

後來高陽有一次到會昌寺進香，偶然認識了沙門辯機，為他的淵博儒雅而傾倒，竟瘋狂地愛上了他。於是，一個是萬聖之尊的當朝公主，一個是清心寡欲的佛門弟子，這樣子天差地遠的兩個人，卻天不怕地不怕地談起戀愛來。

愛本身已經是世上最複雜最艱難的一道課題，而受著重重禁忌束縛的公主與沙門之戀，就更加千難萬險，驚心動魄。他們的每一次相聚都是機關算盡，也都是抵死纏綿，因為刺激驚險，越發難能可貴。

他們視每一次會晤為世界末日，為唯一，為永恆，為訣別。一次又一次，竟然瞞天過海將這份私情一直維持了整整八年，甚至有了兩個兒女。

八年，便是於尋常夫妻，也是一段不短的日子。可是兩個幾乎不可能的異類，卻硬是在禮教與禁規之間尋找縫隙，將他們的愛儘量地延長，延長。

時時刻刻，死亡的氣息包圍著他們，懸在頭頂的一柄利劍隨時都會呼嘯斬下。然而他們無懼，他們寧可將劍尖深而利地插進胸臟，蘸著心頭的血體味最痛的快，最苦的愛。

他們逃開了所有的世俗眼目，可是卻逃不掉來自內心的懺悔彷徨。尤其是辯機，他本是最虔誠聖潔的得道名僧，曾因撰寫唐僧玄奘口述的《大唐西域記》而享有盛名，並深得太宗李世民的賞識。與公主相遇後，她的美麗與放縱讓他得到了活著的最大快樂，卻也令他嘗試了背叛信仰的至深苦痛，每一次歡愉於他都同時是天堂與煉獄，交織著最強的快感與最深的罪孽。

最終，肉體的享樂到底敵不過佛法的宣召，貞觀十九年，辯機主動請命前往弘福寺助玄奘譯經，將自己封閉在禪院內，遠離了紅塵，遠離了誘惑，也遠離了肉身的苦樂。這是一種修行，也是一種自我囚禁。從此，青燈古佛，殫精竭慮，將所有心力傾注在梵經的翻譯上，直至死亡。

死亡的契機源於一只精美的玉枕。

那是在辯機閉關後，公主思念不已，遂買通商家，以皇室專用的金寶神枕密贈辯機，意思是見枕如見人，縱然不能相守，也願夢中能見。自此辯機日則持齋誦佛，夜則抱枕而眠，兩人日雖不能相聚，卻依然魂牽夢縈。

如此三年。

一日，有小偷夜入弘福寺偷盜，竟然順手牽羊偷走了那只玉枕，卻於銷贓時被官府捉獲，發現玉枕乃御用之物，不敢枉斷，遂上報朝廷。層層追查之下，公主私情外泄，天顏震怒，太宗親自下詔將辯機腰斬於西門外大柳樹下，連侍奉公主的十餘名奴婢也以知情不舉而均被處死。

秦鉞至今還清楚地記得，那是貞觀二十二年秋，是日大雨滂沱，長安城萬巷傾空，幾乎所有的人都擁到了西市場，來觀看弘福寺禪院著名的九名綴文大德之一的辯機和尚的腰斬極刑。

那是秦鉞第一次那樣近地面對死亡。

辯機面目安詳，宛如熟睡。也許，早自認識高陽公主的那一天，自他決定接受紅塵之愛的那一刻，他便早已經預知了自己必死的命運。他以死來償贖了自己對佛的不忠，從此再無悔恨，但是想到譯經工作尚未完成，他的心中，可會毫無抱憾？

老百姓自動取出針線來，將辯機的屍身縫合。大柳樹下鮮血淋漓，於雨中漸漸淡去，殷紅如胭脂。而就在這時，高陽得到消息打馬趕來，抱住屍體大放悲聲，但是不待她訴盡心中悲痛，已被皇家侍衛扶持離去。

當時秦鉞還只是一個十幾歲不諳世事的孩子，但是從高陽公主的眼中，他第一次瞭解了什麼是愛情的深刻與沉痛。他永遠不會忘記高陽離去前那哀慟欲絕的眼神，如果她只是一個平常的女子，即使偷情，也不該受到這樣不人道的懲罰吧？那一刻，不知高陽是否痛恨自己不該生於帝王家？

辯機死後不久，太子李治爲追念亡母文德皇后而下令修建慈恩寺，並指定爲譯經院，命玄奘率眾僧遷入寺中。每於夜深譯經之時，常聽到哭泣之聲，玄奘醒悟，那是辯機的亡魂在遊走，於是特闢僧房，將辯機所有遺物於此存放，讓他的靈魂仍然可以與自己一同譯經，直至百卷《瑜伽師地論》的完成。

高陽知道後，多次駕輦至此，徘徊良久，卻終不能入寺。

永徽四年，高陽因謀反罪被賜死。死的時候，她唯一的請求是將玉枕與自己同葬。

秦鉞說：「在我們的時代有一個傳說，兩個有緣無分的男女，如果在不得不分手之際，留下帶有對方氣息的一件物事，那麼，輪迴之後，另一方將會沿著自己的標誌一路找回去，重續前緣。就像我的精魂與城磚上的名字同在一樣，辯機的精魂，也一定始終追隨著那只玉枕吧？時隔千年，他們的精魂，也早該於天國重逢了。」

我忽然想起我的金鐲，於是舉起手腕讓秦鉞看鐲上的花紋：

「這只鐲子，只怕也是一個紀念品吧？只不知它又隱含著一個怎樣的故事？」

秦鉞臉上忽然現出驚奇詫異，他對著那只鐲子凝視良久，沉吟說：

「這鐲子，應該共有一十八只的，對不對？」

「是呀，你怎麼知道？」我驚訝極了。出生這麼久，還是第一次有人道破鐲子的底細，而這蘊藏著有關我身世的極大秘密。我的心不由劇烈地跳動起來，「你見過這鐲子？難道，它是唐朝的東西？」

「是。」秦鉞肯定地說，「它是皇室的珍藏。是波斯使臣進貢給大唐朝廷的，太宗皇帝曾將它賜給了上官老師。」

「上官老師？」我驚叫，「你是說因爲擬寫廢后詔書而被武則天賜死的上官儀？」

想到前幾天剛剛在網上查到的上官儀之死，我只覺心裏說不出的怪異詭誕，好像有什麼天大的秘密漸漸逼近，就快要水落石出，只是我不知道自己到底會聽到些什麼，更不知這一切同我自己到底有什麼樣的關係。

「不錯。我自小拜在上官老師門下，親眼見過這鐲子，再不會記錯的。」

我恍然，「難怪你對詩詞那樣精通。可是，你又說你是個武士？而且，上官儀不是太子的老師嗎？」

秦鉞微笑：「你沒有聽過『陪太子讀書』這句話嗎？」

「你……」

「我父親官拜吏部尙書，與上官家世代交好，我自幼被挑選入宮伴讀，深受老師教誨。唐高宗麟德元年，上官老師被處極刑，滿門抄斬，株連九族。我家也受到牽連，女眷入宮爲奴，男丁皆爲死士。」

是這樣？我看著他，曾經歷如此深重災難的他，臉上卻全然不見一絲抱怨仇恨，這是一個只有愛沒有恨的人。

秦鉞彷彿讀出了我的心思，微笑說：「如果我心中有恨，我就會成爲冤魂厲鬼，給人間帶來不幸，爲天地充添怨氣。要知道，歷代以來的旱澇戰火，都並非天災，而是人意，是人類的傾軋、貪婪、陰謀與仇恨充塞在天地之間，而形成的一股穢氣。」

他說這番話的時候，渾身上下都散發出溫柔祥和，他說過他只是一隻鬼，可是我卻覺得，他分明是一個神。

其實，鬼和神的區別到底是什麼呢？要我看來，只是教人向善或向惡罷了。

秦鉞，就是我的神！

我忽然想起一個問題：「你說上官家被滿門抄斬，那鐲子呢？」

「自然也被抄沒。可是說來奇怪，上官老師全家或被處死，或除籍流放，唯一倖免的便是尚在襁褓中的上官婉兒和母親鄭氏，武后似乎對她格外留情，不僅傳令宮人不可苛待於她，且在後來將鐲子轉賜了她。這鐲子因緣巧合，居然兩度回到上官家，曾被傳爲一時奇談，朝野共知。」

可後來呢？後來這鐲子又去了哪裡？它怎麼會到了我的手中？我和這鐲子有什麼關係？

鐲子的根源終於清楚了，可我的身世之謎卻只有更加撲朔。

然而東方漸白，啓明星高高升起，我不得不走下城牆。

# 六　掖庭的怨氣

**這是一個沒有理想的時代。**

戚夫人的悲劇造就了千古的怨氣，
但是，它又怎敵得過編輯部裏的勾心鬥角？

**秦鉞說**，
古時的西安的天空，是晴朗的，有明亮的太陽和無塵的雲朵。
我在那一刻，決定辭職。

回到家，黛兒已經起床了，正在化妝，見到我，跳過來扭住我手臂：「這次你無論如何不能再瞞我，老實交代，一夜未歸到底去哪裡了？」

「黛兒。」我終於忍不住：「我認識了一個男人。」

「真的？豔兒，你戀愛了？」

我點點頭，盼望秦鉞等待秦鉞思念秦鉞的心如此熾烈，而見到他面對他伴隨他時又如此喜悅，除了一個愛字，我不能有別的解釋。

我忽然高興起來。我愛了，原來愛是這樣的，是因爲看到那一個人而整個變得年輕，變得簡單，變得充滿感激。感激有月光的晚上，感激空氣的清新，感激他的存在與自己的出生，感激這相遇和相知，感激世界上每一粒微塵。

當他站在自己身邊，滿天星辰都燦爛明亮，冬天的風也變得溫柔，萬事萬物都可愛珍貴；而如果他不在，則所有的星星都熄滅，所有的鮮花都凋零，白天不再光明，夜晚不再安謐，整個世界一片荒涼，直至他重新出現。

是的，我愛了，義無反顧地愛上一個一千三百多年前的唐朝的武士魂！愛上他才知道，原來在此之前我竟從來不曾快樂過。

黛兒比我還歡喜，妝化了一半，扔掉眉筆就拉著我坐到床上，眉毛一邊濃一邊淡也顧不上，緊張地盤問：「他多大了，做什麼工作，有多高，還有，家境如何？」

「廿七歲，約一七八左右，是戰士，沒有家人。」

天做證，我說的可都是實話，不過是秦鉞生前的實況。

黛兒有些失望：「聽起來也很一般嘛，有什麼理由讓素女動心了呢？我還以爲要麼你不談戀愛，要愛就愛個比爾蓋茨或者〇〇七什麼的，卻原來是個當兵的。」

「他這當兵的可與眾不同。」這更是大實話。

「有什麼不同？廿七歲，太嫩了，離升軍官遠著呢。要我說，男人至少要過了三十歲有了事業基礎才夠成熟，就像子期那樣。」

黛兒什麼時候都忘不了子期。我微笑，秦鉞可比子期老成多了，他的優點，還真不是一句兩句說得清。

「他雖然只有廿七歲，可是比同齡人成熟。他寬厚，溫和，智慧，仁慈，彬彬有禮，文武全才，有思想有見識，是個真正有責任感的男人。」

「嘩，說得那麼好，我才不信，一個廿七歲的大兵會成熟到哪裡去，還不是和我們差不多。」

「那可不同，他經歷過戰爭。」

「戰爭？現在哪有什麼戰爭？對越自衛反擊？抗美援朝？還是打日本鬼子？」

黛兒自覺幽默地笑起來。我也笑著，秦鉞的作戰歷史可比這遙遠得多了，說給黛兒聽，準嚇得她目瞪口呆。

心裏藏了這樣一段隱情，我的笑容十分恍惚神秘，眼中時時露出迷離神情。連同事都注意到了，紛紛問我：「最近爲什麼這樣高興？好像性情大變似的。」

「性情大變？」我反問，「我以前的性情應該是怎麼樣的？」

「精明能幹，拔尖好勝，伶牙俐齒，寸土必爭，還有……」同事嘻嘻哈哈。我給接下去，「狂言亂語，欺下媚上，橫行霸道，胡作非爲……」說得興起，乾脆把金庸筆下四大惡人也給搬出來：「窮兇極惡，罪大惡極，無惡不作，惡貫滿盈。」

不等說完，同事俱已笑得絕倒。

一直趕到影片公司，我的唇角都還帶著笑容。導演說：

「咦，唐大記者來了，我正要找你呢。」

「怎麼？是不是有獨家消息給我？」

「比這還要好——最近要開拍一齣唐宮戲，四十集電視連續劇，后妃公主一大群，你可以隨便挑個角色。」

「唐宮？」我心裏一動，面上只開著玩笑，「是不是真的，那我要演武則天，也過一把皇帝癮。」

導演笑笑，「來來，我讓你幫忙看演員試鏡，我不說，你自己看適合演誰。」

「演員已經來了？有沒有大明星？」

「藍鴿子算不算？」

「藍鴿子？」我大叫一聲，「算，當然算！你一定要安排我採訪她。」忽然想起，「她要演誰？」

「武則天啊，來和你競爭的。」導演哈哈大笑起來。

我不理會他的揶揄，忙忙來到專屬化妝室拜見藍鴿子。

當真是千嬌百媚，儀態萬方。

本以爲黛兒已經夠美了，可是比起藍鴿子，卻忽然顯出差距來。怎麼說呢？如果藍鴿子飾武后，那麼黛兒最多可以扮個公主。黛兒好比一塊透明水晶，陽光下晶瑩透剔，瞬息萬變，藍鴿子卻是通體純澈的紅寶石，無須任何映照，本身已經光彩四射。

我猜「藍鴿子」大概只是藝名，真名姓沒有人知道，也不必知道。因爲美麗就是她的名字。紅粉緋緋的臉，流光溢彩的眼，一張小嘴抿起的時候似藏了千言萬語，一旦張開卻永遠只是最簡單的句子：「謝謝，希望令你滿意。」「對不起，無可奉告。」「這個麼，同我經紀人說好嗎？」態度冷漠客氣，因爲自知一笑傾國，故而除非上戲，等閒看不到笑容。

我也希望自己有一天可以那樣同人交談，耐心地，恩賜地，居高臨下降尊紆貴地，望著人憑他說千道萬諛辭如潮，只不做一點表情，間或莞爾一笑，也不代表任何意思，等到對方說得口乾，這才閒閒抬起眼來，緩緩開口：「哦，無可奉告。」

不用試，我已經知道她必然演出武則天無疑。

這個下午，就被藍鴿子幾句「謝謝對不起無可奉告」推掉了。

但是我不氣餒，同導演約定第二天再來探班，咬著牙想，非逼藍某人口吐金蓮不可。

雜誌社開會已經明確宣布，照顧新編輯的那間套房兩室一廳，作爲編輯部年終特別獎項，到了年底誰的發稿量大，房子就是誰的。這段時間，張金定幾乎恨不得連晚上都住在辦公室裏，我也不敢怠慢，四處顛撲抓獨家特稿。沒辦法，一間套房至少要人民幣十幾萬，以我的能力，幹三年也未必賺得來，不得不打起精神參與競爭。

人的志氣，就是被這些小恩小惠給磨蝕掉的。

記得從前做讀者時，翻看雜誌最喜歡看編輯軼聞一欄，想像記者們手拿相機追訪熱門焦點的談吐風采悠然神往。待到入了行才發現，編輯一樣要吃喝拉撒睡，一樣勾心鬥角，而且因爲沾了文氣，這比鬥便更加窮酸虛僞，段位低下，反不如商場上明刀明槍，贏也贏得漂亮，輸也輸得痛快。文人鬥爭，是鈍刀子捅人，扎不死，可是刀子帶菌，負作用極多。

可是已經上了賊船，在其位謀其事，未免人在江湖身不由己了。

這是一個沒有理想的時代。愛文學與做編輯，根本是風馬牛不相及的兩回事。

隔了兩天，我又去見藍鴿子，不管人家願不願意，總之先寫了三五千字印象記出來，形容她「麗質天成，最難得的是氣質不凡」，又說，「有些人是穿了龍袍也不像太子，有些人卻是天生的人中龍鳳，眼波流轉間已可傾城傾國。藍鴿子，便是其中的佼佼者了。」

皇天不負有心人，藍鴿子果然面色大霽，答應接受我獨家專訪。

我們約在「開心可樂吧」聊天，沒說兩句，忽然看到主編陪著一位年輕小姐走了進來。眼看躲不過，我只有站起問候。

主編似笑非笑：「這麼有興致，大白天跑來泡吧？」

我正要解釋，藍鴿子已緩緩脫掉太陽眼鏡。

主編大吃一驚：「咦，這不是……」

他身邊的那位小姐早遞過簽名簿子來：「藍小姐，我是你的忠實影迷，你能到小店來，這可真是三生有幸呢！」

主編介紹：「這位李小姐是這家酒吧經理，也是咱們的廣告客戶，你們的這頓酒，就讓她請客好了。」

「那是自然。」李小姐笑得如花枝亂顫，「藍小姐是我請也請不到的貴客，只要你肯來，我天天免費請你喝酒也還來不及呢，這可比在雜誌上打廣告還划算得多呢。」

我有些詫異，這李小姐舉止言談恁地粗鄙。

藍鴿子也微感不悅，卻只淡淡笑了笑，未置一辭。

偏那李小姐還不知趣，仍坐在一旁說個沒完。還是主編察言觀色，終於打斷她說：「謝謝藍小姐接受我們雜誌的採訪，這可是一篇特稿，好，你們慢慢談，我們不打擾了。」硬拉著李小姐走開。

然而我們的好興致已被破壞，藍鴿子便說要換一間酒吧。

結帳的時候，李經理自然是怎麼也不肯收錢，又強送了我們倆一人一張貴賓卡。

我滿口道謝，心裏卻知道，這輩子我都不會再踏足這間多是非的酒吧了。

但是那篇特稿終於寫了出來，果然放在雜誌頭條，而該期雜誌封面，便正是藍鴿子千嬌百媚的桃花面。

主編在月底發稿會上對我大加表揚，眼看著張金定一張臉由白轉青，我心裏暗暗好笑。閉上眼，彷彿已經看到一柄金燦燦的新房鑰匙。嘿，房子還未到手，同志還須努力。

我對黛兒說：「如果我真的得到了那間套房，你想把你的房間裝修成什麼顏色？」

「玫瑰紅，我要在四面牆上塗滿紅玫瑰。」

「這麼恐怖？」

「還不止呢。我還要把地板也鑲成一朵朵玫瑰花的樣子，再把那盞我一直想要的玫瑰水晶燈買來，以前總覺得擱置陋室委屈了它的，現在不用擔心了……其實，我們早就應該租間大一點的房子了，偏偏你又不肯。」

「房租貴嘛。」

「我可以多出一點呀。」

「我才不要。貧賤不能移，威武不能屈……」

「行了行了。」黛兒舉手投降，「別再背你這套『自尊咒』了。總之你窮，我陪你窮；你富，我陪你富好了。」

「嘿，一股嫁雞隨雞嫁狗隨狗的腔調！」

我忽然想，如果我和黛兒是一男一女，這樣天長日久地相處下來，早已該談婚論嫁了吧。只是不知道如果我真是男子，會不會娶黛兒為妻，亦不知黛兒肯不肯嫁我。

也曾拿這問題問過黛兒。黛兒答：「那還用說。」

「可是我會要求你專一。」

黛兒一笑：「我對子期不知多專一純情。」

她說的是實話。這一年來，黛兒的確再沒有任何豔遇，情感主題淨化得只剩下高子期三個字。他已經充實了她整個的世界，他忽略的，她自己用相思來充滿。所有的時間與空間，都只是為了他。我甚至懷疑，有一天黛兒血型也會跟子期變成同一型。

每逢子期帶團外出，黛兒便失魂落魄般，話也懶得多說一句。可是子期偏偏又難得留在西安，一年總有大半年四海遨遊，足跡遍佈東西半球。開始還每天有電話打來問候，後來漸漸習慣，也就視作等閒。

無奈他習慣黛兒不習慣，天天一回家就守著電話淚眼不乾，不住問我：

「你猜子期現在到哪裡了？報紙上現在天天都是戰爭，他不會遇到什麼意外吧？真不明白那些客人怎麼竟會想到歐洲去，簡直明知山有虎，偏向虎山行，又沒人發他們勇士獎。」

「大小姐，戰事發生在中東，離歐洲遠著呢。」

黛兒仍然怔怔：「但是他到底什麼時候回來呢？」

我搖頭，忍不住輕輕唱：「日長也愁更長，紅稀也信尤稀，春歸也奄然人未歸……」

黛兒一驚抬頭：「這是什麼？」

「倩女離魂。」

這是從小向母親聽熟了的曲目：張倩女和王文舉是指腹為婚的未婚夫妻，但張母不屑王生一介寒衣，意欲悔婚。倩女傷痛至極，遂魂離肉身，相伴情郎——一個相當老套的才子佳人故事，但因為喜其文采秀麗，我一直記憶深刻。

「去時節楊柳西風秋日，如今又過了梨花暮雨寒食。只恨那龜兒卦無定準、枉央及，喜蛛兒難憑信，靈鵲兒不誠實，燈花兒何太喜。」

癡心女難禁相思，一次次卜算情郎歸期，所有的事物看在有情人眼中，莫不若有含義。

「想鬼病最關心，似宿酒迷春睡。繞晴雪楊花陌上，趁東風燕子樓西。愁心驚一聲鳥啼，薄命趁一春事已，香魂逐一片花飛……」

唱到這裏，忽覺得不吉利，遂停下來。

黛兒聽得癡迷：「好詞。所有情緒都被古人寫盡了，難怪現代詩人沒飯吃。」

我坐下來握住她的手：「既然這樣牽腸掛肚，不如早點結婚也罷。」

「結婚？」黛兒一愣。「我們沒有談過這個問題。這很重要嗎？」

「可是如果他有誠意的話，早就該提出求婚了。」我正色，「黛兒，你爲子期背井離鄉，他應該給你一個答案，一個愛情的答案。」

黛兒搖頭，神情轉爲剛毅倔強，似乎在捍衛著什麼：「每個人對愛情的定義與追求都不同。有的人是爲了婚姻，有的人是爲了欲望，有的人是爲了利益，而我，陳黛兒，只是爲了經歷。我遇到他，愛上他，爲他快樂，爲他痛苦，爲他生，爲他死，爲他經歷世上所有的喜怒哀樂，我願意。只要我有過這樣的愛情遭遇，我便已經滿足。我不需要別的答案，因爲愛情本身已經是最完美的答案。」

「好一篇愛情經歷論。」我忍不住笑了，「黛兒，你的表情好像秋瑾發表革命演說。好，我拭目以待，看著你身體力行自己的愛情高論。」

劇組演員漸漸選定，藍鴿子果然是第一女主角。演藝紅星不易交朋友，自從那篇訪談後，藍鴿子早已視我爲知己，不住慫恿我也到劇組裏軋個鏡頭，彼此好常常見面。

我猶疑：「我再也不想演三句話對白的宮女甲或舞女乙了。」

藍鴿子揚一揚眉：「導演才不捨得讓你只演一個宮女就算了呢，我猜，他心中早有主意了。」

我在鏡中打量著自己。我不算美，臉略長，下巴尖尖，口鼻間的距離稍嫌短促，唇線的輪廓也過於分明，唯一可取的是一雙眼睛，清亮的，黑白分明，襯著黛青的眉長飛入鬢，令臉上平增了幾分生動之氣。

這不是一張可以做女主角的臉，然而跑龍套又嫌委屈——就是我自己不在意，角色們也還怕被搶了眼。

我簡直不知道該怎麼樣安置自己。本子裏挑來撿去找不到一個屬於自己的位置。

恰好有服裝師送上官婉兒的戲服來，導演看了一眼，忽然說：

「也許可以讓唐豔試試上官婉兒。」

我一愣，只覺說不出地怪異。好像有一扇記憶的門被忽地撞開，有天堂的風從中穿過，然而撥雲見霧，一切都模糊地空洞地幽微地，看不清楚。

也許，只是我多疑罷。

武皇戲裏少不了上官婉兒，然婉兒又從不是什麼大角色，她是從屬於一個女人的，又開在武皇的末季，不是百花爭豔裏的任何一枝，看著別人芬芳馥郁，自己是不等開就已經凋萎了。

但也許這角色剛好適合我。

試妝時，藍鴿子率先叫起來：「想不到唐豔上了妝這樣漂亮。」

導演也說：「果然清麗不俗，有女詩人氣質。就是這樣了，上官婉兒非你莫屬。」

我心下茫然，無意識地轉動著手腕上的鐲子，不久前剛剛聽說這鐲子最早屬於上官家，今天就如此奇突地被派飾演上官婉兒。真不知這一切是巧合還是天意。

我於是悉意體味角色，揣摩上官婉兒這個死於一千三百多年前的陌生女子。

秦鉞說：「我向上官老師學藝之時，婉兒尚在襁褓中。老師曾戲語，要將婉兒許我為妻。可是說這話沒多久，老師便獲罪謝世。上官老師是我在世短短二十七年間親睹死去的第二個貴族，距離高陽之死整整十五年。他和高陽，都是死不瞑目，都帶著巨大的遺憾與孤寂。他們是上蒼賦予人類的兩個同樣孤寂而高貴的靈魂，卻以不同的方式向我詔示了什麼是恨與寬恕，又什麼是愛與執著。老師死前，曾遺命我一定要照顧婉兒。可是當年秋天我即戰死城頭，甚至沒有機會再看婉兒一眼。這件事，至今都是我心頭憾事。」

我為了秦鉞的述說而深深動容。

「這麼說，上官婉兒的詩詞並不是上官儀教的了？那麼她又從何處得來的錦心繡口呢？」

「天性。」秦鉞慨嘆，「我說過，一個不朽的靈魂，飄逸於天地之間，或化和風細雨，或做污濁之氣，成為初生嬰兒天賦之稟。婉兒剛出生就遭遇滅族之痛，又自幼成長在掖庭裏飽受艱辛，她的才華絕代，唯一解釋只能是天性，是上官老師在天之靈的保護庇佑，幻化之功。」

「靈魂保佑?」我遲疑,「我們的時代主張無神論。一個叫達爾文的人說,人是猴子變的,而靈魂之說,純屬虛幻。」

「人是猴子變的?」秦鉞瞠目,「那猴子又是什麼變的?猴子現在絕跡了嗎?如果猴子可以變成人,那麼牠是否也可以變成鳥?」

「這是一個緩慢的過程。」我試圖向他解釋進化論,「從類人猿到人,是物競天擇的自然規律。」

「那麼爲什麼人蛻盡了皮毛卻仍然沒有長出翅膀?如何解釋人之對於自然的越來越無能爲力?如果把一個人赤身露體扔在雪地裏,我相信他熬不過三天,可是猴子卻可以,這就叫做進化?世上沒有任何一種動物的成長期比人類更慢,小牛生下來就會自動站立,人卻起碼要八個月以後才會說『爸爸媽媽』,這是進化?」秦鉞十分困惑,百思不得其解,「而且,如果靈魂是不存在的,如何解釋同樣的環境可以造就不同的人,如何解釋武則天這位兩帝之妃在一個幾乎沒有可能的時代成就不世功業,如何解釋上官婉兒與生俱來的驚世才華,更如何解釋我的存在?」

我笑了。靈魂之說,很難爲一個學習自然科學的現代人所接受,但我不想同秦鉞爭論。而且,我也很懷疑自己的祖先是一隻嘰嘰喳喳的猴子,我也在困惑於如果猴子可以變成人,那麼大象、虎狼、游魚,牠們又該變成什麼來符合自然規律,牠們又爲什麼沒有繼續進化而仍然要生活在荒野裏。況且,按照進化論和科學技術的進步,人的壽命是在不斷加長,成長期則在不斷縮短。可是照這個說法推算，古人豈非生命中的一大半時間都是在哺乳中渡過？然而做爲一隻猴子，或者說是類人猿，成長期應該遠遠短於現代人才對，這豈不自相矛盾？同時，我喜歡秦鉞談及靈魂時那種嚴肅聖潔的態度，那裏面有一個真男人的大度與智慧，一個古代貴族的從容優雅。

我告訴秦鉞：「我查閱過婉兒的歷史，她後來被封昭容，成爲中國歷史上第一個女官。可惜的是，她因文揚名，也因文獲罪，同其祖父一樣，也因擬寫詔書被李隆基斬於刀下，享年僅四十六歲，一生淚多笑少，孤寂而終。如果真像你說的，上官婉兒的才華承自祖父，那麼，是不是在她稟賦了祖父才氣的同時，也繼承了他不幸的命運呢？」

「或許，但也可能是掖庭的怨氣所致。」

「你幾次說到掖庭，那究竟是什麼樣的地方？」

「就是後宮的監獄，專門關押皇室成員的永巷。」秦鉞的眼光中充滿了悲憫，「自從有了後宮，有了掖庭，就便有了後宮女人的恩怨糾纏。而其中最慘烈的，就要數西漢掖庭戚夫人的故事。」

戚夫人，是漢高祖劉邦的妃子，天生麗質，歌舞雙絕，深受劉邦寵愛，行軍打仗都要帶著她，片刻不忍分離。有時，劉邦悶悶不樂，戚夫人便會爲他跳起獨特的水袖舞，纖腰旋轉，彩袖飛揚，宛如行雲流水，蝶戲花間，忽疾忽緩，若飛若揚；又有時，劉邦慷慨高歌：

「大風起兮雲飛揚，威加海內兮歸故鄉，安得猛士兮守四方。」戚夫人則爲他擊瑟相和，夫唱婦隨，英雄氣如虹，美人面如花，那真是人間最美麗的一道風景。

後來劉邦稱帝，立皇后呂雉之子劉盈爲太子，即後來的漢惠帝；戚夫人之子劉如意則立爲趙王，封邑無數，威勢空前。如意雖小，但耳聰目明，相貌酷肖高祖；而太子劉盈雖宅心仁厚，可是爲人懦弱無主見。是以劉邦幾次想改立如意爲太子，但因受到輔佐太子的名臣「商山四皓」的強烈反對，最終只得作罷。然而呂后的心已經大大被刺痛，發誓一旦得勢，必定除掉戚姬母子而後快。

漢十三年四月（西元前一九六年），劉邦病危，長樂宮一片愁雲慘霧。呂后趁機弄權，大力培植自己的親信黨羽，漸使大權旁落；而戚夫人不諳朝間政事，不知人心險惡，只是一心陪在劉邦病榻前，悉心照料，曲意承歡，直至最後一分鐘，絲毫沒有察覺危機的步步逼近。只要還在他身邊，她就是快樂的，快樂有如死亡。

劉邦死後，惠帝登基。呂后垂簾聽政，大權獨攬，不僅誅殺所有與自己敵對的朝中大臣，且將先前曾受寵於高祖的嬪妃悉數處死。被其視爲眼中釘肉中刺的戚夫人，則承受了更特別也更殘酷的懲罰：被削去「夫人」稱號，囚於陰暗潮濕的永巷中，剃去一頭秀髮，換上赭色囚衣，被規定每天舂米從日出一直到日落。粗重的米杵和米缸日漸磨蝕了她的美麗與嬌柔，不到三十歲已經滿面皺紋。

呂后又幾次下詔趙國，召趙王如意進京晉見。漢惠帝劉盈猜到母親的用意，連夜趕往距長安三十里處的灞上相迎，把如意接到自己宮中，日則同坐，夜則同息，進宮見后也必同出同入，每逢呂后賜食，必自己親嘗之，令呂后無從下手。那是他唯一的弟弟，天資聰穎，惹人憐愛。他牽著他的手，誠惶誠恐地盡著一個哥哥保護弟弟的職責，小心地不讓任何人傷害他，包括，自己的母親。

然而，他還是疏忽了。惠帝元年十二月的一個清晨，寒風凜冽，劉盈早出野獵，本想呼如意同行，但見弟弟香夢正酣，他不忍心了。哪有十歲的孩子不貪睡的？他決定不打擾弟弟，讓他睡個好覺。

可是他沒有想到，弟弟這一睡，竟再也沒有醒來。原來，呂后早已在惠帝宮中布下眼線，只待劉盈稍離如意身邊，即下殺手。

當劉盈獵罷回宮，準備喚弟弟一道晚膳時，揭開被子，卻只見到一團血肉模糊。弟弟的命，是再也救不回來了。

如意死後，呂后召來戚夫人讓她親睹兒子的死狀。戚夫人朝思暮想，唯一的掛念就是這個可愛的兒子，如今終於母子重逢，等來的，卻是兒子的屍體，不禁萬念俱灰，當即暈死。

呂后猶不罷手，竟命刑官將戚夫人砍去雙手雙足，薰聾雙耳，刺瞎雙眼，挖掉舌頭，做成一個「人彘」，投入永巷的糞池之中，浸泡三天三夜。成為歷史上第一酷刑。

一日惠帝奉詔來到掖庭，乍見糞池中蠕動著一個臭氣熏天嗚嗚哼叫的怪物，大吃一驚，問太監此為何物，太監竟答這怪物便是昔日豔光照人嫵媚萬端的戚夫人。惠帝肝膽俱烈，失聲痛哭，自此一病不起，終日恍惚，到底鬱鬱而終，享年僅廿二歲。

此後呂后獨掌朝政八年，而後宮的慘劇也便延續了八年。屈死在掖庭糞池中的戚夫人冤魂不散，形成這人世間最慘烈的一道戾氣，充溢於天地之間。

「太殘忍了！」我忍不住打斷秦鉞的講述，「怎麼會有這樣兇狠的女人，怎麼可以如此滅絕人性？」

「人類的悲劇正是起源於人性的醜惡。」秦鉞嘆息，「仇恨是世間最具毀滅性的災難，比任何一種天災都更爲可怕、徹底。」

我沉默了。爲了故事中的殘暴不寒而慄。

秦鉞頓了頓，又說：「這故事，當年還是上官老師在太學講課時說起的。老師說，在掖庭發生的悲劇太多了，那無數屈死的冤魂化爲不滅的戾氣充溢在後宮之內，天地之間，宛如酵母一樣膨脹散播，製造出更多的悲劇。而稟賦掖庭怨氣出生的女子，先天都會有一種悲劇情結抑鬱於胸，等到適當的時候便會發作出來，使悲劇發生。除非有一天，這世上出現一位不會怨恨的掖庭女子，這後宮的戾氣才可以真正消解，而女人的悲劇也終於可以結束……他怎麼也沒有想到，就在他說這番話的不久，他自己的兒媳和孫女兒也被投入了掖庭，成爲永巷新的悲劇。」

「你是說，上官婉兒？」

「是的。婉兒，婉兒是比戚夫人更可悲的一個悲劇。她雖然成長在最艱苦的環境中，卻天生成一種百折不撓的精神，稟賦絕世才華，終於為武皇所激賞、提拔。本來她輔佐女帝，以德報怨，已經消解了這段仇恨，說不定可以成為上官老師說的那個『不會怨恨的掖庭女子』，從此結束後宮的悲劇。可是，因為新的爭奪新的殺戮發生，她最終含恨而死，又為世間埋下了新的仇恨。這掖庭的戾氣，非但沒有消滅，反而更重了。」

秦鉞看著星光黯淡的夜空，深深惋惜：「當年，長安的天空是澄明如鏡，纖塵不染的，可是現在你看，這裏到處是灰塵、陰霾，少有一個晴朗的天空，連星星都不再閃亮。這正是因為人間有太多的悲劇發生，而天地間充塞了太多的怨氣。如果，人類始終不能克制自己的欲望，不能消彌彼此的仇恨，我擔心這天空終有一日會永遠歸於黑暗，而世界則會被戾氣淹沒，回到盤古開天闢地前的混沌中去。」

「那麼，人類的希望呢？我不相信人類就會這樣走向滅亡，總有希望的對不對，它在哪裡？」

「在人的心裏。」秦鉞仍然望向星空，一字一句，「人心是災難的墓地，也是希望的源泉，只要人心向善，不再仇恨，這戾氣便會消失，陰霾亦會消散，天空將重新晴朗，而世界會更加美麗。」

我看著秦鉞。我嚮往他所描述的那種境界：所有的人都善良而友好，沒有傾軋，沒有仇恨，世間一片祥和，花紅草綠，鶯歌燕舞。那一天，真的會到來嗎？

# 七

# 我演上官婉兒

她是所有大明宮裏的女子無法與之媲美的，
最光彩奪目的一個，
因為她根本就不屑與別人相提並論。
後宮裏的女人，
從宮女僕婢到嬪妃皇后，無不依附男人而存在，賣弄著自己的風騷與美貌；
只有她，卻不是以臉蛋，而是以頭腦存在、勝利，以至榮登女宰之位。

**她**

就是我心目中的**上官婉兒**！

因爲秦鉞，我對那個死於一千多年前的不幸女子——上官婉兒有了一種強烈的親切感。甚至覺得，我就是她，她就是我。編劇設計這個角色，本來就是爲我安排的。

我向導演提出要見一下編劇。

導演笑：「你要見夏九問？那可是個出了名的狂狷，脾氣比我還大，可不是什麼人都肯見的。」

「請給我他的電話號碼。」

電話由夏九問本人接聽，語氣很不耐煩：「什麼人把這個號碼給你的？」

「上官婉兒。她告訴我你曲解了她，要我代她理論。」

「你在胡說什麼？」

「婉兒最大的特點並不是才華橫溢，而是委曲求全。她自幼隨母進宮，成長於掖庭，以罪女之身獲寵於武后，憑的可不光是才氣，還有心機。你把她寫得過於簡單平面了，這不可信，也不符合事實。」

對面沉默了許久。當我以爲他已經把電話掛了的時候，他卻忽然重新開口：

「我們，可不可以見個面？」

見到夏九問，我覺得他並沒有人們傳說中那樣不羈。不過是個普通的年輕人，鬍子頭髮都比別人略長一點，眼光也更犀利一點而已。

一見面，他便說：「早知道是這樣漂亮的一位小姐約我，我該早點跑出來。真真差點鑄成大錯。」又故意退後半步凝視我，「很面熟，讓我想想什麼地方見過你。」

我笑起來：「『這位妹妹好像見過』？不不不，我不是絳珠草，你也不是賈寶玉。」

說得他不好意思起來，羞顏道：「你不像是演員。」

「不錯，我的第一職業是記者，演員只是玩票。」我笑，「你也不像是編劇。」

「那你說我像幹什麼的？」

「相面師。」

他笑起來，「原來是半個同行，難怪伶牙利齒。導演選你演上官婉兒，可真是找對人了。」

「上官婉兒才不會像我這麼出口就得罪人呢。」

「哦，那你認為婉兒應該是怎麼樣的？」

「她是不同凡響的，是唐宮裏最特別的一位，最靚麗的一筆。她與武則天有殺祖殺父之仇，卻報以肝膽相照，剖心見誠，爲她奉獻自己所有的智慧、忠心乃至青春。她的個性思想，常人難以企及，她絕不僅僅是武皇的應聲蟲，面目模糊，言語枯燥；不，正正相反，她是所有大明宮裏的女子無法與之媲美的，最光彩奪目的一個，因爲她根本就不屑與別人相提並論。後宮裏的女人，從宮女僕婢到嬪妃皇后，無不依附男人而生存，賣弄著自己的風騷與美貌，只有她，卻不是以臉蛋，而是以頭腦存在、勝利，以至榮登女宰之位。這一點，即使放眼整個後宮歷史，也無有出其右者。」

我慷慨陳辭，滔滔不絕，就上官婉兒這個角色的個性與命運同夏九問討論起來，不斷發生新的爭執，卻也不斷發現新的靈感，不知是心理作用還是怎的，在我們的討論過程中，隨著婉兒這個人物形象的逐漸具體鮮明，我們頭頂的燈光也漸漸明亮起來。

夏九問忽然讚嘆說：「你的長髮真美。現代女孩很少有這麼好的長髮。」

我微笑。一個女孩子在接受讚美的時候除了微笑，是不需要再做任何其他表示的。

要說這頭秀髮，還真是我的驕傲。從三歲起，母親便教我如何保養頭髮，每年春天修一次，只剪短數寸，不使髮梢捲起分叉爲準。她說，頭髮是女人的第一件武器，縷縷青絲如情絲，最牽繫人心的。母親就是靠一頭青絲牢牢縛住了父親，我這萬縷情絲，卻還不知將繫向何人呢。

想到這個，我不禁臉紅。

夏九問越發看得呆住。

那眼神是我熟悉的。從很多個看黛兒的男生的眼中，我見過這種忽然變得渴望的眼光。如今它屬於我了。

我低下頭去。

離開咖啡室，夏九問堅持要送我回家。

在門口遇上剛剛下班回來的黛兒，見到九問，轉眸一笑：「這位就是……」

我不等她說完，趕緊打斷：「對了，這位就是大名鼎鼎的編劇家夏九問先生。」

黛兒驚訝：「這樣年輕？真是沒想到。」櫻桃小口張做「O」型，表現出恰當的驚訝與讚嘆。

也許並非有意，只是黛兒的媚態已成習慣，只要見到男人，忍不住地便要要幾分手段出來。

我回顧夏某的反應。他卻只是淡然一笑，對黛兒的美麗視若無睹。

黛兒向我拋來詫異的一瞥，彷彿說這個男人莫非是個瞎子？

我暗暗好笑，這還是自認識黛兒以來，我所見的第一個對她不買帳的男人。可就是這個男人，剛才曾盛讚我的秀髮，即使現在，他眼中寫滿的愛慕讚嘆也不需要多麼有心的人便可以讀得出來。

他就這樣脈脈地看著我說：「明天，還可以再請你喝咖啡嗎？」

在他眼中，我比黛兒更美麗，這使我的虛榮心不能不覺得膨脹。

門剛一關上，黛兒已大叫起來：「天，你打哪裡找出這麼絕的一個人來？又有才又有貌又有名又有心，簡直十全十美，百裏挑一。」

「真有這麼好？」我取笑黛兒，「比子期如何？」

「那還差那麼一點點啦。」黛兒大言不慚。

我們相擁著笑做一團。

我問黛兒：「子期向你求婚了沒有？」

黛兒一窒，神情忽然黯淡下來，半晌，顧左右而言他：「他說等過了年，元宵節會帶團去桂林，只去三天，打算帶我一起。還不知道你哥哥會不會放我假？」

「當然會。」我想一想，又覺得奇怪，「怎麼這麼早就開始計畫元宵節的節目了？過年他不陪你嗎？」

黛玉眼神閃爍，只作沒聽到。我也便不再追問，心裏暗暗期盼著元宵節早日到來，到那時月圓人圓，我就又可以見到秦鉞了。

同秦鉞定期的見面漸漸成為我生命中最大的歡欣，最重的慰藉，重大得幾乎讓我無以承載。第一次知道，愛一個人原來可以這樣地快樂，這樣地忘我。可是，秦鉞只有在每月陰曆十五前後幾天，月光精華足夠強的時候才可以出現。

我不禁悵恨，月為何不能常圓，人為何不能常聚。

若使月輪終皎潔，不辭冰雪為卿熱。

給我愛，我寧可做一個古代女人，生活在夜的城頭，永不回到人間。

有時，我真的很羨慕秦鉞的世界，在他心中，從沒有陰謀與設計，也沒有競爭與嫉妒。有的，只是祥和，只是從容，只是愛與寬恕。

我越來越厭倦編輯部生涯。除了編輯間的勾心鬥角爾虞我詐不算，單是稿件裏的刀光血影兇殘淫穢已令人倒足胃口，有時看到關於某不孝子將親生父母大卸八塊棄屍野外，或者某變態丈夫因為多疑吃醋將妻子私處以針線縫合的稿子，一整個下午都會胃氣脹痛，食不下嚥。

我懷疑，這些，便是秦鉞所說的戾氣了，可是我們這些做編輯的，卻還要借助媒體的力量將這戾氣加以傳播，讓熱衷暴力的讀者如蠅逐臭，如蟻附膻。而我，竟也是這散播瘟疫的蠅蟻之一，怎不愧死？

可是為了房子，我還是不得不天天一早起床趕到辦公室埋首一堆堆的垃圾稿中做字蟲子，幾乎沒被窒息。

奇怪的是，張金定卻偏在這段時間隔三差五地請假，動不動一個電話就沒了人影。

聽同事說，他最近同女友鬧了彆扭，因為他想帶女友春節回家見父母，女友卻並沒有要嫁他的意思，說房子一天沒到手就一天不要提訂親的事兒，張金定正為此犯愁呢。

正說著，張金定進來了，開口便問：

「你們誰知道哪家酒店情調好價格又低的？我要帶我那位展開談判呢，想找個羅曼蒂克的地方好好麻醉她一下。」

同事們一齊笑：「又要情調，又要省錢，你想得好！」

大家七嘴八舌出著主意，我忽然想起一個地方來：

「對了，你去『開心可樂吧』好了，我有貴賓卡，可以打七折，老闆娘和咱們主編很熟。」

「你怎麼知道？」張金定奇怪地問。

我跟他講了上次在酒吧看到主編與李小姐的事，又詳細畫了地圖說給他地址路線。

張金定猶疑地看著我，忽然說：「唐豔，你真是單純難得，可惜……」

我一愣，他已經轉身走了出去。

當時我並未多想，所謂的難得指的是什麼呢？又爲什麼而可惜？

接著我們便放了春假。

黛兒回了台州，而我也暫時回到北關的養父母家。

我搬出後，唐禹便把我的臥室充當了臨時貯貨倉。這時候忙忙收拾出來，只有一張床可以坐臥，權作過渡。

除夕爆竹炸響的時候，也正是月亮最黑暗的時候。

我只覺得深深的空曠。

初二一早，我便又回到了西大街。

我並不喜歡這個春節，只是急不可耐地等著收假，等著十五，等著下一個月圓之夜的到來。

七日後收假，我踩著一地紅色的鞭炮衣屑去上班。

剛進辦公室，主編便傳我晉見，劈頭便問：「你為什麼要亂說我和李小姐不清不楚？人家李小姐又沒得罪你，那天還替你付帳，你怎麼倒恩將仇報，隨便誣陷人家？」

「什麼？」我幾乎暈過去。

主編繼續說：「你年輕，說話隨便我不怪你，但事涉隱私，不該是你女孩子家談論的。我既然會把李經理介紹給你認識，就光明正大，不怕人議論，可是你一個年輕女孩子這樣亂說話到底不對，無中生有……」

我已經再聽不清主編說些什麼了，虛弱地應付了一兩句「我沒說過」便不得不閉嘴。沒說過？誰信？明明見到主編和李經理同行時只有我一人在場，況且，這一訊息的確由我告訴大家。可是，我真的沒有涉及緋色呀，我想也沒有想過。

但，現在什麼都說不清了。我只有默默聽主編重複了半小時的「我不怪你，但是……」然後低頭離開，感覺有什麼堵在胸口一陣陣地上湧，只怕隨時張開口都會噴出血來。

太壓抑了！

我想起那天張金定猶疑的神情，忽然明白過來他所謂的「單純」是指什麼，而「可惜」又爲何故。他是在說，人在江湖，身不由己，我卻毫無防人之心，真正單純得愚蠢。而他不得不利用我的愚蠢陷害於我，未免於心不忍，所以爲我感到可惜。

真要謝謝張金定給我上的這人生重要一課。

我把那一口鮮血咽回肚中，感覺自己越來越沒血性，乾脆收拾案頭提前回家。

黛兒已經回來，打扮得花枝招展，正在用玫瑰花調製天婦羅。看到我，歡呼一聲，撲上來便是一個大大的擁抱，將麵粉塗了我一臉一身。

我立刻便將編輯部的事拋到了九霄雲外，即使有一百個張金定那樣的小人做敵人，至少我還有一個黛兒這樣精彩的女伴做知己。

擁抱著黛兒，我幾乎有種失而復得的喜悅，快樂地說：

「呀，回家一趟，長了新本事了，會做甜品了！」

「以後你就有口福了！」黛兒賣弄著，「不止玫瑰天婦羅，我學會了好幾種鮮花點心的做法呢，有香蕉船、百合粥、桂花糕、還有芙蓉餅！」

「真的？」我在臉上寫滿十二分欽佩，做仰慕不已狀對黛兒深深鞠躬，「只是有一點我不明白，是不是做鮮花點心有講究：做點心的人一定要打扮得跟鮮花一樣才行啊？」

黛兒大笑：「不是，侍花人打扮得漂亮，是爲了那吃花的人啊。」

「不是爲了護花的人麼？」我打趣，猜出黛兒一定是約了子期。想到已與秦鉞許久不見，不禁心中微微發酸。

黛兒察言觀色，立刻問：「你那位，是不是也該請過來亮亮相了？」

「他呀，可不容易請。」我嘆氣。秦鉞是不可以出現在大太陽底下的，他屬於夜晚，而且必須是月圓如鏡的夜晚，月光稍微暗一點都不行。

黛兒做理解狀：「噢，是軍隊有紀律是不是？我就說嘛，幹嘛要找個當兵的談戀愛？自討苦吃！」

我苦笑。是啊，爲什麼會一往情深地愛上一個捉摸不住的武士魂呢？

然而，又怎麼可能不愛上他？他是這世間絕無僅有的一位真正貴族，比所有生活在陽光下的男子都更有陽剛之氣。與他相比，唐禹太俗，阿倫太弱，何培意太癡，夏九問太傲，而高子期太過輕佻浮躁，張金定之流就更不消說。總之所有的男人都不堪一擊，難以企及。

我懷念他臉上那種剛毅的線條，那種天地不可動搖的正氣……

然而，我渴望能與他執手相看，挽臂同行，擁抱，甚至親吻！我已經廿三歲，可是甚至還沒有吻過。

我用嘴唇輕觸手臂，柔軟地，濕濡的。接吻也是這樣的感覺嗎？是否有玫瑰花瓣的芬芳？

我自己的雙臂抱著自己的肩，卻仍然覺得孤獨。

很深的，很深的孤獨。

終於元宵節到了。

單位放假半天。黛兒和子期早已約好要隨團去桂林。吃過送行飯，我看看時間尚早，便買了幾樣新鮮水果花式元宵回家探望父母。

父親正在接待一個古玩界的行家玩友，見到我，笑著招手說：

「豔兒，你回來得正好，我剛和你關伯伯談起你的鐲子，關伯伯是金器收藏的行家，讓他看看，你的鐲子到底是不是古董？」

我上前問過關伯伯好，將鐲子從腕上褪下來。問爸爸：

「媽媽呢？」

「在廚房裏忙著呢，今天你哥哥新女朋友林小姐第一次上門，來吃團圓飯，正好，你也給她打打分。」

「是嗎？那我幫媽媽做菜去。」

「不用，你媽下午就做上了，這會兒應該差不多了。你坐下，聽關伯伯怎麼說？」

關伯伯將檯燈擰到最亮，正把一只放大鏡覆在鐲子上照了又照，聽到爸爸問話，沉吟著說：

「看成色，這應該屬於赤黃金，天然麗質，比重至少在十九以上。看年代，多半是明前的首飾，不過除非做化學成分分析，否則不能斷定具體年代。而且，這花紋機竅也不大像中土的工藝。」

父親問：「何以見得？」

「因為我國金飾多以鑲工見長，喜歡鑲珠嵌玉，或者飾以鑽石翡翠，絕少純金首飾。倒是外邦一些古文明國家，像波斯、埃及、希臘和愛琴島嶼的一些小國，在黃金飾品的雕琢工藝上都頗有建樹。其中埃及手鐲多飾以蛇神圖騰，而波斯喜做花鳥，看令嫒這鐲子的做工雕刻，倒有幾分像是波斯製品。」

父親又問：「那會不會是後代仿製呢？」

關伯伯搖頭：「不大像。現在的金子打磨過亮，很少有這種明淨的澄黃色了。而且唐兄你看，這鐲子邊上有一點點發暗，這是水銀沁的特徵。古玉埋在地下千年以上，多半會有水浸土蝕，產生不同的色沁；而黃金有很強的耐酸能力，可以抗腐蝕，唯一的剋星，就是水銀。因為黃金能夠吸收水銀，所以埋土中如果有水銀流動，便多少會產生一點影響。而土裏埋有水銀，這又是古皇室墓葬的特色。所以我猜，這鐲子多半竟是古代皇室的珍品，殉過名門貴族的。」

我聽得暗暗點頭，這位關伯伯果然是古董金飾的收藏名家，說得絲毫不錯。可是看到父親又是驚訝又是惆悵的神色，知道他是後悔當初答應把鐲子給哥哥做了抵押，於是不再重複秦鉞的話，免得父親更加難過。因為照秦鉞所說，這鐲子不僅年代久遠，而且經歷傳奇，區區幾十萬，實在是明珠暗投了。

門鈴響起，唐禹回來了，帶來一位打扮得如一棵活動聖誕樹般的陌生小姐。他說：

「這是林紅秋。」

我忙點頭問候：「林小姐，你好！」一邊讓進門來。

那林紅秋卻只是聳聳肩，正眼兒也不看我，只膩著唐禹撒嬌：

「禹，跟你說多少回了，叫人家英文名字嘛，卡菲拉！」

唐禹有些尷尬，一一向林小姐介紹：「這是我爸，我媽，這是關伯伯，這是我妹妹唐豔。」指向林紅秋，遲疑地，「這是……」

「嗨唉！我是卡菲拉。」林小姐嬌媚地一擺手，姿態腔調完全是港臺三流不成料小明星的派頭。最誇張的，還是她五顏六色的頭髮與紅眉綠眼的化妝，一隻左耳，自耳尖至耳垂叮叮噹噹居然一排三種掛飾，宛如小型耳墜展。

我迅速看一眼養父母，他們明顯倒吸一口涼氣，滿臉的不悅，剛才的興奮熱情已經一掃而空，只淡淡說：「啊來了，坐吧。」

那位關伯伯卻談笑風生：「噢，咖啡小姐，這名字倒別致得很！」

唐禹更加尷尬：「關伯伯真會開玩笑。」

我幫著媽媽把飯菜端上來，共是八菜一湯一煲，十分豐盛，看來母親對這次相親本來很看重。可是席間，她頻頻打量林小姐，態度卻十分冷淡，只是偶爾說一句「林小姐吃菜」，好像人家是專門來吃飯的似的。

記得以前常常聽男同事抱怨，帶女友回家最怕就是父母盤根問底如查戶口，令女孩坐立不安。他們不知道的是，如果父母真的漠不關心不聞不問，那才叫糟呢，簡直漆黑一片。

偏那林紅秋不識相，熟絡活潑得要命，完全不把自己當外人，大呼小叫著：「這麼多菜，怎麼可以沒有酒？不不不，光是啤酒白酒不行，得來點新鮮玩意兒，來，我給你們調杯雞尾酒，保準夠酷顏色好看！」

賣弄半晌，卻原來不過是一杯簡單的三色「七喜」，她還自命得意地繼續吹著：「這是我爹地上次帶我去西餐廳時人家給我們調的，那個BOY是個酷哥，我同他纏了好久，他才肯教我這個。他還跟我說啊，中國人吃牛排老是喜歡充內行，動不動就說『來個八分熟的』，其實呢，牛排八分熟已經很老了，最恰當應該是六分或七分就剛剛好，會吃的人覺得三分的才夠鮮嫩呢。不過中國人不喜歡生食，又想擺洋派，就故意裝相罷了，把牛排都吃成烤肉了。」一邊說一邊手臂大幅度擺動，又拿腔作勢地低頭喝了一口她的自製「七喜」，杯沿立刻留下一圈紅紅的唇印。

我忍不住笑了，由此我知道兩點：第一，她並不常吃西餐，因爲甚至不懂得喝飲料之前將口紅略作處理；第二，她的唇膏很劣質。

唐禹看出我的不屑，低聲說：「紅秋是敷淺了一點，但她有她的可愛。」語氣裏充滿無奈，帶著一絲求助的味道。

我不忍，只好替他打圓場，使林紅秋的聲音不至因爲單調而顯得過於聒噪：「林小姐和我哥哥是怎麼認識的？」

「他向我走來。」林紅秋一改又快又囉嗦的說話，言簡意賅地回答，並誇張地將一隻手按住胸口，做一個明星向觀眾致禮那樣的微笑，然後才接著說下去，「他先看到了我的側面，然後走過來，看我的正面。」她似乎想起什麼，忽然「咯咯」地笑起來，「當時，我的朋友就說，這個男人會請你喝咖啡的，後來，他就真的請我喝咖啡了喲！」

林紅秋的表演實在太誇張也太蹩腳了，可惜觀眾全不配合，爸媽頭也不抬地吃菜，而關伯伯則一臉揶揄的笑。

在片場，我常常感慨人生如戲，人在一生中爲了某種原因，不知道要扮演多少個自己不情願的角色，沒有幾個人可以如黛兒，永遠只做自己。但再怎麼樣，也都好過這位林紅秋女士，她壓根兒不知道自己是誰。

可是爲著唐禹，我還是不得不絞盡腦汁地找話題：「那，林小姐是做什麼工作的？」

「我？你是說我嗎？」林紅秋用手在空中劃過一個優美的弧線，放下筷子，擺出一副演講狀，「我嘛，我屬於『SOHO』一族，聽說過嗎？也就是『在家上班的人』。」說罷環視四周，等待我們做出驚奇讚嘆的回應。

唐禹至此也有些坐不住了，小聲提醒：「我妹妹是記者，現在又做了臨時演員，在電視連續劇《唐宮》裏扮演上官婉兒。」言外之意，警告女友收斂一點，不可過多賣弄。

可是沒想到林紅秋的熱情卻空前高漲起來，大驚小怪地叫著：

「演員？那就是明星呀！唐小姐，你們那齣電視劇是講什麼內容的？上官婉兒，這名字挺特別，是青春偶像劇還是都市愛情故事？青春劇裏我最喜歡韓國片，比香港的還好，男的女的都那麼酷，你說呢？」

我一愣，幾乎不可置信。唐禹早說過下回要找個胸大無腦的對象回來，但是沒想到居然做得這麼徹底，不知算不算是一種矯枉過正。

關伯伯已經「哈」一聲笑出來，而父親看向唐禹的眼光也明顯嚴厲，似乎在問：怎麼領了這麼一個貨色進門？

林紅秋卻還在喋喋不休：「唐小姐，你看我的條件怎麼樣？可不可以向導演介紹介紹，在劇組裏給我找個角色？我聽說伯母也是演員，唱戲的，唱了一輩子，可惜沒什麼名氣……」

我暗暗搖頭，知道要壞事了，在這個家裏，憑你說什麼都行，唯一不可以褒貶的，就是母親的唱功。這林紅秋犯了大忌，只怕不能見容於我養父。偷看母親臉色，果然已經黑如鍋底。而哥哥唐禹已經緊張地在桌子底下暗暗拉扯紅秋衣襬，偏她還是不懂，吃了興奮劑一般剎不住話頭：

「可是電視就不同了，每家都有電視，一個片子演得好就能出大名，不像唱戲，能唱給幾個人聽呀？這年頭唱戲的不吃香，還不如唱流行歌曲……」

父親終於忍無可忍，忽地一拍桌子：

「唐禹，你的品味什麼時候變得這麼低級了？還不給我出去？」

我嚇得一愣。早知道父親要發作，但也沒想到會這樣地不留餘地，一時倒不好勸說。

關伯伯咳咳地掩飾著窘狀，唐禹灰頭土臉，拉起林紅秋便走，那姓林的還莫名其妙：

「我怎麼了？我說什麼了？禹，你們家人是不是有病？……」

聲音漸行漸遠，終於消失在門外，而父親的臉色依然鐵青。吃殘的宴席攤開在桌上，一片狼藉。

半晌，母親自嘲地打圓場：「其實這咖啡小姐也沒說錯，我可不就是唱了一輩子沒唱出名堂嗎？」

父親憤憤：「這女孩子好沒禮貌！」

關伯伯勸：「咳，現在的女娃都這樣，有幾位能像你們家唐豔這樣知書識禮，文靜懂事的？」

我一愣，說著說著怎麼說到我身上了。

母親眼光複雜地看了我一眼，張了張嘴，卻什麼也沒說，只是嘆了口氣。

我心裏一跳，不由趕緊低了頭。

吃過飯，我告辭家人，一路散著步，自北門上了城牆。想到馬上就可以見到秦鉞，心情十分激動。然而城牆上人頭湧湧，燈光璀璨，熱鬧非凡，原來今天有燈展。

我失望至極，人這樣多，秦鉞是不會出現了。我枉等了那麼久，豈不是落空？

滿城上走著的，到處是美麗的人，美麗的衣裳，然而喧囂往來的人群中，我只有倍感孤寂。

遠處有煙花升起，漫天絢麗照眼明，轉瞬便歸沉寂。所有的人都仰起頭指點著，笑著，小孩子大聲尖叫，在城牆上「咚咚」地跑來跑去。有個戴著豬八戒面具的男童忽然撞在我身上，將我撞得連連後退，到底還是跌倒在地，那孩子見惹了禍，摘下面具齜牙一笑，轉身便跑。

我坐在地上，全身的力氣都消失了似的，久久不願起來。那麼多，那麼多和我擦肩而過的人哦，並沒有一個是我的朋友。

那唯一的，唯一的與我相通的心靈，卻躲在黑暗處將我默默凝望。

我撫著磚上秦鉞的名字，低聲說：「秦鉞，你看到我嗎？」

淚忍不住流了下來。我的心，從未有過的孤寂淒涼。

什麼叫冠蓋滿京城，斯人獨憔悴，我懂了。

悶悶地回了西大街的住處，發現黛兒也在，我驚訝：「你不是去桂林了嗎？」

「不想去了。」黛兒的聲音明顯帶著哭音，「我先睡了，有電話找我，就說我不在。」

過了一會兒，果然有電話打來找黛兒。我拍門喊：「黛兒，是子期找你。」

「說了我不在。」黛兒賭著氣答。

我只好對話筒說：「黛兒說她不在。」

話音未落，分機已經被接聽，黛兒含恨的聲音傳過來：「高子期，你還找我做什麼？」

我趕緊掛了電話。這兩人耍花槍，白陷害我做小人。

大概子期是用手機打的，火車上信號不好，電話不時斷線又重新打來，響響停停折騰了半夜。

黛兒固然在電話裏撒了一宿的嬌，我卻也是徹夜未眠。

早晨起來，兩人一式一樣的熊貓眼，眼窩子深深陷下去，眼底一圈浮腫，可是看上去，人家是深情如海，我可是形如厲鬼。

黛兒笑：「這才叫同甘共苦。」

我悻悻：「人家是陪太子讀書，我這是陪公主失眠。」

隔了一天，子期從桂林回來了，風塵僕僕地不等放下行李，先就來報了個到，帶回一大堆香囊、繡球、竹筒茶、羅漢果之類的小零小碎。見到我，心虛地一笑：

「豔兒，喜歡什麼，只管拿。」

我笑笑，識趣地藉故走開，讓地方給兩人小別敘舊去。心裏卻忽地一動，想起黛兒祖父初識陳大小姐的故事來。

「我把那些玩意兒一一買下，有荷包兒，有繡樣兒，還有藤草編的蟈蟈草蟲兒，都是孩子玩意兒，不貴……我跟著她，一直走出集市，追上去把東西送給她，她很驚訝，睜大眼睛看著我，整張臉都漲紅了……」

有風吹過，我忽然打了一個冷顫。

一個星期後，城頭燈會終於結束時，月亮已經殘了。

我終於沒有見到秦鉞。

離開城頭時，已是午夜兩點，遇到賣花的小姑娘，吸溜著鼻涕上前兜售，花已半枯萎，顏色和香味都黯淡。

我並無買花的習慣，可是女孩乞憐的眼睛令我心動，於是買下她所有的花。

第二天早晨起來時，花已凋謝。

這真是我生命中最黑暗的一個元宵節。

# 八　第三者的愛情宣言

我沉默地看著好友走向毀滅。
黛兒就像一個練氣功練得走火入魔的盲目而熱情的信徒，
對著她自以為完美的神祇頂禮膜拜，
**毫不置疑。**

他是她的空氣，
她呼吸著他而生存，並且偏執地將他的影子，
一點一滴地刻進她的生命，滲入她每一寸肌膚每一滴血。
**她已不可救藥。**

「這部戲叫《唐宮》，但是真正的重頭應該是周朝。周這個朝代，在歷史上存在的時間太短了，以至於被湮沒在唐代盛大的旌旗下，時時被忽略。西安的旅遊宣傳冊上至今都一直因爲十三朝古都還是十四朝古都的概念而往往自相矛盾，這中間的一念之差，就是因爲周。周的朝名，被刻意遺忘；周的皇帝，卻無人不知。就是中國歷史上惟一的女皇——武則天。」

我向夏九問講演：

「武則天遇到唐太宗李世民時，是唐朝；武則天嫁給唐高宗李治時，還是唐朝；然而武則天提拔上官婉兒做蘭台令史時，已經是大周。婉兒，是見證周朝鼎盛的最佳人質，甚至是標榜女皇功績的有力證據。因爲，正如武則天是中國歷史上惟一的女皇帝那樣；上官婉兒，亦是中國歷史上惟一的女宰相。她掌理詔令文書，代批奏章，代擬聖旨，才滿後宮，權傾朝中。天下文人都渴望得到她的點評讚揚，做了好詩，都希望由她一言定鼎，堪稱古往今來第一位才女。

「然而在武皇駕崩後，婉兒雖然以昭儀之位繼續輔佐中宗李顯，卻還是還國號於大唐了。而且中宗也未見得那麼聽信婉兒的，他在外無才治理國家，在內不能安撫後宮，最終竟被妻子韋皇后與女兒安樂公主合謀毒殺。李隆基攻入皇城時，中宗亡靈未遠，韋后春夢初醒，最無辜的是上官婉兒，她被迫牽扯進這場奪權之戰，且成爲韋后的代筆，但這完全不是出自她的本意。她本想祭出自己原先擬好的聖旨向李隆基投誠，卻沒來得及款訴心曲便被一劍封喉——這位唐玄宗後來對楊貴妃那麼情深意重，尚且可以在馬嵬坡賜她一死，又怎麼會在謀位奪權之際對一個前皇的嬪妃、自己的政敵憐香惜玉呢？

「上官婉兒就像驚濤駭浪中飄搖前行的一葉小船，好不容易經歷了由唐至周，又由周還唐的風雲變幻，最終還是死在又一任唐王之手，成了歷史變革、改朝換代的無辜犧牲者。後來李隆基大概自己也覺得做得過分了些，又假惺惺地頒詔天下，盛讚婉兒的文才斐然，命編次成集，並親自撰寫序文——然而，又有什麼意義呢？

「總之，不管是封了婉兒做昭儀的唐中宗也好，還是殺了婉兒又替她著書立說的唐玄宗也好，終究都不是上官婉兒的真正知己，惟有女皇武則天，才是惟一賞識她的機智、發揮她的才幹的人。女人的優秀，只有女人瞭解；女人的辛苦，也只有女人知道。胭脂帝國的大周朝，只有上官婉兒才是切心體貼武皇的臣民，也只有武則天也才是大膽重用婉兒的明主。她們兩個，相得益彰，照亮了中國歷史上那一方獨特的天空，使得金戈鐵馬金碧輝煌的唐朝廷更多了幾分嫵媚之氣——這才應該是這部片子裏關於上官婉兒的準確定位，也是對武皇與婉兒的對手戲的處理方式和尺度。」

我滔滔不絕，慷慨陳辭，口才從沒有這樣好過。夏九問先還擊節稱讚，後來便只有頻頻點頭的份兒了。爲了我——或者說爲了上官婉兒——他已經將劇本一改再改，以至於導演發出警告：

「本子不能再改了，婉兒的戲也不能再加了，本子已經定下來，你這樣子改來改去，拍攝進度受到影響不說，別的演員也有意見，非出麻煩不可。」

這天輪到我拍定裝照。鎂燈閃處，導演忽然一愣，喃喃說：

「我好像看到上官婉兒活了。剛才是不是閃電了？」

大家一齊笑起來：「導演這樣誇唐豔，小心藍鴿子吃醋。」

導演神態茫然：「那麼，不是閃電，只是燈光嗎？可是剛才我明明看到上官婉兒，晶光閃爍，直刺人的眼睛。」

大家更加笑不可抑。

藍鴿子故做盛怒：「婉兒，你好大的膽子！」隨手拿起劇本向我擲來。

這是一個劇中設定的情節：婉兒「因逆忤上」，武皇震怒，抄起一把匕首擲向婉兒，劃傷前額。武皇怒猶未息，又命刑官在婉兒額前傷處刺梅花印永留標誌。

藍鴿子現在做的，正是這擲刀一幕。我遂合作地大叫一傷，手捂前額向後便倒。

偏偏夏九問恰在這時前來探班，不知底裏，看我就要跌倒，本能地上前扶持，一把扯到電線，攝影機燈光柱連在一起「嘩啦啦」傾倒下來，正正砸在我身上，我避無可避，纏著一身電線重重摔倒在地，一時間頭昏眼花，半晌不能言語。

藍鴿子衝過來，後悔不迭：「唐豔，唐豔，你怎麼樣？」

夏九問驚得聲音都變了：「血，你流血了！」

化妝師連忙取過化妝棉來摁在我頭上，又喊劇務接清水來洗傷口。

我只覺眼前金星亂冒，然而看到藍鴿子和夏九問一臉的悔恨焦急，十分不忍，強笑說：「沒事，擦傷而已。」

劇務端過臉盆來，化妝師幫我細細清理了傷口，額前眉間正中，已經留下一道小小破口。

我取笑：「這樣倒好，等下拍戲不用化妝了。」

據說上官婉兒黥刑後，在額頭飾以花鈿遮蓋傷痕，不但沒有傷及美麗，反成為唐宮人人效仿盛極一時的特別裝飾，只是，不知道今時的我，要到哪裡去尋找那樣特別而奇巧的額飾。

藍鴿子怔忡：「這樣巧，簡直咒語似的。」

在場人員也都「嘖嘖」稱奇，忽然誰提起飾《還珠格格》中香妃的劉丹來，說：「劉丹剛演完香妃，就真地化成蝴蝶兒飛走了。唐豔卻更奇怪，還沒等演上官婉兒，額頭上先著了一下，不會真是有什麼鬼門道吧？」

我自己也心中慄慄，想起著名影星阮玲玉，她在影片中扮演了一個不堪媒體攻擊、自殺身亡的苦命女子，不久之後自己即蹈其覆轍，而那部預言了她命運的片子，則成為她銀幕上的絕響。

任現場鬧得天翻地覆，導演卻自始至終一語不發，不聞不見似，一直呆呆地出神。可是收工時，他忽然把夏九問叫過來，簡單地吩咐了一句：

「你不是說要改本子嗎，那就改吧。」

九問欣然領命，更加大刀闊斧地修改劇本。

我則仍然白天拍戲，晚上編稿，還要隔三差五同九問見面討論劇本修改細節，忙得天翻地覆。

高子期又帶團外出了。小屋裏重新充滿黛兒朗讀童話的聲音。

這次，是王爾德的《夜鶯與玫瑰》：

「玫瑰樹對夜鶯說：『如果你想要一朵紅玫瑰，你就一定要在月光下用音樂來造出它，並且要用你胸中的鮮血來染紅它。你要用你的胸膛抵住一根刺爲我唱歌。唱一整個夜晚。那根刺一定要穿刺你的心，然後你的鮮血流進我的血管裏，變成我的血，我才能給你一朵紅玫瑰。』」

不知爲什麼，黛兒的聲音有些顫抖，似乎帶著哭腔：

「『拿死亡來換一朵玫瑰，這代價實在很高，』夜鶯回答，『生命對每一個人都是非常寶貴的。坐在綠樹上看太陽駕駛著她的金馬車，看月亮開著她的珍珠馬車，是一件愉快的事情。山楂散發出香味，躲藏在山谷中的風鈴草以及盛開在山頭的石楠花也是香的。然而愛情勝過生命，再說鳥的心怎麼比得過人的心呢？』

黛兒停下來。

我問：「怎麼不讀了？我正聽著呢。」

黛兒於是又讀下去：

「等到月亮掛上了天際的時候，夜鶯就朝玫瑰樹飛去，用自己的胸膛頂住花刺。她用胸膛頂著刺整整唱了一夜，就連冰涼如水晶的明月也俯下身來傾聽。整整一夜她唱個不停，刺在她的胸口上越刺越深，她身上的鮮血也快要流光了。

「她開始唱起少男少女心中萌發的愛情。在玫瑰樹最高的枝頭上開放出一朵異常的玫瑰，歌兒唱了一首又一首，花瓣也一片片地開放了。起初，花兒是乳白色的，白得就像懸在河上的霧靄，白得就如同早晨的足履，白得就像黎明的翅膀。在最高枝頭上盛開的那朵玫瑰花，如同一朵在銀鏡中、在水池裏照出的玫瑰花影。

「然而這時，樹大聲叫夜鶯把刺頂得更緊一些。『頂緊些，小夜鶯，不然玫瑰還沒有完成天就要亮了。』樹大叫著。於是夜鶯把刺頂得更緊了，她的歌聲也越來越響亮了，因爲她歌唱著一對成年男女心中誕生的激情。一層淡淡的紅暈爬上了玫瑰花瓣，就跟新郎親吻新娘時臉上泛起的紅暈一樣。但是花刺還沒有達到夜鶯的心臟，所以玫瑰的心還是白色的，因爲只有夜鶯心裏的血才能染紅玫瑰的花心。

「這時樹又大聲叫夜鶯頂得更緊些，『再緊些，小夜鶯，』樹兒高聲喊著，『不然，玫瑰還沒完成天就要亮了。』於是夜鶯就把玫瑰刺頂得更緊了，刺著了自己的心臟，一陣劇烈的痛楚襲遍了她的全身。痛得越來越厲害，歌聲也越來越激烈，因爲她歌唱著由死亡完成的愛情，歌唱著在墳墓中也不朽的愛情。

「最後這朵非凡的玫瑰變成了深紅色，就像東方天際的紅霞，花瓣的外環是深紅色的，花心更紅得好似一塊紅寶石。不過夜鶯的歌聲卻越來越弱了，她的一雙小翅膀開始撲打起來，一層霧膜爬上了她的雙目。她的歌聲變得更弱了，她覺得喉嚨給什麼東西堵住了……」

黛兒的喉嚨也被什麼東西堵住了，她哽咽起來。

我走過去，抱住她的肩：「怎麼了，黛兒？」

黛兒看著我，盈盈如秋波的大眼睛裏寫滿了悲哀無助：

「豔兒，你記得這故事的結局麼？」

「當然。夜鶯最終以自己的歌聲與心頭的鮮血完成了那朵世界上最鮮豔芬芳的紅玫瑰，把它獻給了那個牠以爲真正懂得什麼是愛情的少年。可是少年卻因爲並未能以紅玫瑰換來女伴的一曲共舞，便毫不珍惜地把它丟掉了，丟在陰溝裏，一輛馬車經過，將它踏得粉身碎骨。」

「他把它丟掉了。」黛兒重複著，用一種我從未見過的淒苦眼神注視著我，「豔兒，如果以生命爲代價去交換的一朵紅玫瑰，卻被對方毫不珍惜地丟掉在陰溝裏，它該怎麼辦？任憑馬車把它踏爲塵埃麼？」

「你怎麼了黛兒？出了什麼事？」我的心跳忽然加速起來，忍不住更緊地擁抱黛兒，

「是不是子期……」

「沒有，他很好。」黛兒矢口否認，可是我看到一顆一顆的淚珠滴落在她的紅裙子上，洇出一點一點的不規則的圓圈，正像一朵朵紅玫瑰。

我不明白，爲什麼黛兒的眼睛一天比一天憂鬱。按理她和子期郎才女貌，應該是相當理想的一對璧人，難道是出了什麼問題？但是黛兒不說，我也不便追問。尊重隱私是做朋友的首要條件。即使熟絡如黛兒，日夜相對並不需要戴面具，也不可恃熟賣熟，窮追猛打。

我等著有一天她自己把事情告訴我。

再見秦鉞時，我有意穿著婉兒的戲服去赴約。見到他，忽覺萬般委屈，忍不住滴下淚來。

秦鉞陪我緩緩散著步，良久輕輕說：

「做人的要旨不在名利，在快樂。如果要用快樂去交換一些蠅頭微利，未免太笨。」

「可那不是蠅頭微利，是一整間房子呢。兩室一廳，如果自己買，我要奮鬥幾年也未必能得到。沒有片瓦遮頭，又怎麼快樂得起來？」我心境略爲平和，遂將所有煩惱合盤托出。

一旦說出來，卻又覺得著實瑣碎，站在歷時千年的古城之上，我的那些困惑得失顯得多麼微末無聊。

秦鉞說：「失之桑榆，收之東籬。只要你放開懷抱，專心一意，你未來的成就必不止於一間房子。」

「爲什麼？你博古通今？」

秦鉞凝視我：「你穿上這套衣服，真的很像婉兒。我說過，我曾在婉兒襁褓之時見過她一面。雖然當時她還只是一個嬰兒，可是眉清目秀，輪廓儼然，和你很像。」

我愣住：「真的很像？」

「真的。」秦鉞重重點頭，「婉兒出生時，鄭夫人曾做過一個夢，夢見一位金甲神人送給她一杆大秤。她將這個夢複述給眾人，有相士圓夢說這預示著她會生一位兒子，日後必能執掌國政，權衡朝野人材。後來婉兒出生，卻是個女孩兒。大家都說相士胡言亂語，但是相士堅持說，這嬰兒女生男相，更不得了，未來成就不可估量。他還說，婉兒八字中命帶甲午，這樣的女子注定一生坎坷，少孤長寡，然而文曲星照，有男性傾向，才智過人，權傾天下。那時朝中原無女官，所以大家更認爲無稽，而且因爲他說到『少孤長寡』很不吉利，就都斥責他胡說。婉兒的父親上官庭芝當時還震怒地命令家人將相士掌嘴，還是上官老師說相士算命本來就是無稽之談，姑且言之姑且聽之罷了，既然不信，又何必動嗔，這才算了。可是後來婉兒的命運證明，相士之言果然一一實現。如果照他說的，婉兒的面相是成才之相，那麼，你酷肖婉兒，將來也必有大成，名與利，都不過是囊中之物罷了。只是，名利雙收，也未必就是好命啊。」

我笑：「我才不管。只要眼前名利雙收，管它將來鰥寡孤獨呢。秦鉞，你再說一些唐朝的故事給我聽好嗎？我喜歡聽那些。」

秦鉞微笑，指著遠處的皇城賓館說：

「看到了嗎？那便是一千四百年前唐皇城景風門的位置；它西邊，則是端履門，唐朝時，各路人馬行經此地，必須下馬停車，端衣正帽，然後才規行矩步，進入皇城，所以叫『端履門』；那對面的街道，叫炭市街，是皇城裏最熱鬧的集市。」

「我知道炭市街，唐代大詩人白居易還爲它寫過一首詩呢，題目就叫《賣炭翁》。」

「白居易？」

我想起來，那是秦鉞戰死很久以後的事了。我的古代，是秦鉞的未來。可是此刻我們卻並肩站立，跨越年代，也跨越了生死，共同站在這千年的古城牆上，指點江山，這是多麼荒誕，多麼美好，多麼偉大的愛情！

我向他背誦起《賣炭翁》，自「賣炭翁，伐薪燒炭南山中。滿面塵灰煙火色，兩鬢蒼蒼十指黑……」一直背到「一車炭，千餘斤，宮使驅將惜不得。半匹紅綃一丈綾，繫向牛頭充炭值。」

秦鉞氣憤：「那些宮吏，實在是太可惡了。」又喃喃重複著，「『賣炭得錢何所營？身上衣裳口中食。可憐身上衣正單，心憂炭賤願天寒。』寫得好，寫得太好了！這裏面說的

『市南門外泥中歇』，指的就是南門永寧門了，而『回車叱牛牽向北』，應該是指那些官吏搶奪了賣炭翁的炭拉去大明宮了。」

風在城頭毫無阻礙地吹過，仍然凜冽，但乾淨的沒有一絲異味。

城牆是西安的桃源。

回到家，我的心情已經完全輕鬆下來，一個多月來的鬱悶不樂一掃而空。

我在木桶中注入大量泡泡浴液，讓泡沫豐富地包裹著我。這是寫完那篇藍鴿子特稿後我獎勵自己的，雖然使得房子的空間更逼擠了，可這畢竟是一件奢侈品。

他日有了自己的房子，第一件事便是選一個夠大的浴缸。

也許，所有的努力與壓抑，都只是爲了換回這一點點享受。

可是，一個浴缸，一瓶名牌浴液，究竟所費幾何？值得用自尊用驕傲去交換？而且，照現在這樣子下去，我的房子一定沒戲。造主編桃色謠言，哼！

秦鉞說的，做人要旨不在名利，在快樂。而我，不該是一個笨得失去自己來交換名利的人呀，一間房子而已，用得著如此嘔心瀝血來爭取？我損失的那些做人最基本的快樂與自由遠不止這個價才是。

我在這一刻決定辭職。

水喉中不住地流出調節適宜的溫水，我愜意地沖洗，想像著辭職後無所顧忌一抒胸臆的情形，對著鏡子呵斥：「張金定，你這無恥小人！」然後做獰笑狀威脅，「等著瞧，我會要你好看！」平時不敢出口的髒話此時源源不斷地湧出，直罵到自己覺得難堪。

想想也真無聊，張金定，今日生死對頭一般，明天陌路相逢不一定認得出對方，勉強記得是個熟人罷，點頭笑一笑也就擦肩經過。一旦辭職，不再有競爭，不再有勾心鬥角誣蠛設計，誰又記得張某何許人也？

我拍拍胸口，對鏡子做出一個微笑。不要仇恨，不要仇恨。我要看到西安晴朗朗的大太陽。

第二天早晨，我向主編交上辭呈。

主編很驚訝，但也沒有多勸，只吩咐會計部爲我結算工資便結束了一場賓主。也許，他因此而更加相信我是造了他的謠，如今愧於面對吧。

我心中微感惆悵，本來也不指望他會涕淚交流地挽留我，可是拼搏整載，這樣子敗下陣來終究有些清冷。

我沒有再去找張金定，我的生命中沒有必要再出現這個人的名字。也許他會爲了計畫得逞在背後笑歪嘴巴，但我決定不再關心。江湖上小人眾多，哪裡有那麼多不解恩仇？根本記得他也是一種抬舉。

做人的要旨在快樂。那麼又何必耿耿於懷於那些讓自己不快樂的人和事？

到了月底，九問的劇本二稿脫手，原著的矛盾中心本來只是武則天與韋后的先後亂政，現在則變成了武后、太平、婉兒和韋氏四個女人的魅力與權力之爭，我也稀里糊塗地從一個小配角變成了第二女主角，同藍鴿子分庭抗禮，平分秋色。

藍鴿子懊惱：「早知如此，當初就不該讓你參加進來。」

我笑：「這大概就叫引狼入室，自食其果吧？」

夏九問趕緊送藍鴿子一劑定心丸：「想演好戲，就得有人跟你頂著來，硬碰硬，才見得出功力。原來的本子裏你一枝獨秀，雖然醒目，但是人物性格不豐滿，色彩單調。現在和上官婉兒分庭抗禮，整個人鮮明起來，只會增色，不會分戲的。就像唐豔說的，武皇的胭脂帝國，怎麼能沒有一位與眾不同的脂粉將軍護花使呢？」

一番話，說得藍鴿子高興起來。

夏九問又轉向我：「你的感覺相當準確，文筆也清秀，不如跟我合作改劇本吧。」

我欣然同意，看著劇中人物在自己筆下一點點豐滿形象起來，時時爲自己拍案叫絕。

最難處理的，是婉兒中年時代的形象。在武皇末代，朝廷多股勢力的傾軋較量中，誰也說不清上官婉兒到底扮演了一個怎樣的角色，起著怎樣舉足輕重的作用。中宗李顯、宰相武三思、甚至恃寵弄權的張氏兄弟，都同她有著絲絲縷縷的關係。那時她已並不年輕，而且臉上還帶著永不消釋的黥刑墨蹟，卻仍能令天下男子拜服裙下，這樣的心機，這樣的風姿，誰能徹底解讀？又如何蓋棺定論？

九問讚嘆：「上官婉兒在天有靈，一定會以你為知己。只是，我可真不敢再誇你，你已經太驕傲了。」停一下，凝視著我又輕輕補充一句，「可是你實在是有驕傲的本錢。」

我不語。不是不明白他的心意，可是該怎樣對他解釋我早已情有獨鍾了呢？

其實不僅是他，劇組裏已經頗有幾個男演員對我注目。辦公桌上每天都有新的鮮花供奉，粉色的名片背後寫著約會的時間地點。我看也不看，隨手扔進紙簍。

我的眼睛看不到別人，我心裏，只有秦鉞一個。

與他相比，紅塵所有的男人都顯得浮躁而膚淺，不值一哂。

他的笑容，比世上所有的鮮花一齊開放都更加芬芳馥郁。

一日晚上看新聞，忽然聽到熟悉的聲音，竟是記者為雜誌刊登虛假醫藥廣告的事採訪我的前主編。

螢幕上，主編憔悴許多，神態有些倉皇，儼然已是位老人。他有些無奈地說：

「廣告部的事，我並不是很清楚……」

我忽然想起許多許多往事，也想起張金定的那些小伎倆。其實編輯部的事，主編又何嘗清楚？他也是一心要好，鼓勵競爭，爭取績效，按照他認為好的方向要求著所有屬下。只是沒有想到，那些屬下爲了他的要求，爲了自己的利益，採取太多不應該的手段，誤了他，也誤了自己。這個過程中，多少人背離初衷，做下許多有逆本意的事情？

我忽然慶幸自己在競爭中的失敗了，因爲我的甘於失敗，我終於完整地保留了自己。到這時才知道秦鉞教給我的，果真是金玉良言。

原來一直覺得，我周圍的人，連同我自己，都太複雜了，既要爭名，又要逐利，又要自作聰明地把名利之心包裝在清高的外表下，秦鉞的世界，卻簡單純淨，一片美好。現在卻覺得，秦鉞才是真正深刻有大智慧，而我們，其實淺薄粗鄙，一事無成。

自此，更加看淡名利。

一日比一日更加沉靜，溫存，一日比一日更像一個女人，一個古典的，真正的女人。平時還不覺得，但一穿上戲裝，那通體的氣派、古典的韻味就格外地顯現出來。我的一舉一動，一顰一笑，莫不合乎一個古代仕女的身分，那裏在鳳冠霞帔錦繡衣裳裏的，不再是一個活在廿一世紀的城市女郎，而是一個百分百的唐宮女官。她身居高位，一人之下，萬人之上，既頤指氣使，又委曲求全，既恃才傲物，又城府深沉，她風華絕代而舉止謹慎，位極人臣而進退有度。

她，上官婉兒，一個政治與權力的操縱者與犧牲品，因其超卓的才華取得無上榮耀，卻也因此而永遠失去做一個平凡女人安然度過一生的資格。她生長在深宮的掖庭，那黑暗、孤寂、象徵著屈辱與卑微的罪臣的流放地，冷酷的童年的記憶像烙印一樣銘刻在她的心上，甚至比額上黥刑的墨蹟更深刻清晰，難以癒合。而那烙印，是內傷，看不見的。

我的心一動。

童年的傷，是內傷。這，不正是我最常說的話嗎？

我在金釵玉釧龍堂鳳閣前迷失了。

在歷史與現代，劇情與真實間迷失。

我是誰？婉兒又是誰？該怎樣解釋我與她的那些不謀而合的相像？

身邊的追求者忽然多起來，爲了我身上那種神秘古典的純女人氣質。

藍鴿子說：「唐豔，我還是第一次遇到對手呢。不過我輸得心服口服，你的氣質性格的確不可多得，難怪全體男職員爲你瘋狂。」

我驚訝：「哪裡有那麼誇張？」

「你難道沒注意？連導演看著你的時候，眼光都和平時不同。」

我一直都很欣賞藍鴿子，認爲她是女人中的女人，是女人的範本，男人的剋星。她驕傲，但不淺薄。她處處以明星自居，十分在意自己的影后身分，但並不是無節制的惡性膨脹。相反，她非常懂得在什麼時候放，而什麼時候又適當地收斂，喜笑怒罵都恰到好處。這用在影星生涯、對付媒體炒作上的招數，一旦用在男人身上也是同樣地奏效——她對所有人冷若冰霜，卻只對一個人滿面春風；她一連十天對你不理不睬，卻在第十一天一見你就綻開如花笑靨。什麼樣的男子承受得了這樣的挑戰與誘惑？

我看著一個個擁有著最強自尊與最脆弱情感的男人，爭先恐後地拜倒在她的石榴裙下，早已習以爲常，甘拜下風。今天居然聽她說我竟有分庭抗禮之能，不禁一笑。

回到家我問黛兒：「我近日是否有非常舉止？」

黛兒答：「沒有啦，只不過戀愛中的女人特別溫柔快樂而已。」

正說著，子期來訪，看到我，喝一聲彩：「唐豔越來越漂亮，開始有女人味了。」

「新買了一支名牌香水而已。」

「是麼？」子期做受教狀，「請問什麼香水可以自身至心將人打扮得如此優雅而有古典韻味？」

我心裏一動，嘴上只笑道，「做導遊最值錢就是一張嘴。」

「不僅如此，還有一顆赤誠的心！」

「那麼，打算什麼時候向我們黛兒剖心見誠，正式求婚呀？」

子期一愣，黛兒已經趕緊打開電視，製造噪音來遮掩子期的沉默。

日漸一日，我漸漸習慣了鎂光燈下的生活，一分鐘內說哭便哭讓笑便笑，才脫下白襯衫牛仔褲，已換上寬邊袖百褶裙，開口「皇上」，閉口「奴婢」，已全然分不清孰爲戲，孰爲真。

莊生曉夢迷蝴蝶，亦或蝴蝶曉夢見莊周？誰又能說得清呢？

日與夜隨意顛倒。日間拍夜戲，晚上拍晨戲，一聲令下，呼風喚雨都做等閒。

但是黛兒，她越來越抑鬱，並且常常哭泣。

她沒有讓我看到她的淚水，但是我知道她在哭泣。她的眼睛中始終遊移著一種擔憂。只有在見到子期的那一刻，才會忽然明亮，小小的精緻的面孔緋紅如霞；可是子期一走，她便整個人黯淡下來，彷彿萬念俱灰。

她不大肯正視我。可即使是背影，亦讓我覺得她的寂寞。

一天正在拍戲，唐禹突然打來電話，說黛兒今早提出辭職。

「爲什麼？」

「爲什麼？」唐禹不悅，「我要知道爲什麼還打電話給你幹嘛？我就是想問你知不知道爲什麼？還是你們這些人把辭職當時髦，一個兩個地都想著辭職？」

我十分無辜：「我的確不知道。黛兒什麼都沒有跟我說過。」

「你和她住一起都不知道？」

「她每天對著你的時間比我還多呢，你不知道的我怎麼就會知道？對了，你和那位咖啡小姐怎麼樣了？」

「還提她？早分手了。唉，現在的女孩子也不知道怎麼了，個個沒腦子。」

「喂喂，別一篙子打翻一船人好不好？」

「啊我忘了，你也是女人，而且是一個不一樣的女人嘛，媽媽說的。」唐禹嘻笑著掛斷電話。

我再也坐不住。黛兒辭職，這麼大的事，她怎麼一點也沒有跟我提過呢？

下午，我特意提前回家，專心等黛兒回來。

然而黛兒很晚才回來，眼角帶著淚。一進門就爬上床，將被子直拉過頭，一副「別理我」的樣子。記得大學時，每每同她鬧彆扭我便使出這招來畫地爲牢，今天她卻盜用來對付我。

我納悶，張了幾次嘴，卻到底不便多問。

夜裏，朦朧聽到哭聲，我翻身坐起，問：「黛兒，怎麼了？」

對面卻又寂無聲息了。

我懷疑是自己聽錯，倒下再睡。卻聽黛兒起了床，也不開燈，拉開門輕輕走出去。我屏息，聽到輕輕的腳步聲一直走進洗手間，然後是關門聲，可是壓抑不住的乾嘔聲時斷時續地傳出來。

我再也忍不住，披衣出來，敲敲衛浴間的門：「黛兒，是我，你沒事吧？」

「沒事兒。」

但是黛兒不等說完，又是一陣驚天動地的乾嘔。我再也顧不得忌諱，強行推門進去，只見黛兒半跪在馬桶前，臉上又是眼淚又是鼻涕，狼狽得一塌糊塗。大概是累極了，沒卸妝便睡下，如今被身體的不適擾醒，脂粉口紅溶成一片，觸目驚心。

我吃了一驚，趕緊上前拉起她，伏侍著洗了臉，半拖半抱地把她扶回床上躺好，又倒一杯溫水給她，這才問，「你吐得這樣厲害，要不要去醫院？」

「不用，我知道自己怎麼回事。」黛兒忽然猛抬頭，望著我。

我也望著她，等待著，彷彿一盤賭等待揭盅。

只聽黛兒平靜地說，「豔兒，我懷孕了。」

「懷孕？」我大驚，一時說不出話來。

「是的。我已經決定辭職，唐禹一定很生氣，你替我向他道歉好嗎？」

唐禹？哪裡顧得上他的感受。我搖搖頭，只管撿最要緊的問：

「子期知道嗎？」

「我沒有同他說。」

「可這不是他的孩子嗎？」

「是的，正因為這個我才不想他知道煩惱。」

「那你怎麼打算？要不，我陪你去醫院做手術？」

「不，我不要做手術。」

「不做手術？那你打算……」

「回台州。把孩子生下來。」

「生下來？不辦婚禮就生嗎？」

黛兒低了頭，半晌，忽然咬咬牙下定決心地說：

「我們不能結婚，因爲，子期早就結過婚了。」

「什麼？」驚嚇過度，我忽然變得口吃起來，「那你還……黛兒，你是什麼時候發現的？他居然騙你！他，他簡直……」

我簡直不知道說什麼才好，而黛兒已經平靜地打斷我：

「不，他沒有騙我，早在北京時，我已經知道了。」

我用手抱住頭，忍不住呻吟起來。

一個接一個的意外，使我幾乎要高聲尖叫。腦子裏不住重疊翻滾著各種新資訊，理不出一個頭緒來。

黛兒懷孕了！

黛兒要辭職！

黛兒要回台州生孩子！

而孩子的父親其實早已結過婚！

漸漸地，各種紛雜的頭緒退爲背景，而一個概念越來越清晰地浮現出來：

高子期已婚！高子期是有婦之夫！黛兒，做了別人的情婦！婚姻之外的那個人！第三者！

第三者。只有中國人才可以發明出這麼特別而具體的辭彙：第三者，就是兩人世界之外的多出來的那個增生品。是不該存在的。

不管她有什麼樣的理由，她的出現就是一個錯誤！

我虛弱地問黛兒：「那你又何必來西安呢？」

「我愛他。你能明白我第一次看到他時的感覺嗎？我當時就想，世上怎麼會有這麼英俊的人呢？這是一尊神呀，一尊真神。阿波羅像復活了也不過如此。」

黛兒的眼睛亮亮的，彷彿深不見底。如今，真的有一個靈魂在那裏入住了吧？

提起子期，她整個人都變成一個發光體，有著炫目的美麗。

「後來我開始同他交往，我們在網上聊天、通信，他的每一句話都那麼新鮮，熨貼，一直說到我的心裏去。你知道我有過很多男朋友，他們來了去了，我對他們某個人喜歡得多一點，某個人喜歡得少一點，可是對子期是不同的，我已經不能衡量我感情的分量，因爲那甚至已經超出我的所有，就是我自己也無法想像自己原來可以如此深刻而徹底地愛著一個人，他已經是我的呼吸，我的血液，我的骨肉，我的全部，他愛我多一天，我的快樂就多一天，他愛我少一點，我的快樂就少一點。但是，只有他能帶給我快樂，只有見到他時我才會快樂，你明白嗎？」

我幾乎爲黛兒一番熱烈的訴說震驚了，相識經年，我從來沒有見過老友如此熱烈而痛切，她愛的純粹令我的心爲之深深顫忧，我忍不住緊緊抱住她的肩。

「可是，你現在並不快樂，你流淚，傷心，日漸消瘦，你已經很久沒有真正快樂地笑過了。結束吧，黛兒，重新做回無憂無慮的你！」

「如果他不能給我快樂，至少他可以給我痛苦。但是如果沒有他，那麼我會連痛苦也沒有。我會失去所有的感情與感覺，與行屍走肉沒有兩樣。」

「愛情不是這樣的。它不應該這樣。愛應該令人溫暖，舒適，如沐春風，令孤獨的心安慰，令飄泊的心寧定，令燥動的心充實。」

「我羡慕你描述的那樣的愛情境界，可是也許我不配擁有。」黛兒說，「而且，我理解的愛情不是這樣的，我心中的愛，要有所遺憾，有所痛苦，有相約不至的失落，不能圓滿的悵恨。它不僅僅是甜蜜的，更是痛苦的，不僅僅有浪漫，還要有傷害，甚至殘酷。要經過血與淚的洗禮，然後血肉相連。只有這樣，愛才是圓滿的，深刻的，像夜空般深邃長河般遼闊。」

暢談著理想愛情的黛兒，又變成了那隻充滿渴望的鯨魚，以飛蛾撲火的姿態訴說著她的絕滅的愛情。

「豔兒，除了愛，再沒有一個字可以解釋我對子期的感情，自認識他以後，我對愛情的理解就只剩下這唯一的一種。那就是愛他，不論他已婚，未婚，甚至無論他愛不愛我。」

「但是你有理由選擇更美麗的愛情，爲什麼要放棄這種權利？」

「愛需要理由嗎？不，我不要權利，我只要子期。婚姻只是一種形式，而愛情是一種境界，只是愛情本身。這世上有一個他，有一個我，而我又見到他，這已足夠。更何況，現在我還有了他的孩子。」黛兒撫摸著腹部，眼中放出精光，如癡如狂。

我無言。這是我認得的黛兒嗎？是那個煙視媚行睥睨一切視愛情如遊戲聲明要找一個天下最聰明博學卻獨獨爲她而傻的黛兒嗎？

難怪這段日子黛兒越來越長久地陷入憂鬱，而高子期越來越頻繁地帶團出差。

——原來出門是假，回家才是真。

我苦勸黛兒：「一段不完整而沒有結果的愛情，值得這樣誓死捍衛嗎？你明知這感情是一個騙局，何必……」

「他沒有騙我。況且，即使他騙我，我也願意被騙，只求能被他欺騙得更長久一些，最好一生一世。」黛兒擦乾眼淚，以一種我從未見過的堅決向我宣布，「豔兒，你是我最好的朋友，唯一的好朋友，我很尊重你也珍惜你。但是請你不要再詆毀子期吧，否則，我會同你一刀兩斷！」

「黛兒……」

「豔兒，請你尊重我的抉擇！」

話說到這個份上已經沒辦法再繼續下去。我總不能按著她的頭去洗腦。我亦不能代替她去活。

我只有沉默。

最悲哀最無奈最沉重的沉默！

沉默地看著自己的至友一步步走向錯誤，走向毀滅。

黛兒就像一個練氣功練得走火入魔的盲目而熱情的信徒，對著她自以為完美輝煌的神祇頂禮膜拜，毫不置疑。他已經是她的空氣，她呼吸著他而生存，並且偏執地將他的影子，一點一滴地刻進她的生命，滲入她每一寸肌膚每一滴血。

她已不可救藥。

這是一個不眠之夜。

我們一直在流淚，黛兒的淚，和我的淚。我們用淚水把長夜浸得濕漉漉的，然而最終誰也不能說服誰。黛兒聲稱自己寧可死也不會放棄對高子期的愛情。而她誠摯的剖白無論多麼熱烈偉大，亦不能得到我的祝福。

但是我仍然提出陪她一起回台州，實在是，我不放心讓黛兒在這種情況下一個人長途跋涉。

恰好劇組正準備到洛陽拍外景，正在做前期準備，一時沒有通告。我帶著黛兒一同去向導演請假。

導演看到黛兒，大叫遺憾：「這樣的美女，唐豔怎麼沒有介紹到劇組裏來？」欣然允諾。

美麗從來都是美女無往不利的通行證。

立刻便有男同事向我打聽：「陳小姐家境如何？」

我一愣：「問這個做什麼？」

男同事實話實說，絲毫不以爲忤：「想追求她呀。可是追求美女是非常破費的一件事，如果自己備有妝奩呢，那又不同，真正『財』貌雙全，一旦投資成功，無異一本萬利。」

我詫異：「不是過程才是最重要的嗎？」

周圍幾位男士一齊絕倒：「唐豔，我們以爲你已經大學畢業了。」

哦大學。我黯然，想起大學時代爲了黛兒前仆後繼的眾多才子，忽覺十分懷念，至少，他們曾經付出過真誠，當他們追求熱戀之際，想要的只是愛情本身，而不帶任何附加條件。如今出得校門，一步踏入軟紅十丈，彷佛處處陷阱，竟再沒有人爲了愛情而愛情，「雪孩子」和「小王子」的故事，都已成隔世傳說。

我對黛兒說：「不知道何培意現在怎麼樣了？」
「怎麼忽然提起他來？」
「我懷念當年他的那種純真。」
黛兒做一個果不出我之所料的表情：「看，我早說你對他有特殊好感，當時又不肯承認。」
我氣結。這榆木腦袋十年不變，對待異性除了喜歡就是不喜歡，再不懂得什麼叫欣賞尊重。或許正是這一點固執害慘了她。
走的前一天，我同黛兒去八仙庵祈福。
進門迎面一座石橋，雕著舒展的雲朵，雲舒雲卷，橋便架在半空中了，因此喚作「遇仙橋」——傳說全真派創始人王重陽便是於此遇見呂洞賓傳授「五篇靈文」而得道。
橋欄上雕著的小和尚頭光光的，不知是雕磨材料特殊，還是被遊人的手把摩的。橋拱起，月洞處懸著一枚天圓地方的巨制銅錢，方孔中又繫著一架銅鐘。參佛的人隔了橋欄杆向錢與鐘投擲硬幣，如果擊中銅錢，便是與道有緣，可得天助，若敲得鐘響，更不得了，有個名堂叫做「鐘響兆福」，據說最靈不過的。
我們兩個停了步，翻遍皮包好容易尋出兩枚硬幣，黛兒問我：
「求什麼？」

我反而愣住，一心要來求福，可到底怎麼才算是「福」呢？名成？利就？我早已學會盡人事而從天命，不願強求。那該求什麼呢？與秦鉞終成美眷？我明知那是不可能的。

一直勸黛兒理智，不要為了沒有結果的感情傷心。可是，黛兒同子期的愛情沒有結果，我和秦鉞難道會有結果嗎？黛兒傾心的，至少還是一個真實具體的人，我的所愛，卻是一個不容於現世的鬼。這一份感情，豈非更加驚世駭俗？

沉思良久，我只得苦苦一笑：「求平安吧。你呢？」

黛兒嘆息：「我求……子期愛我多一天。」

# 九　阻止她！

晚上，那位白衣的陳大小姐又來了。

「**阻止她！阻止她！**」

她喑啞地重複著，發出只有地獄裏才會有的幽怨聲音，凝視著我漸漸逼近，面目越來越清晰，竟是——黛兒！

「相思何止在丁香枝上，豆蔻梢頭。相思是無處不在的。」

這是黛兒有生之年對我說的最後一句話。

黛兒提前沒有通知家人，到了台州，她的父母見到我們喜出望外，簡直不知道怎樣嬌慣她才好。

陳伯母抱住女兒哭得稀里嘩啦，不住地說：「晚上做夢都聽到你在隔壁哭，怕你餓著。」

黛兒笑：「我已經不再半夜啼哭二十年了！」

我微笑，長輩想女心切，總是不自主地混淆時間空間，恨不得女兒永遠是三歲小囡，手抱肩背，一時見不到父母便啼哭求助。

黛兒父母是那種典型的南方性格，熱情得略帶誇張，但爲人十分周到，寵愛女兒之際，從不忘對我問候兼顧，殷勤不已。又說：

「你舅公又犯病了，前天還打電話來說想你，你不如去看看他吧。」

黛兒懶懶地沒有興致。我看到陳伯母一臉失望爲難，忙勸說：「去吧，說不定可以從舅公那裏打聽一下陳大小姐的故事呢。」黛兒這才答應探訪。

陳伯母讚許地看著我，點頭說：「人家的父母怎麼就生得出這樣懂事乖巧的女兒呢？偏偏我的女兒長到二十多歲，還是一點不聽話。」

黛兒只嘻嘻笑，對父母也如對男朋友，扭股兒糖般膩在身上，動輒擁抱親吻，挨挨擦擦，身體語言永遠不厭其煩。陳伯母一邊推著嗔責：「這麼大了還撒嬌，也不怕別人笑話？」可是看著黛兒的眼神卻寫滿寵愛縱容。

我不禁苦笑。聽話乖巧有什麼用？如果親生父母陪伴一旁，我寧可做一個頑劣弱智的混小子，天天被父親揍也心甘。

黛兒的臥室小而擁擠，有一種過分的精緻，一應床上用具全部織錦繡花，蓮花形的紗製帳篷如詩如夢，桌椅全部配套，細微處刻著精美雕花，從小到大搜集的各式毛公仔不捨得丟棄，專門打了一個櫃子存放，梳妝檯上香水瓶子總有幾十種之多，一望可知，這房間的主人是一個自小生長在寵愛中的嬌公主。

不像我，房間裝修全無個性，換一付被罩也要由母親說了算，所以一畢業有了經濟能力就要急急搬出，好有權自說自話增加一兩樣心愛之物，比如那個占地方的木桶。

黛兒並未提前通知歸期，可是她的房間裏仍然窗明几淨，一塵不染，一望可知做母親的即使女兒不在家也天天代爲打掃。更讓我想起唐講師的家，我剛搬出去一個禮拜，哥哥已經忙不迭在裏面堆滿雜貨。

晚上，我與黛兒聯床夜話：「你打算什麼時候向你父母說實話？」

「到不得不說的時候。」黛兒自有主見，「那時木已成舟，他們就不會反對我的孩子出生。」

我不以爲然。這樣子利用父母的愛心來逼他們就範未免殘忍。但是除此之外，似乎也沒有更好的辦法。只有由著她走一步看一步。

第二天下午，黛兒果然帶著幾件西安特產同我一起去探望她舅公。

舅公比想像中要狼狽得多，蒼老而憔悴，每說一句話就要喘上半天，喉嚨裏咳咳地堵滿了痰。按說他要比黛兒祖父小上好幾歲，可是看起來反而老十年不止似的，據說是因爲「文革」中吃了許多苦頭所致。他與黛兒祖父一直不和，至今提起來還憤憤不平，每句話都是一個感嘆句。

「你爺爺是個壞蛋！」他這樣對黛兒宣布，「咳咳，我本來不應該當著小輩的面說他壞話，實在是他太可惡了！咳咳，他娶我妹妹根本就沒安好心！咳咳，他害死我大妹妹！咳咳，他演的好戲逼我父親把小妹嫁給他！咳咳，他騙我們家的錢！」

舅公年已耄耋，脾氣可依舊暴烈，說不上幾句便已滿面通紅，劇咳不止。

表嬸忙過來拍撫婉勸，望向我們的眼神頗多責怪。

我不禁訕訕，黛兒卻還不甘心，緊著問：

「他怎麼逼太姥爺把小奶奶嫁給他的？又怎麼騙的錢？」

表嬸忙阻止：「爸爸，別說話，小心嗆著。」

我更加羞愧，顧不得自己只是客人的客人，搶先說：「舅公保重，我們先走了。」

黛兒還要再問，我忍無可忍，拉著她便走。

舅公猶自一邊咳一邊揮手：「你明天早點來，咳咳，我好好給你講講你爺爺幹的那些壞事！咳咳，他老小子謀我家產，咳咳咳……」

出了門，黛兒還在盤算：「咱們明天再去，非把這故事問出個究竟不可。」

我忙擺手：「要去你去，我可不敢再去。」

「你難道不想知道故事的真相嗎？」

「想，不過，我怕你表嬸用棒子打我出來。」

可是，就算我敢去，也再沒有機會聽舅公給我們揭開謎底了——他於當夜哮喘病發，只掙扎數小時便與世長辭，帶著沒說完的故事，永遠地別我們而去。

黛兒與我都莫名沉重，隱約覺得舅公的死與我們有關。如果不是問及往事觸動了他的記憶與痛楚，舅公也許不會突然去世吧？

但是另一面，我們更加好奇，那未說完的故事，到底是怎樣的呢？

舅公下葬那天，是個陰雨天，雨不大，可是沒完沒了，就像天漏了似的。

陳家是個大家族，來參加葬禮的足有上千人。黛兒遠在香港的爺爺奶奶當然沒來，但是電匯了一筆禮金，附信說舅公一直同他們有誤會，恐怕不會願意見到他們，再說年已老邁不便遠行，只好禮疏了。

表叔表嬸將信揉成一團扔了，禮金卻收得好好的——這才是現代人，情歸情，錢歸錢，愛恨分明。

舅公卻不一樣，舅公是老派人物，太強的愛和恨，但是現在這些愛恨都隨著他去了。

我想我是永遠無法知道他同黛兒祖父究竟有怎樣的糾葛，也永遠無法知道陳大小姐是怎樣死的，小祖母又爲什麼會嫁祖父了……

可是我已無法忘記這故事，自從那個香港的午後我在陳家閣樓的舊報紙上發現那則軼聞，我就再也忘不了。

連日陰雨阻住了許多人的歸程，舅公的親朋故舊來了許多，那些親戚閒極無聊便只有挨家串門，多是上了年紀的老人——也只有老人才有這樣的閒情尋親訪友，年輕人還不緊著到處掃蕩土產商店撿便宜貨呢？

而我和黛兒是一對懶人，寧可躲在家裏看書也不願踩在泥濘裏到處亂逛。雨敲打在窗玻璃上的叮咚聲和著黛兒朗讀童話的聲音，聽在我耳中是世界上最美妙的音樂，那裏有一種天堂般的靜美和純潔。

「小美人魚問，『他們會永遠活下去麼？他們會不會像我們住在海裏的人們一樣地死去呢？』

「老巫婆說，『一點不錯。他們也會死的，而且生命比我們還要短暫。我們可以活到三百歲，不過當我們在這兒的生命結束了的時候，我們就變成了水上的泡沫，甚至連一座墳墓也不留給我們所愛的人和愛我們的人。我們沒有一個不滅的靈魂，我們從來得不到一個死後的生命。我們像那綠色的海草一樣，只要一割斷了，就再也綠不起來！相反，人類有一個靈魂，它永無止境地活著，即使身體化爲塵土，它仍然是活著的。它升向晴朗的天空，一直升向那些閃耀的星星！它們可以吹起清涼的風，可以把花香布在空氣中，可以到處傳播善良和愉快的精神。』」

我心裏一動。這番話，倒像是秦鉞說的。

這時候外面傳來敲門聲。

黛兒正讀得興起，只好我去開門。那擎著黑油紙傘站在雨地裏的人讓我大吃一驚，簡直懷疑黛兒童話裏的老巫婆跑到了現實中來——那老人穿著黑色香雲紗的唐裝褲褂，據說以前這是很講究的質料款式，現在看著卻只覺從墓堆裏翻出來似的，加之她的整張臉已經皺成一隻風乾的黑棗，張開嘴，可以直接看到裸露的牙齦肉。

那簡直已經不能算一個人，而只是一個呼吸尙存的人的標本。

我震盪得半晌不知反應，直到扶那老巫婆——哦不，老外婆的少年將我一拍，我才鎭定下來，這才注意到老外婆身邊還陪著個頭髮染成紅色的時髦少年。這才是眞實世界裏的可愛太保！

我驚魂甫定，展開笑容：「請問找哪位？」

少年解釋：「這是我太婆，以前在你祖父家裏做過事，說是看過你們一家三代人出生的。老人家念舊，非要來看看第三代陳家大小姐。」

黛兒這時已經聞聲走出來，笑著說：

「認錯人了，我才是陳家大小姐，這位是我的客人唐大小姐。」

老外婆推著曾孫：「叫姑姑。」

黛兒立刻拒絕：「叫姐姐，叫姐姐可以了。」

老外婆搖頭：「輩份不對。」

黛兒堅持：「沒事兒，你們算你們的，我們算我們的。」

我失笑，黛兒是生怕被叫得老了。才不過二十幾歲，已經這樣怕老，以後十幾二十年更不知怕成什麼樣子。

不過黛兒自有答案，早已立下宏偉志願說：「我才不要活那麼久。孔子云：老而不死謂之賊。我一定要做一個年輕的豔鬼，讓生命結束在最美麗的一刻。」

那少年極為乖巧，立刻說：「其實叫姐姐也勉強，看你樣子，比我還小呢。不如我們彼此喚名字可好？」

我更加好笑，這小馬屁精看人眼色的功夫竟還在我之上，以後有機會不妨切磋一下。

黛兒嘻笑：「好個弟弟，來，我教你打電玩可好？」

少年立刻雀躍：「你教我？說不定我可以做你師父。」

我知道黛兒是不耐煩招呼老人，只得反客為主，沏茶讓座，然後坐下來陪老人家閒話當年。

老人家口齒聽力俱已不濟，可是記憶力偏偏好得驚人，連當年陳家大堂裏的傢俱擺設也還一一記得清楚。

我突然腦中一亮，想起一個極重要的問題，忙問：

「外婆可知道黛兒祖父與兩位祖母的故事？」

老外婆一愣，瞇細了眼睛打量我。

我忽然渾身燥熱，呼吸急促，喉間乾渴，生怕她會告訴我：「那個麼，我不清楚。」但她終於開口說：「是，我知道，知道得比誰都清楚。」

我差點歡呼起來，大叫黛兒：「快來！外婆說知道陳大小姐的事呢！」

「真的？」黛兒一躍而起，「您快說。哦不，您慢慢說，外婆，您要不要喝水？」

我斜睨她一眼，有這時候忙的，剛才幹嘛又躲到裏屋去？

老外婆瞇起眼睛，又細細打量起黛兒來，半晌，喃喃說：「像，真像！」

我知道她是說黛兒像陳大小姐，可是不敢打斷。黛兒卻已等不及，急著問：「我爺爺到底是怎麼同我大奶奶分手的？又怎麼同我小奶奶結婚的？您到底知道多少？」

「知道，我全知道。」老外婆張開沒牙的嘴，一字一句如同聲討：「你爺爺不是好人，他誘姦大小姐使她懷孕，出了事便拋棄她獨自跑掉。大小姐偷偷找人打胎，結果死在鄉下，一屍兩命！」

我只覺腦子裏「嗡」地一聲，人被抽空一般，原來我心目中那梁祝般淒美的愛情經典竟是這樣的血腥而殘忍！誘姦、懷孕、拋棄、打胎、一屍兩命！

難道不是一見鍾情，不是心心相印，不是相思成疾，不是生死不渝嗎？

朦朧中聽到老外婆繼續說：

「大小姐死後，老爺覺得丟人，只對外說是女兒暴病。你爺爺看到報紙，便跑回來奔喪，演了一場哭靈的好戲。」

我聽出破綻，幾乎是氣急敗壞地反問：

「既然黛兒祖父已經拋棄陳大小姐跑開，爲什麼後來又會回來哭靈？」

「那是爲了謀財！」老外婆有些激動，聲調卻依然沉靜——看破了生死真僞的老人，八十年的經歷抵得過萬卷書的智慧——「他浪蕩成性，勾引大小姐原沒什麼誠意，只把她當成尋常的農家女孩兒，玩完了就扔。直到出了事，從報紙上看到照片，他才知道原來大小姐的出身那樣了得，後悔自己錯過了金礦，便又跑回來哭靈，假扮癡情，故意撞破了頭好賴在陳家養傷。」

我越聽越怕，只覺得渾身發冷。我寧願這一切不是真的，我寧願這個巫婆般的老人沒有來過，我寧願自己沒問過這個問題，我甚至恨不得立刻把這不速之客的老外婆推出門去，以免聽到更可怕的真實。

可是一切已經來不及，我聽到黛兒的聲音在問：

「那爲什麼太爺肯把小奶奶再嫁給他，小奶奶又自願答應這門親事呢？」

老太婆冷笑一聲，慢條斯理而又斬釘截鐵地說：「他住進陳家的目的根本就是爲了二小姐。二小姐也不是省油的燈，她和大小姐完全兩個性子，一心要和男人爭高低的。她最不服氣的就是老爺把大部分家產都記在兒子名下，一心要找個人和她打夥兒搶她哥哥的家產。她其實早就看穿了你爺爺的心思，卻滿佩服他的心機手段，他們兩口兒狼狽爲奸，二小姐尋死覓活地要替她姐姐出嫁，招贅入婿，你爺爺又拿大小姐失貞的事要脅老爺，說要是不答應就把這件事揚得天下皆知，老爺愛面子，沒辦法只好答應了這門親事，但說是招贅，可是沒多久就給了他們少少一份家產讓他們自立門戶去了。」

屋外天光漸漸暗下來，無休止的雨聲卻依然清晰地淅瀝於窗上。屋裏沒有開燈，老外婆念咒般的敘述回響於屋中，彷彿一隻隻振翅撲飛的蛾子，撲得人心頭陣陣悚然。

老人說了這麼久的話，卻絲毫不知疲憊，講起別人的往事彷彿有一種神奇的力量，可以使她越說越精神。可憐我卻愈來愈萎縮，恨不能堵上耳朵，卻又忍不住聽她說下去。

「你爺爺爲了入贅改姓陳，卻沒得著多少家產。他把氣撒在二小姐手上，罵她沒手段，不能讓他大富大貴，竟然以懷念大小姐爲名，故意讓二小姐做續弦來羞辱她，讓家裏上上下下的人只能喊二小姐作『小夫人』。老爺死後，二小姐找到關係遷往香港，臨走騙哥哥說先幫他帶錢財過去，然後再把哥哥弄過去，誰知一走就沒了動靜。要知道，那時候去香港的船票很難搞的，連少爺也留下來了。」

黛兒插嘴：「少爺？」

「就是你爸了。」

黛兒苦笑，彷彿聽到有人叫自己老爸做少爺頗不習慣。「可是爺爺與小奶奶還是一起過了五十年，前不久還慶祝金婚呢，他們，總歸是有一點真感情的吧？」

「真感情？」那老人不屑地一笑，「你爺爺那種人會有什麼真情？就是二小姐也是一個無情的人哪。他們合夥兒騙了大爺，也就是你舅公的錢，發了家。可是一點兒不念舊情，『文革』那會兒，大爺一家人窮得只差沒去要飯，好容易托了關係送信到香港求二小姐接濟點兒，二小姐可是理也不理，還推脫是你爺爺不許。其實大家心裏都明白得跟明鏡兒似的，那時候雖然主事的都是男人，但是二小姐可是個有心機的，不論做什麼事，都堅持要兩個人簽字，在內地是這樣，想來到香港後也是這般吧。他們兩口子一輩子互相提防厭恨，卻始終沒有分手，也就是這個道理了……」

我整個的心神被她的敘述吸過去，吸過去，吸進不知底的過去。而這時身後有奇異的聲音響起，鏗鏘刺耳，強行將我從罪孽的輪迴中掙脫出來。我好久才弄明白，是那個時髦少年，正坐在電腦前自個兒打電玩呢。

我定一定神，抓住一個疑點不甘地問：

「可是這一切你是怎麼知道的呢？主人家的事，你怎麼會瞭解得這樣細？」

老人桀桀地笑了，笑聲裏充滿怨毒：

「是他自己酒後在枕邊親口告訴我的——我，也是被他禍害過的人哪！」

「砰！」心中那座瑰麗而虛幻的蜃樓炸裂了，天坍地陷，廢墟中無數的塵煙飛起，在光柱裏妖嬈地舞，絕望地掙扎。

灰飛煙滅的冷。

我深深後悔，後悔知道故事的真相。

回頭再看黛兒，她的臉已經完全褪至慘白，沒有一絲血色，彷彿靈魂被抽空了一般。

這整個下午，我們沉默相對，再沒有一句對話。

忽然想起小時去過的「鬼市」後來發現是小偷市場時的心情，怎能相信，心中那至善至美的愛情故事，真相竟會如此醜陋殘忍？

當晚，那位白衣的陳大小姐又來了，這次，我已經知道她懷中的嬰兒是誰。

我在夢裏問她：「你要對我說什麼？」

「阻止她！」

「誰？你要我阻止誰？」

「阻止她！阻止她！」她喑啞地重複著，發出只有地獄裏才會有的幽怨聲音，凝視著我漸漸逼近，面目越來越清晰，竟是，竟是——黛兒！

我大叫一聲，駭醒過來。黛兒被驚醒了，迷迷糊糊地問：「你怎麼了？」

「我夢見你……哦，不是，我夢見陳大小姐。」我坐起來，「黛兒，你是不是真的長得很像你大奶奶？」

「我怎麼會知道？」黛兒也坐起來，睡不著，索性擰亮燈點燃一支菸，剛吸了一口卻又捻熄了。

「我剛才夢見陳大小姐，她長得和你一模一樣，懷裏還抱著個孩子。」

「孩子？」黛兒微微一愣，忽然看著我說，「豔兒，我有一種感覺，好像，我就是陳大小姐，陳大小姐就是我，我正在沿著她走過的路一步步往前走，明知有陷阱，可是不能停下。」

「能夠的，爲什麼不能夠？」我坐過去握住黛兒的手，「你是你自己的主宰，除了你自己，沒有人可以左右你的命運。停止吧，黛兒，不要再走下去了。你和子期不會有結果的，忘記他，你可以重新來過，可以過得很快樂很自由，就像過去一樣。」

「不可能的，」黛兒悲哀地搖著頭，「不可能的，豔兒，我已經不一樣了，這段感情改變了我，我再也不會回到從前去。我愛子期，沒有他的愛我寧可死去。我停不下來。記得紅舞鞋的故事嗎？我已經穿上了那雙魔鬼的紅舞鞋，除非我死去，否則一直都要跳下去，爲了你所謂的『沒有結果的愛』。其實，愛的結果與愛的過程是一樣的，都只是愛本身罷了。」

「明知是錯也不肯停下嗎？」

「錯？」黛兒忽然一笑，「我以前對過嗎？」

我一窒，不禁語塞。一直抱怨著很多人都可以愛完一次再愛一次，百折不撓，鍥而不捨，可是獨獨黛兒卻這樣可憐，做錯一次便要錯到底，傾盡全力，不得超生。但是這一刻我想起來，其實黛兒在此之前也並非善男信女，她也是一隻閱盡繁花的蝶，卻偏偏在一根荊棘上收斂翅膀。

是爲了要完成那枝心血染就的紅玫瑰嗎？完成它，再棄置陰溝，任馬蹄踏碎成泥？

黛兒凝視我，眼中有一種絕望的熱情與執著：

「豔兒，我倒覺得，這是我做得最對的一次，因爲，這次我是真的。況且，即使是錯，也不是每個人都有錯的機會，不是每一場愛情都有好的結果，花好月圓是一種境界，無怨無悔就不是了嗎？我愛子期，不管世人怎麼評價，也不管明天如何結局，我只知道，我有能力愛他一天，便會將這愛維持一天。趁我年輕，趁我錯得起，即使這輩子我什麼事也沒做對過，空空蕩蕩過了一輩子，那麼也至少徹底地錯過這一回，錯到底，我心甘情願。」

我嘆息，「黛兒，我幾乎要聽不懂你的話。」黛兒一向嘻嘻哈哈，很少認真說話。近日忽然嚴肅起來，動不動就是大道理，我真還有些習慣不來。

黛兒說：「你不必聽懂。因爲我自己也不再懂得我自己。甚至我自己已經不是我自己，而只是愛的奴隸罷了。」

我還想再勸，但黛兒已經閉上眼睛，拒絕再談。

黑暗中，我凝視黛兒的面容，熟睡的她臉上有一種嬰兒般的純淨。

我忽然不想再勸她。

這世上已經太少人肯相信愛情並爲愛付出，無論對錯與否，黛兒無疑是難得的一個敢愛敢恨的女子。

電光石火與細水長流都是愛情，只是兩者不可以並存。

而黛兒，她是撲火的蛾，也是不甘的鯨，寧可在烈火中燃盡成塵，也不願在溪流中永恆地渴望。

第二天，劇組打來電話要我直接赴洛陽報到。

黛兒將我送至車站，經過花園時，聞到陣陣丁香芬芳。一陣風過，便片片飛落，嫣紅零落，如一腔急待表白的癡情。

想得太盡了，便化成了淚——紅色的，相思淚。

黛兒嘆息：「還記得那只『眼兒媚』的碟子嗎？『相思只在，丁香枝上，豆蔻梢頭。』

其實，相思何止在丁香枝上、豆蔻梢頭？相思是時時刻刻，無處不有，與生命同在的啊。」

那其實是黛兒有生之年對我說的最後一句話。

黛兒嬌怯地站在夕陽裏，頭髮打著捲兒，上面鑲了一道金色光圈，有種流動的波光粼粼的美。而她一向流光溢彩的眼睛卻含著淚，失去了往日的晶瑩。

依舊是繡花的衣裳，寬擺裙褲，細細的高跟鞋，外邊還罩著白色的紗衣，左手腕上是我那只鵲踏枝纏絲金鐲，右手腕上是一串七只叮叮噹噹的景泰藍描金細鐲子。

那麼熱鬧的打扮，看上去卻只讓人無緣故地覺得淒涼，覺著冷。

而她的手是更爲冰冷的，抓著我的手，遲遲不忍放開。

那情形多年之後仍鐫刻在我的記憶裏，比當時親眼目睹更加深刻而清晰。站在夕陽裏的黛兒從此成爲永恆，一種我記憶最深處纏綿而疼痛的永恆，帶著初春的丁香花的芬芳，糾纏了我一生一世。

直到火車駛遠，我仍然忍不住頻頻回顧。

丁香遠了，夕陽也遠了，如一個長鏡頭，漸漸淡去。

終於火車拐了個彎，什麼都看不到了。

我的臉上一片冰涼，有淚水在風中飄落。

# 十

# 回到唐朝

彷彿有一扇記憶的門被撞開了，許多並不為我曾經歷的情景湧上心頭，
帶著五月的花香，帶著縹緲的樂聲，絲絲縷縷，不著痕跡地闖進我的思維。
我忽然成了古人，在記憶的風中，嗅到唐朝牡丹的香氣。
是秦鉞，把我變成了一個古代女人，使我日漸擁有古淑女的氣質風韻。

一到洛陽，即投入緊張的拍攝中。

幾斤重的戲衣穿在身上，乾了濕，濕了乾，只差沒有結出鹽花來。廿四小時不眠不休成爲家常便飯，有時候站著也能睡著，但也有的時候一連幾天沒有通告，便一個人遊遍洛陽。

正是牡丹花開季節，如錦如緞，然而良辰美景看在多情人的眼中，只有倍添相思。

每天收看天氣預報，知道最近西安一直晴天，偏偏我不能回去，白白浪費了與秦鉞見面的機會。

幾次給黛兒打電話，想同她聊一聊近況，可是始終沒有找到她，她家裏人支吾著，不是說黛兒不在，就是說她不便接聽。我算著時間，黛兒的產期一天天近了，許是她家裏人不願意家醜外揚吧？想到她連接電話的自由都沒有，在家中的地位可想而知，我不由十分替她擔心。

劇組女演員很多，有男朋友的，都趁探班之際跑來洛陽看花。我更加嘆息，如果能與秦鉞在陽光下、花叢中攜手同遊，吟詩賞花，哪怕只有一天也是好的。

思念一日深似一日，若把相思比春潭，潭水哪有相思深。

每當夜晚來臨，我便會久久地仰望明月，否則，簡直就不知該怎樣撐下去。

九問時時有信來，採用迂迴戰術，不斷與我談起東鄰西舍，似乎到處都是對他鍾情的女子。我不打聽，也不取笑，以不變應萬變，盡一個紅顏知己的本分。這樣子拖了兩個月，他熬不住，到底追到洛陽來。

那天劇組正排演宮廷歌舞，我不過是個背景演員，穿好衣服站在武則天背後權充背景，連句臺詞也沒有。

化妝間擠滿了人，都化得脂濃粉豔，進進出出，一般忙碌著，卻一望而知誰是主角，誰是配角，又誰是龍套。無他，勢利二字寫在臉上，誰興誰衰粉墨再濃都遮掩不來。況且，那做配角的，化妝行頭永遠比不過打頭牌的，通常都馬虎潦草，不過應個景兒。小小一個化妝間，正是紅塵縮影，壁壘森嚴，階級分明。

我通常總是最後一個上妝，該出鏡時再簡單的戲分也不肯欺場，沒有鏡頭時便無聲冉退，站在人群後靜觀他人演技。

如果人生果然能像一齣戲般，每個人何時上場、何時下場、如何對白、如何動作，都明白規定各安其分，倒也簡單爽快。

只可惜往往有敗筆人物，只是一不小心念錯對白，走錯臺步，結果便像一件第一顆扣子便繫錯了的上衣，錯、錯、錯，一路錯到底。

就像這會兒，那個前天才剛剛來報到的劇務不知怎地把藍鴿子得罪了，導演已經催了三四次，藍鴿子只是漠然地坐著，不肯上戲。導演礙於面子，罵也不是求也不是，看到九問，便如遇到救星般一把抓住，拼命使眼色：

「老夏，我這正忙著試軌道，那邊你幫忙處理一下。」

九問本著半朋友半同事的立場，扮黑扮白都容易。當下走過去，皺著眉問：

「怎麼回事？」

劇務忙忙趨近來解釋是非，纏七夾八，越急越說不清，一張臉漲得通紅。藍鴿子只端坐一旁，彷彿不聞不問。聽到不耐煩處，忽然一拂袖子站起來，若有意若無意，將臺上瓶瓶罐罐掃了一地。縱使如此，她的動作態度依然優美，宛如表演。

我看得暗暗嘆息，要說不公平也真是不公平，一樣的事情，藍鴿子做了，是正常，是派頭，我見猶憐，別人做出來，便是東施效顰，河東獅吼。

只見九問快刀斬亂麻，也不多勸，只向著劇務一揮手：

「別說了，馬上去製片那兒結算工資，明天不用來了。」

藍鴿子一愣，抬起頭來：「那倒也不必……」

本只是小口角，三兩句解釋清楚，各就各位。而小劇務的命運已被兩次改寫。

我對九問說：「看不出你還會這手欲擒故縱。」

九問笑：「藍鴿子心不壞，只是時時處處要人記著她是大明星，戲裏戲外都想當皇上，那就順著她點好了。」因正看宮女排練歌舞，九問便問：「你說，上官婉兒會不會唱歌跳舞？」

「不會吧。婉兒身居高位，最講究進退有度，大概是不苟言笑的。」

「那說不定。要是武則天也跟藍鴿子一個性格，哪天心血來潮來了興致，頒下皇旨，非要命令你唱歌呢？」

「唱什麼？唱『憶昔笄年，生長深閨院』？」我笑，隨口唱了兩句。

九問一愣：「這是什麼歌，曲調這樣怪？」

「《傾杯樂》。」我隨口答，「宮裏人人都會唱……」

話未說完，我已經愣住。我怎麼會知道？我又在何處學來這首歌？

可是，我的腦海中分明有個清晰的印象：宮廷舞姬梳雙鬟花髻，著紅裙，以綠巾圍腰，輕歌曼舞，身若柳枝。我甚至可以清楚地說出，旁邊的樂班子按怎樣的順序排列站坐，而絲竹班的總管是如何諂媚地笑著。

歌舞早已停下來，人們驚異地圍著我，彷彿在看一個天外來客。而我思潮泉湧，如水傾泄，不能自已地敘述著我從未見過的景象——「吹橫笛的樂女梳雙髻，奏排簫的梳螺髻，其餘單髻。她們使用的樂器有笙、琶、簫、瑟、還有阮弦、羯鼓、排簫、和篳篥……」

「篳篥？」導演打斷我，「什麼是篳篥？」

「是類似笛子的一種樂器。」作曲悶悶地答，「可是現在幾乎已經沒有人會吹奏。而且，唐豔剛才唱的《傾杯樂》樂譜我見過，是工尺譜，連我也不認識，倒沒想到她這樣博學。」

「不，我不認識工尺譜。我只是會唱那首歌。」我唱起來，「憶昔笄年，生長深閨院。

閒憑著繡床，時拈金針，擬貌舞鳳飛鸞……」

「好！好極了！」導演興奮地叫起來，「舞美，服裝，音樂，你們都過來，照唐豔的話重新改排，就用這首《傾杯樂》，按唐豔唱的，重新譜曲。唐豔，你往下說，說得再詳細些，他們是怎樣排座位的，跳舞的人穿著什麼樣的衣服？是不是很暴露？有沒有水袖？」

「沒有水袖，是廣袖。她們跳的是軟舞，有時也跳巾舞，另外，宮裏在節日時還會表演健舞，即儺舞，或者拓枝舞。跳儺舞的時候要戴上儺面具，非人非獸，十分獰厲威嚴，有種神秘的力量，以乞求避邪除凶……」

我停下來，爲了自己的敘說而驚異莫名。彷彿有一扇記憶的門被撞開了，許多並不爲我曾經歷的情景湧上心頭，帶著五月的花香，帶著縹緲的樂聲，絲絲縷縷，不著痕跡地闖進我的思維。我好像忽然成了古人，擁有許多古代的記憶，準確地說，是唐代宮廷的記憶。我好像自來便生活在那個權力和政治的中心，對所有的傾軋爭奪瞭若指掌，對上官婉兒的命運如同親歷，在記憶的風中，我嗅到了唐朝牡丹的香氣，更感受到了古時戰士的英武。

我忽然明白，是秦鉞，是秦鉞把我變成了一個古代女人，使我日漸擁有古淑女的氣質風韻。

正如黛兒所說，愛就像空氣一樣滲入愛人的每一根神經每一滴血液，將她重新改造。秦鉞，也已經重新塑造了我，喚醒了我，在他隨著我瞭解現世的風俗知識的同時，我也隨著他而一步步夢回唐朝。

由於我鬼魂附體般的靈感，劇組的拍攝忽然變得簡單起來，原來需要反覆推敲的一些細節，諸如音樂、場景、服裝、禮儀等，我都可以隨口說出，如數家珍。

我的舉止越來越飄忽脫俗，思緒卻越來越信馬由韁，有時心血來潮，忽喜忽嗔，自己完全不能控制。彷彿電腦中忽然加入一個新軟體，功能雖強，卻一時不能運轉自如。

一日與九問同遊牡丹花園，那裏有我喜歡的月洞門兒，雕花的窗櫺，亭台水榭，和極高的牆。

每當看到高高的粉牆，我都總會想起「庭院深深」、「紅杏出牆」、「風月情濃」、「妻妾成群」這些詞兒，想起「嫩寒鎖夢因春冷，芳氣襲人是酒香」的旖旎情境。

如今的西安已經很少見得到有神秘韻味的高牆，就是有，也不是什麼高宅深院，繡戶朱閣，而多半是廟宇。「曲徑通幽處」，往往是「禪房花木深」，於是所有的遐思綺念都被「南無阿彌陀佛」的聲聲木魚給敲散了。倒是洛陽，反而比十三朝古都更保有優雅古典的韻味。

走在花叢中，我隨口吟誦：「春至由來發，秋還未肯疏。借問桃將李，相亂欲何如？」

九問道：「《翦彩花》。」

「什麼？」

「我說你剛才念的詩，是上官婉兒的七律《翦彩花》。據說，她這首詩就是在這洛陽宮裏做的呢。」

「是麼？我倒不知道。」我愣愣地答。

九問早已習慣了我天馬行空的思維方式，這時候忽然說：

「唐豔，我有一種感覺，你好像擁有兩個身分，兩種記憶。或者說，你根本就是人們常說的『再生人』，是上官婉兒轉世。」

「婉兒轉世？」我失笑，「這話若被科學家知道，準把我抓去解剖。」

「那倒不會，娛樂圈稀奇古怪的事多得是，大家早已見怪不怪，就是劇組想拿這個來炒作，媒體也會認為是弄噱頭，才沒人肯信。」

「所以說我最平凡不過。」

「可是怎麼解釋你那些突如其來的靈感呢？這正是你最大的魅力所在。」九問停下來，望向我的眼光忽然變得熾熱，「一個不知道自己美在何處的女子，才是真正美麗的人。」

他眼中的情感太熾熱了，我忍不住後退一步。

九問隨之逼近：「你怕我？」

「不是，是怕我自己。九問，你是我非常尊重且珍惜的一位好朋友，我怕我傷害了你。」

九問聞弦歌而知雅意，但卻不肯相信，驚奇地說：

「你是說我沒機會？這怎麼可能？」

我看著他。九問也算優秀了，可是比起秦鉞，卻仍然不能同日而語。秦鉞深刻，沉穩，善良，剛毅，他身上擁有的，是現世已經絕跡了的真正男人美德。他是不可替代，甚至不可模仿的。而九問，雖然才氣足以傲視同儕，可是唯其因爲太知道自己有才氣了，所以便少了幾分沉穩。

也許正像他自己所說，一個不知道自己美麗的女子才是最美麗的。男人呢，可不可以這樣說：一個太覺得自己優秀的男子反而不夠優秀？

我低下頭，決定快刀斬亂麻：「九問，我心中已經早有所愛。」

「他比我早到？」

「早到了一千年。」

「這樣誇張？」九問笑起來，「他比我強？」

「在我心中，他是不可比擬、獨一無二的。」

九問大受挫折，滿臉沮喪。

我不忍，有意岔開話題：「報上說你有很多女朋友？」

「那是因爲有很多女人希望我是她們的男朋友，」九問立刻恢復了幾分自信，「我只是未加否認而已。」

我笑。

九問亦不由笑起來，溫柔地問，「是不是每個熱戀的女子都會這樣執著？」

「我不知道。」我含笑相望，真誠地說，「但是我相信，你一定會遇上一個執著愛你的女子。」

「同你一樣美好？」

「比我好十倍。」

「你保證？」九問戲謔，接著笑起來，「唐豔，你要記住：你欠我一份情，有責任幫我找到一個同你一樣美好的女子，並把她交到我手中。」

「要不要三擊掌？」

我們相視而笑，果然重重擊掌。

與聰明人打交道是件愉快的事。我慶幸自己遇到的是夏九問，而不是黛兒的阿倫或者何培意之流。

九問第二天告辭回西安，化妝師轉給我一張字條，說是九問上車前委託他交給我的。字條上寫著：「如果找不到比你更好，那就還是你。」

我莞爾。不愛他是一回事，可是被人愛著是另外一回事。說到底，我也只是一個虛榮的女子。

化妝師一向對我特別友好，此刻更熱心提醒：「抓緊夏作家，他滑不溜手，不容易專情呢。」

「怎麼？」

「藍鴿子似對他格外青眼。」

「青眼」是與「白眼」相對的一個詞。但我不記得藍鴿子什麼時候給過別人白眼。

化妝師強調說：「但那是不同的。她看著他的時候，眼睛會發亮。而他也總是藉故在她眼前出現。你沒發現，他的意見，她特別注意傾聽。」

我更加好笑。這化妝師應該改行做編劇，形容人的神情時絲絲入扣。

「還有啊，夏作家來探你班，送一籃水果，本來人人有份。可是藍鴿子會爲了這件事特別向他道謝。」

「這是她的風度而已。」

「切，大明星每天白吃的水果點心不知多少，沒聽她向誰說過一聲謝的。別說是沾光水果了，就算有人特意送給她本人一車子香蕉芒果，她也未必抬眼看一看呢。」

我心裏一動。正想聊下去，導演又喊我了，卻是爲了安樂公主的妝束。

安樂爲中宗李顯之女，韋后在流放途中所生，因出世時只有一張包裹皮兒接生，故而又名裹兒。幼時曾隨父母在房州受盡艱辛，終於一朝飛上枝頭變鳳凰，倍得中宗寵愛，日益驕橫刁蠻。但因其生得如珠如玉，光豔動天下，所犯過錯，眾人不忍責之，於是更縱得她驕奢無度，放浪形骸。

我一邊幫著飾安樂的演員化妝，一邊想起黛兒。黛兒的性格，多少是有些像安樂的，天生的嬌公主。只顧自己，不管別人。可是今天，她也爲愛吃盡苦頭了，不知現在怎麼樣了，預產期應該已經近了吧，她能吃得消嗎？

想著，我不由地出了神。導演催促：「唐豔，你說到底應該穿哪件衣服？」導演現在越來越依賴我，每每給主要演員換裝，總要徵得我的同意。

我於是退後一步，細看妝容晶瑩的安樂，只覺怎麼看怎麼像黛兒，脫口說：「穿得越露越好，透視裝最好。」

唐朝後宮服飾本來就浮華香豔，服裝師得了令，更加大刀闊斧，取來一件薄如蟬翼之紗衣披在安樂身上，裏面只襯一件桃紅束胸，猶自酥胸半露，穿了比不穿還刺激。

導演大喜：「果然漂亮。這樣子一穿戴，不說一句話就知道是安樂公主。」

司服裝的有些遲疑：「會否被媒體批評太過暴露？」

導演不屑：「如今的女作家們都爭著暴露呢，誰還計較這個？」

女演員們笑起來：「就是的，那我們還有什麼法寶嘩眾取寵？」

化妝師答得最妙：「可以考慮玩一次『行爲藝術』，舉眾穿上白色紙衣站立街頭，紙上幾個大字：『女作家都脫了，我們怎麼辦？』一定轟動。」

眾人大笑。

然後一聲「開麥拉」，燈光大作，盛裝的韋皇后儀態萬方地走了出來。這是一個處處模仿武則天的女子，卻失於外露，徒有武氏之威，而無女主之慧，所以注定最後一敗塗地。恃著中宗在房州許下的「他日如發達，不相制」的許諾，她驕奢淫逸，氣焰日盛，至於瘋狂攬權，覬覦帝位，甚至不惜殺夫以代。

今日要拍的，便正是韋后與女兒安樂合謀毒殺中宗，篡位代之的一幕。

韋后對女兒使用的不僅僅是利誘計，更是激將法：「一個想做皇太女的人，連下毒的勇氣也沒有，憑什麼成就大業？」

安樂猶疑：「可是，他畢竟是我的父親。」

「而我是你的母親。」韋后諄諄叮嚀，「自從上官婉兒被立爲昭容以後，代批奏章，代擬聖旨，權力倒比武皇時期還要大。而你父皇對她言聽計從，寵信有加，這段時間，乾脆就住在昭容宮裏。依我看，說不定還要立她爲皇后呢。到那時，只怕你我死無葬身之地。」

「不會的，母后。父親是愛你的。在房州的時候，父親不是對您許諾過，如果有朝一日能夠重回長安，對您絕不相制嗎？」

「房州？哈哈哈，房州！」韋后的笑聲在瘋狂中有著悲涼與怨毒，「有事鍾無豔，無事夏迎春。在房州，陪他吃苦受累，擔驚受怕的就有我們娘兒倆；可是他一朝爲帝，跟他享盡榮華富貴，作威作福的，就變成了她上官昭容。你不知道，你父親對上官那賤人的心思不是一日兩日，是從小兒就有的念頭。現在武皇死了，他登了基，有了權，終於可以隨心所欲了。下的第一道旨就是封上官爲昭容，權傾後宮，連我這個皇后都無奈她何。裹兒，我們不能再猶豫了，你父皇不死，我就得死，你也得死。」

「不，不會的，父皇那麼疼愛我，他是不會殺我的。」

「他不會？他今天不會，保不定明天不會。你想想，你父皇下令殺過你的兄弟李重俊，殺過你的丈夫武崇訓，他能殺兒殺婿，難保他不會有一天殺妻殺女啊！」

安樂痛苦地捂上耳朵哭泣起來。

韋后步步緊逼，下達最後通牒：

「在同你父皇玉石俱焚和同母后共登寶座之間，你已經沒有選擇了。我要登基，我要稱帝，而你，是我唯一的繼承人，這難道不是你最大的理想，最重的渴望嗎？」

夜風淒緊，安樂低下頭，看著自己一雙潔白如玉的纖手。等一下，她就要用這雙手毒殺父親，泯滅天倫。她不能不害怕，不能不遲疑，不能不悲哀。

背景音樂響起來，是塤樂。

導演拍拍手，這一場結束。演員圍攏來，「導演，怎麼樣？要不要再來一次？」

導演不語，卻看向我：「唐豔，你覺得怎樣？」

大家也都習慣了我這無冕導演，嘻笑著說：『對，太上皇覺得怎樣？」

在劇組，固然有唐高宗、武則天、唐中宗這些演員皇上，但真正的皇上卻還是導演，而我，則比導演的話還重要，是皇上之皇，是太上皇。

我想一想，說：「我總覺得，這裡用塤樂雖然能表現出那種悲涼滄桑的意境，但只是單純的音樂，不夠實，顯得輕了。如果用打更聲，在夜中拉遠，和塤樂的嗚咽照應著，彷彿夜風的聲音，或許會更加深那種恐懼悲涼。」

「對，要一聲接一聲，彷彿催促，又像是阻止。還要加上更夫蒼涼的呼喊，就更加真切。放在音樂裏，塤樂要壓得低一點，就像人心底發出的那種聲音，是一種呻吟，一種嘆息。」導演走來走去，轉了一圈又一圈，這是他在思考時的習慣動作，每當他停下的時候，就是新的靈感誕生的時候。此刻，他便忽然站住了，急切地問：

「對了，那時候的更夫是怎麼喊號子的？」

一個聲音忽然竄進我的腦中，我壓低聲音學起來：「小心火燭……」我學著更夫的喊聲，顫顫地，嘶啞的，斷續的，帶著風寒露冷，半生的無奈。

眾演員一起縮起脖子來：「好冷！」

導演卻滿眼放光：「是這樣！就是這樣！來，再拍一次！」

隨著劇情的發展，此時武則天已經逝去，藍鴿子早先回西安了。婉兒的戲也到了尾聲，導演說，估計下個月就可以殺青，我們將載譽榮歸。

而這時，一個突如其來的電話卻將我的歸期提前了。一個，可怕的電話。

那天，我正在幫化妝師替太平公主盤頭，忽然導演神情凝重地對我說：

「唐豔，來一下。」

我驚訝，什麼事要導演親自來找我呢，有事傳喚，讓劇務叫一聲不得了。

導演說：「是你家裏，你家裏有事要你回去。」

「我家裏？」

「是，你哥哥打電話來，讓你馬上回去。我已經讓人替你買了票，你收拾一下，我這就派車送你去車站。」

我的心忽然疾速地跳起來。「什麼事？導演，到底出了什麼事？」

「是你媽媽。」導演同情地看著我，「你媽媽出了車禍！」

「天！」我猛地掩住口，不置信地睜大眼睛看著他，半晌，才努力擠出一個笑容，「導演，今天不是四月一號吧？」

「唐豔。」導演雙手按在我肩上，「聽我說，冷靜點，我讓後勤小李陪你一起回去。你媽媽現在醫院急救，不會有事的，你不要盡往壞處想，也許等你回去的時候，手術已經成功結束，你媽媽可以吃到你親手削的水果了。」

「可是，我長到這麼大，還沒有親手給媽媽削過一顆水果呢。」

我聽到自己的聲音奇怪地顫慄。導演遞我一疊紙巾，我茫然地看著他，不知爲了什麼。

導演咳一聲：「唐豔，別這樣，別擔心，不會有事的。擦擦臉，我這就讓司機送你去車站。」

我將紙巾蒙住臉，觸到一臉的濡濕，胭脂口紅眼影糊了滿紙，看起來觸目驚心。

原來我在流淚。

可是我爲什麼要流淚呢？導演說過沒事的，媽媽不會有事的，我爲什麼要流淚，爲什麼哭呢？

不，我不必擔心的，媽媽會沒事，會沒事的！

一路上歸心似箭，卻被車輪輾得粉碎。鐵軌兩旁的照明燈鬼眼一般在暗夜裏明滅著，無聲地譴責著我的冷漠與不孝。

要到這一刻，我才知道，其實我是多麼地愛我的父母。

即使他們並不是我親生的父母，即使他們一直對我略嫌冷淡。可是我一生之中，畢竟他們是最親近最疼愛我的人。在我嗷嗷待哺的時候，是媽媽親手餵我的奶；在我生病發燒的時候，是媽媽守在我的床邊。她的恩德，我一輩子也報答不了，不，我甚至還沒有來得及報答過。如果媽媽再也不能醒來，那麼我一生都不會原諒我自己。

媽媽，不要死！等我回來！等我回來照顧你，報答你！

不要死！不要！

然而，我的祈禱終於沒有留住母親。

當我趕到醫院，迎接我的，是哥哥哭腫的眼睛和爸爸突然全白的頭髮，爸爸握著我的手，顫抖地說：「豔兒，你媽去世了，她是睜著眼走的，我想，她是想等你回來見一見你呀。」

我一呆，整個人如被施了定身法，不能動彈。

唐禹「啪啪」地打著我的耳光：「豔兒，醒醒！豔兒！」

「媽，」我呆呆地低語，「我要去看媽，我去看媽媽！」隨便走到一間病房門前，就要推開。

爸爸攔住我，老淚縱橫：「你媽，已經送進太平間了。」

「我去太平間看媽。」我轉身便走，沒走兩步，卻忽地腿一軟，跪倒下來。

「太平間」三個字觸目驚心，直到這時候我才清晰地知道發生了什麼。媽媽去了！躺在太平間的，已經不是媽媽，而只是一具沒有感情沒有思想的軀體，她將再也吃不到我親手剝的桔子！

牙齒將嘴唇咬得滲出血來，我渾身哆嗦著，像一片枯萎在風中的葉子，卻只是哭不出來。

哥哥搖撼著我：「豔兒，你哭啊，你哭出聲來啊！」

我茫然地抬頭看著他，爲什麼呢，爲什麼一定要我哭呢？

哥哥對著我劈面又是一掌：「豔兒，哭吧，媽媽死了！死了！」

「媽！」我終於聲嘶力竭地哭起來，整個人癱軟下來，一邊爬向太平間的門，敲著，砸著，媽媽，回來！讓我再見一見你，讓我爲你削一隻水果，讓我有機會服侍你，報答你！不要！不要這麼殘忍，把那麼多的恩德施在我的身上，卻給我留下一世的遺憾。

媽媽！

# 十一　上官婉兒的心聲

「千百年後，你的骸骨與土木同朽，我的詩篇，卻仍然會被百姓傳誦，那時，你才會知道我是真正的強者！」

蠟燭尚未成灰，然而淚水已經流盡。

我凝視著劍尖一言不發地走上前，深深地，深深地注視著他，舊日的帝王，今天的戲子。忽然莞爾一笑，猛地撲向長劍……

晚上，我幾乎是從北門爬上城牆的。可是今天不是十五，無論我哭得多麼肝腸寸斷，傷心欲絕，秦鉞都不會出現。

第一次，我為自己幽明異路的偉大愛情感到遺憾和不足。

在錐心刺骨的疼痛中，我需要的，不只是心心相印的信念，更還要手手相牽的安慰。

在淚水和軟弱面前，再偉大的靈魂，再深刻的道理，再睿智的語言，也不如一個簡單的擁抱，一隻為我擦拭淚水的溫暖的手。

從沒發現城上的夜晚是這樣地荒涼淒冷。早蟬的稀疏的鳴聲只有使它更加寂寞。天上沒有月亮，而星光被風扯得支離破碎，連同我的靈魂，一併被扯碎絞曲，混在其中。

黑暗將罪孽感一點點敲進我的心裏。心上千瘡百孔，再難癒合。

整個夜晚，我就這樣抱著膝蓋孤獨地坐在城頭，哭泣，流淚，守著一個醒不來的噩夢。

任由長髮在夜風中迷亂地狂舞。

天終於一點點地亮了，是陰天，如我心情一般的晦暗。

我蹣跚地下了城牆，在門口遇上聞訊趕來的夏九問。

忽然間，我的心變得無比軟弱，抓住他的胳膊說：

「九問，可不可以借你的肩膀給我？」

伏在他懷中，我放聲大哭起來。

九問緊緊地擁抱我，輕撫我的長髮在我耳邊低低地說著安慰的話。

而我已經冷靜下來，輕輕推開了他。

九問說：「唐豔，何必這樣克己，你真的不能給我一個機會？」

我悲哀地搖著頭：「九問，不要在這個時候同我討論這個問題，求你。」

「那麼至少，讓我今天陪你吧。」九問要求。

我低頭想一想，說：「好，你陪我回家看父親吧。」

父親與母親相愛至深，隨著母親的離去，彷彿他一半的生氣也隨之而去，整個人崩潰下來，變得木訥而遲鈍，要麼半天不說話，要麼說起來就沒完沒了。

答錄機裏一遍又一遍，放著媽媽的聲音：「自執手臨岐，空留下這場憔悴，想人生最苦別離。說話處少精神，睡臥處無顛倒，茶飯上不知滋味。似這般廢寢忘食，折挫得一日瘦如一日……」

正是《倩女離魂》。

哥哥告訴我，從醫院回來到現在，爸爸還沒喝過一口水呢。

我同哥哥一邊一個，捧著飯菜勸他：

「爸爸，多少吃一點吧，如果您再有什麼事，可教我們怎麼辦呢？」

爸爸緩緩睜開眼睛，看看我又看看哥哥，忽然老淚縱橫：「我本想，咱們一家人好好地過日子，起碼還有幾十年的快活，沒想到，你媽媽居然走得這樣快……」

我的眼淚止也止不住地拋下來，哽咽著說：「爸，媽媽不在了，您還有哥哥，還有我，您要保重自己呀！」

父親卻只是悲傷地搖著頭，好像沒有聽清我的話，只沿著自己的思路喃喃著：「你媽走之前，一直叮囑我，要想辦法把你的鐲子給贖回來，那是我們欠你的。我知道，你在心裏怪我們，你媽媽也很清楚，可是她跟我說，她不知道該怎麼做才對，怎麼做才能讓你高興。她自問一直很努力地做一個好媽媽，可是在這件事上，是她錯了，她欠了你，那些鐲子是她心上的一塊病……」

「爸！」我膝下一軟，跪了下來，「爸，是我欠你們的，我欠你和媽媽太多了，以後我會好好孝敬您。您原諒我吧！」

哥哥自身後抱住我：「豔兒，別哭了，你也要保重，爸爸老了，你別太在乎他的話，別往心裏去，知道嗎？」

我哭倒在哥哥的懷中，哭得幾乎背過氣去。

哥哥不住地輕拍著我的背，勸爸爸：「爸，別再說這些了，豔兒會受不了的。」

然而爸爸的傾訴一旦氾濫就再也扼止不了，想不給他說也不行。他從二十三年前在大明宮遺址旁拾到我說起，一直講到我上大學、租房另居、不打招呼地辭職、外出拍戲、除非節假日便極少回家、回來了也從不肯留宿……

他那樣滔滔不絕地講著，每一句，都是一記狠鞭，鞭笞在我痛悔難當的心上。我第一次發現，原來二十三年的父女相處，對彼此都是一個漫長的折磨，我們雙方用愛與寬容累積起來所得到的，竟然是沒完沒了無形無色的痛苦與委屈。

爸爸說，其實每一個我獨自流淚的夜晚，他與母親也都輾轉難眠，可他們不知道該怎樣與我溝通。我不是他們的親生，而且是個女孩子，一個敏感又易感的女孩，他們沒有經驗，該怎樣做這樣一個女孩的養父母。他們從沒有後悔收留我，撫養我，因爲我一直是個懂事上進的好孩子，可是，他們二十多年來卻一直因爲我過分的懂事與好強而感到尷尬，他們怕見我流淚，卻也煩惱於爲什麼我不能像普通孩子那樣無顧忌地大聲哭泣。他們一直想做一對開明而正直的父母，所以從未欺騙過我，把我當成朋友那樣尊重，小心翼翼地保護著我脆弱的心靈。可是事實證明，他們仍然做得不夠好，我仍然一天比一天離他們更疏遠，更隔閡，甚至不願意同他們再生活在一起。

「豔兒，你三歲那年，已經開始識字，會獨立看書，看連環畫。你總是挑那些《白雪公主》啦，《艾麗絲漫遊仙境》啦，《苦兒流浪記》啦的來讀，你媽媽很擔心，一宿一宿地睡不著覺，說你會不會有一天也要離家出走，去流浪，漫遊，尋找你的生母。你從小就是個想像力豐富的孩子，又特別有主見，我們真的很害怕，害怕你會把故事當成真實生活，自己去身體力行。所以我們從不敢苛責你，甚至不敢大聲對你說話，生怕傷害了你，會讓你做出過激的事來，可你還是不領情。你媽媽一直說，她真是失敗，不懂得怎樣做一個好媽媽，怎樣才能讓你滿意，她走得很遺憾，說臨走不能看你一眼是上天對她的懲罰，懲罰她沒有做一個稱職的好母親……」

「爸，爸……您別說了。是我錯，都是我錯，是我害了媽媽！是我不懂事，媽媽是最好的媽媽，最好的，媽媽，媽……」

我嚎啕起來，一聲接一聲，不能扼止。

爸爸說，我從小喜歡流淚，卻從不肯出聲哭泣。可是現在，我就像一頭受傷的野獸那樣嘶聲嚎叫，甚至激動得忍不住跳起來，握緊著拳，瘋狂地捶著自己的頭，又伸出手摑著自己的耳光，一下又一下，將兩邊面頰都摑得腫脹，又拼命撕扯自己的頭髮，卻仍然不能抑止心中刀剜般疼痛的悔恨與自責。

哥哥和夏九問一邊一個強拉著我的雙手，叫著：「豔兒，豔兒，不要這樣，媽媽的死是個意外，並不是你的錯，不要太責怪自己……」

可是我已經完全陷入混亂，不知哪裡來的那麼大的力氣，掙開兩個大男人的手猛地向牆壁撞去，九問的高叫聲中，哥哥箭步衝上擋在我身前，我們兩個人一齊滾倒在地，我終於昏了過去。

再醒來，已經是午夜時分。哥哥守在我的床前，不待我詢問，第一句話便說：「爸爸已經睡了，沒事的。」

「哥，謝謝你……」一語未了，嗓子已經啞了。

哥哥無言地拍拍我，也紅了眼圈。

母親的死，讓唐禹在一夜間成熟許多。我第一次發覺，哥哥原來如此親切可愛。我同他做了二十多年的兄妹，今夜才終於第一次體會到一種心靈相通的親情。

媽媽的追悼會上，來了許多人，我從來不知道我們家的朋友竟有那麼多，那麼多愛著我媽媽、惋惜她的離去的好心人。戲行的舊姊妹們在媽媽靈前唱起《葬花詞》：

「花謝花飛飛滿天，紅消香斷有誰憐……」

我在合唱聲中清楚地辨認出媽媽的聲音，她也在一起唱，認真地、絕不欺場，完成她生命最後的演出。

我甚至真切地聽到她對我的呼喚：「豔兒！」

「媽媽！」我本能地向前一衝，幾乎跌倒，幸而被一雙手扶住。

我回頭，那是一位高貴哀淒的中年女子，剪裁合體的黑色套裙，端莊的臉，關切的眼神，看在眼中，有說不出的熟悉親切。她問：「豔兒，好嗎？」

但接著哥哥過來牽著我的手對來賓一一答禮。再回頭時，那女子已經不見。

我不知道她是誰。

事後，哥哥問：「那位是誰的客人？」

我答：「或許是媽媽的朋友。」

父親說：「不會，你媽的朋友我都認識，這個人，沒見過。」深思一下，忽然抬頭定定看著我，「她長得和你像得很……豔兒，她有沒有跟你說什麼？」

「沒有。」

父親沉吟：「會不會……」

「不會！」我斷然說，「這世上曾經有一個人，給予我關心、愛護、撫養我長大，是我一生一世唯一的母親。她的名字，叫周青蓮。」

從此我們再沒有提起這件事，我也再沒見過這個人。

或者說，是我刻意不想再見到。

我沒有告訴父親，那位女士其實後來又與我聯絡過一次，希望約我一談，但被我婉拒了。

我並不想知道她是誰，亦不關心她要說什麼。

小時候，我是一個有過太多幻想的女孩，但父母的愛已經讓我所有的幻想成真。我不再需要其他的真相。

辦完媽媽的喪事，爸爸彷彿突然老了十年，聽力視力都大不如前，頻頻嘆息，同他說話要重複好幾次才聽得清。

我十分擔心，幾乎不想回洛陽去。但是哥哥催促說：「放心，這裏有我呢。好好演戲，咱家雖然也算半個粉墨世家，可是媽唱了半輩子，一直沒唱出名來，這個心願，就靠你來完成了。」

走的前夜，我終於在城頭和秦鉞見了一面。

我問他：「你說人是有靈魂的，那麼我媽媽的靈魂在哪裡？我可以再次見到她，當面對她說一句對不起嗎？」

秦鉞憐惜地搖頭：「你太自責了。你媽媽的死，是意外，和你沒有關係。不要這樣虐待自己，這不但於事無補，反而更會傷害活著的人。」

「可是我甚至不能夢到她，她的靈魂也不肯來看我。」

秦鉞說：「靈魂，也有不同的形態，以不同形式和狀態而存在，你母親並沒有日日夜夜地回護在你身邊，並不是因爲她不愛你，只是表達方式不同。她對你的愛是永遠不變的，就像和風細雨，以你不曾察覺的方式愛護著你。所以，只有你好好地活著，才是對她最好的回報。否則，你就太辜負她了。」

「可是我甚至沒有給她削過一只梨。」

「那麼現在削一只吧，也是一樣的。還有，更好地對待你的父親。母親的愛從來都是無條件的，如果一定讓她說出要求，那麼照顧你的父親，便是她對你唯一的心願了。」

「我已經決定搬回家住了，永遠照顧他。」

「那麼，更可以不必再爲自己過去的疏忽自責，應該學會自己原諒自己。」

「可是母親會原諒我嗎？」

「她從沒有怪過你。」

「那麼，她還在爲我們不是世界上最相愛的母女而感到遺憾嗎？」

「不會。相反地，她會爲你終於理解了她而由衷欣慰。」

「秦鉞，告訴我，靈魂的世界到底是怎麼樣的？」

「就同現實世界一樣，也有正與邪，善與惡。只有人類世界永遠消滅了仇恨與醜惡，鬼魂世界才會得到和平與祥寧。」

「你的意思是說，所謂靈魂就是人的心？」

「也可以這樣說——是人性中不滅的東西，在肉體消失後以另一種形式存在於天地間，所形成的一種氣場。他們因爲未完的恩仇，或者未了的心願，而留戀人世不忍離開，並因生前稟賦的德行而化爲善惡兩氣，勢不兩立，正如人的世界一樣。」

一根看不見的針牽著溫柔的線將我破碎的心一點點縫合。

我問秦鉞：「宇宙中，像你這樣的靈魂很多嗎？」

「很多，很多。但是我們只因情感而存在，也因情感而有不同的際遇。不但你不可能看到我們每一個人，即使我們自己，也因爲際遇的不同，而只能彼此擦肩而不相知。」

「也就是說，你同我是有緣的，所以只有我可以看到你。」

「正像你所說，是你呼喚我的名字使我重生。」

愛人是愛人的天使。在愛人的眼中，對方永遠是世界上最好、最完美、最偉大、具有起死回生、轉換乾坤、超越一切能力的異人，永遠是這一個，不可混淆，不能取代，無論是人是魂，只要愛，便都是一樣。

走的那天，九問來車站送我，在我臨上車前，他突然問：「你的心上人，就是你哥哥吧？」

我只覺匪夷所思，不知道他哪裡來的如此奇特的想像。

九問說：「我說你怎麼那麼堅決呢，那天聽到你父親的話我才知道，原來你哥哥不是親哥哥，現在我知道你爲什麼說我比他遲到上千年了。你的愛情，是從襁褓時代就已經注定了的吧？」

我十分意外，想不到他竟會得出一個這樣有趣的結論。

不過到這時候，我已經很瞭解九問和我自己。愛一個人，眼中就只有對方，再也看不到其他。但九問不是這樣的人，他看到什麼，便想用一隻手緊緊抓住，可是他的心他的眼，卻仍在整個世界周遊，不肯停留。不不不，那不是愛，是佔有欲。

我於是由得他誤會下去，這樣也好，至少可以省卻解釋的煩惱。

再回洛陽，我的眼中已經多了一種破碎的東西，一種無法挽回的傷痛——母親用她的生命鐫刻在我的生命中那種傷痛。

悲傷像一襲超重的皮裘將我包裹，我知道今生都不會原諒自己。

西安到洛陽，洛陽到西安。這，也正是婉兒陪伴武則天一次次走過的路程。

幾乎每一次，都要經過新的殺戮，新的死亡，新的仇恨與政變。廢賢立顯，五王之亂，神龍革命，劍刃三張，中宗當朝，韋后亂政，還有隆基平逆，逼殺婉兒。

呵呵，隆基平逆。可是誰能說得清，誰是正，誰是逆？

無非是你死我活，勝者為王。

拍攝已經進入尾聲。

景龍四年（七一〇年），韋后毒殺中宗，命上官婉兒代擬詔書。婉兒原議立李重茂為帝，相王李旦為宰輔。但韋后不允，命改李旦為太子太師，自己臨朝親政，欲效武皇稱帝。六月二十日夜，李旦第三子臨淄王李隆基秘密回京，與太平公主、兵部侍郎崔日用合謀討逆，突襲太極殿，將韋氏及其子侄一網打盡。後來入昭容寢宮，欲殺婉兒。

宮女驚惶失措，四散奔逃，上官婉兒卻不慌不忙，淡掃蛾眉，輕塗丹朱，命宮女執紅燭侍立宮門兩側，自己親身出迎，斂衽施禮，雙手奉上原擬擁溫王李重茂爲帝、相王李旦爲宰輔的詔書原稿，向臨淄王痛陳原委。然而李隆基國恨家仇，義憤塡膺，根本聽不進任何解釋開脫之辭，遂揮刀如虹，將婉兒斬於旗下。

是時紅燭滴淚，宮幃慘澹，我走過長長的殿廊，走過沉沉的黑夜，走在現實與歷史之間。

月光如水，風聲如泣，我站在李隆基面前，面對著他高高舉起的利刃，忽覺萬念俱灰，無比厭倦，低聲問：「你要殺我，真的是爲了正義嗎？」

飾李隆基的演員一愣，以爲我背錯臺詞，一時接不上話。

我明知眼前是戲，卻只是止不住滿腔悲憤，思如潮湧，慷慨陳辭：

「男人的天職，本來是爲了保護女人，這是一個最平凡的士兵也懂得的真理。可是作爲人中龍鳳的皇室後裔，卻全沒了男女陰陽之分，只懂得互相殘殺，爭權奪利。這是因爲你們從小得到的太多了，所以失去的也多，甚至失去了人之初性本善的天德。這宮中的每一個人都不快樂，女人做了婕妤就想做昭儀，做了妃子又想當皇后，終於貴爲國母了，卻又不甘爲輔，希望自己稱帝；而男人，則只想著不斷攫取，攫取更多的財富，更大的權力，更美的女人，把身邊的每一個人都當成武器或工具，或利用，或剷除，而從沒有想到付出。不論是對待親人還是女人，他們都沒有半分溫情與真心。可是另一面，他們卻又要假正義之名，大呼小叫，做出一副先天下之憂而憂，以天下事爲己任，替天行道的英雄狀。可是，你能回答我什麼是道？殺了我就是行道嗎？那麼，武皇殺我祖殺我父又是什麼？也是行道嗎？我們上官家的人，世代效力皇室，最終卻都不得善終。這只不過是因爲我們跟錯了主子。可是，又什麼是對？什麼是錯？不過是勝者王，敗者寇，此一時彼一時而已。其實又哪裡有什麼正義邪惡？正義的天平，永遠是傾斜的，有時傾向左邊，有時傾向右邊，我們不過是天平上的砝碼，沒有來得及做及時的改向；我們只是微如塵芥的皇室忠僕，在權力面前，完全無力選擇自己的命運，而只有順從命運，難道這就是錯？這就該死嗎？好吧，但願你的劍在飽飲了我的鮮血之後，可以變得更鋒利，更光亮，可以讓你更暢通無阻地登上皇帝的寶座。可是你要記得，有一天你會後悔的，你會因爲自己對女人揮劍而羞愧終生。而我，則可以終於不再爲人間的正邪對錯而煩惱，不再爲恩怨沉浮而彷徨，從此可以平靜地安眠。讓這些替人做嫁的詔書見鬼去吧，這些，根本不是我要說的話，不是我自己的聲音，更不是我的意願。只有我的詩文，我心血的結晶，才是真正的上官婉兒。當千百年後，你的骸骨與土木同朽，我的詩篇，卻仍然會被百姓傳誦，那時，你才會知道我是真正的強者！」

周圍一片死寂，可以聽得清機器「喀喀」的輕響和人們的呼吸，那可憐的與我演對手戲的「李隆基」早已被我的長篇大論驚呆了，可是因爲沒有聽到導演喊停，只好硬著頭皮演下去，將一柄劍揮來揮去，看上去比個小兵猶有不如，哪裡還有一朝帝王的氣勢。

我用手拭去眼角的淚滴，輕輕背起一首詩：

「葉下洞庭初，思君萬里餘。露濃香被冷，月落錦屏虛。欲奏江南曲，含封薊北書。書中無別意，惟悵久離居……」

風像水一樣地流過，長夜將盡，而導演已經用手勢下達了砍殺的最後命令。

李隆基愣愣地舉起了手中的長劍，劍尖寒芒發出異常清冷的光，冷得淒厲。可是不知爲什麼，他望著我，這一劍卻只是劈不下去。

蠟燭尚未成灰，然而淚水已經流盡。

我凝視著劍尖一言不發地走上前，深深地，深深地注視著他，舊日的帝王，今天的戲子。忽然莞爾一笑，猛地撲向長劍，劍尖貫胸而入，胸前欲藏的紅染料袋子被刺破了，鮮血淋漓而下，而我軟軟地倒下身去，宛如揉碎桃花紅滿地，玉山傾倒再難扶。

戲演得太逼真了，那李隆基竟然失聲驚叫，本能地衝過來將我抱在懷中。

導演興奮地大叫起來：「好！」

全組人長舒了一口氣，彷彿都才剛剛清醒過來，一切不過是戲。

而「李隆基」猶自沉在戲中不能還魂：

「怎麼會這樣？唐大小姐，勞駕你下次改戲前跟小的知會一聲，不要把我顯得像一隻呆鳥。」

我惶愧：「對不起，真對不起，是我失誤。我重拍這一段好不好？」

導演卻喜出望外：「好一個『千百年後，當你的骸骨與土木同朽，我的詩篇卻仍然會被百姓傳誦』。就是這種情緒！就這麼演！這場不錯，來，再拍一次，這一回，李隆基的表情要合作一點。」

可是剛才那一番話我卻再也重複不來了，只是按照劇本設定好的臺詞一板一眼地表演出來。導演懊惱：「怎麼反不如剛才了？就是像你剛才那麼演就好。」

「我，我……」我爲難。

導演已經了然：「又是忽發奇想的是不是？但是你這種想法很好。上官婉兒說到底是一個詩人，咱們劇裏過多地突出了她的政治家的手腕和才女的銳氣，卻沒有挖出她詩人氣質的深厚底蘊來。有你剛才這一番話，才真正把這個婉兒演活了。而且這個婉兒自己衝向長劍而非李隆基砍殺的細節改得也很漂亮，更煽情，也更有戲劇性。好，我們再來一遍，這一遍，我們重點補一場李隆基。還用剛才那個結尾，婉兒自刎，李隆基衝上前將她抱在懷裏，給臉部一個特寫，要表現出他內心的震撼與複雜。」

戲拍完了，我的心卻留在了劇情中。

我說不清剛才那番剖白到底是怎麼回事？更不知道一千三百多年前的真相到底是怎樣？是李隆基斬殺了婉兒還是真的婉兒自殺？

但是我卻清楚地知道了，如果婉兒在天有靈，這必然是她最後的心聲！也必是李隆基在面對一代才女橫死劍下的真實感受。

也許，這才解釋了爲什麼李隆基會在手刃婉兒、登基爲帝後，又下旨集賢院學士收錄婉兒詩文結集成書，並親自撰寫序文，盛稱其「明淑挺生，才華絕代。敏識聰聽，探微鏡理。開卷海納，宛如前聞，搖筆雲飛，或同宿構……」，這，便是他爲了殺死婉兒而感到愧疚悔恨的明證了吧？

這天晚上，我比以往任何時候都更加思念秦鉞。我想告訴他，我懂得上官婉兒了。我懂得他所說的靈魂不死的真義了。

那些闖入我腦中的不速記憶，就是婉兒孤獨地遊弋在人間的偉大靈魂所形成的一種氣息與心緒。它們遇到了我，被我所接收，於是我便有了婉兒的記憶，有了她的心緒、感情、氣質，和才華。

我替她說出了她想說的話，也就是說出了自己的心聲。

是的，我明白了，就像我被拾於大明宮旁的詭秘身世，就像那十八只經歷傳奇的鐲子，就像總是忽明忽暗地閃爍在記憶中的情節，都是緣，是冥冥中的規律與天道，是一種輪迴！是秦鉞，是秦鉞喚醒了我沉睡的記憶，我同婉兒，其實本來就是一個人！

秦鉞說過，他平生最大的遺憾，就是沒能履行他對上官老師許下的諾言，照顧婉兒。

但是現在我要告訴他，他不必抱憾，他沒有食言，因爲，他已經在我身上實現了他的承諾，我就是上官婉兒，他已經給了我足夠的照顧與引導。

他的智慧，他的愛心，所啓迪於我的，比世上任何一種具體的照拂更珍貴，更實在。

# 十二　倩女離魂

黛兒在西大街的小屋裏向我告別，可是陳伯母卻說，她從沒有離開過台州。
永遠熟睡了的黛兒仍然很美，美得絕望，美得沒有生氣，
宛如一枚淒豔的蝴蝶標本，周身都帶著種傷感的氣息，
甚至連那洋溢在屋中的藥水味也無處不在地浮泛著傷心和悲涼。

就像她自己所希望的，讓生命結束在最美麗的一刻。

再回西安時，天氣已經熱起來。

今年的夏天好像來得特別早，還沒來得及注意梔子花的香味，也沒有看清蜜蜂飛翔的姿態，甚至蟬還沒有開始真正高唱夏的讚歌，夏天卻已經早早地來了。

西安城區到處都在大興土木，修路或者建樓，每個人都灰頭土臉，眼前金星亂冒，脾氣越來越浮躁。有時早晨出門，剛剛從北關走到鐘樓，已經眼見三四起小車禍接連發生，司機與交警都滿臉地不耐，而行人連駐觀的興致也沒有，都在忙忙地趕路。

寂寞而青灰的天空上，連鳥兒也難得見到一隻。

這不是一個適合年輕男女約會談情說愛的都市，到處都又髒又亂，生活圈子越來越逼擠，每個人都認識每個人，可是人與人走得越近就變得越疏遠，漸漸都戴了一張塗了粉又落了灰的面具，不大曉得以真實面目示人，倒不全是因爲不肯，是根本不會。

每當華燈初上，城市裏到處走著錦衣夜行的女子，在酒吧裏尋找著一杯酒的緣分。只是一杯酒。在乾杯之際或也有幾分真情。但酒盡歌闌，也就算了。

寂寞的車號是城市疲憊的鼾聲。

而城牆之上，卻有著這個城市最後的愛情上演。

「我們現在正北的方向就是樂遊原吧？」我問，欽佩地望著秦鉞。

當他指點江山數說典故時，就彷彿國王指點他的疆土：「樂遊原是因爲漢宣帝曾以此爲樂遊苑，並置樂遊廟，所以得名。唐朝時，它是長安最著名的風景區，當時劃歸昇平坊、新昌坊一帶，是唐長安的最高點，地勢高平軒敞，與曲江芙蓉園和大雁塔相距不遠，眺望如在近前，景色十分宜人。那時，每到三月上巳、九月重陽，長安仕女闊少，便早早佔據有利地勢，在此登高眺遠，幄幕雲布，車馬塡塞，成爲一時盛況。高宗時候，將此地賜給自己最愛的女兒——太平公主，在此添造亭閣，營建太平公主莊園。韓愈有詩記載：『公主當年欲占春，故將台榭押城堙，欲知前面花多少，直到南山不屬人。』可見樂遊原規模之巨。」

「是嗎？可是我見到的樂遊原卻是十里黃土，一片廢墟。」

「怎麼會？就在我充軍前一年的重陽，上官老師還帶我和師兄師嫂一起登上樂遊原望遠。那時鄭夫人已經身懷六甲，行動很不方便，但仍然堅持要親自到青龍寺上香，爲未出世的孩兒祈福，也就是後來的婉兒，今天的你了。」

「可是今天樂遊原的確已經盛景不再了。如果你看到今天的樂遊原，你會傷心的。由於盜墓賊的投機，和當地居民的盲目取土，那裏各朝各代的墓葬都被挖毀，垃圾成堆，滿目瘡痍，你說的漢代樂遊廟也被損壞了。據說，那還是國內迄今爲止發現的唯一一座漢代寺廟遺址呢。」

秦鉞怔忡：「人類爲何這樣對待自己的財產？」

「因爲他們並不覺得這是自己的財產。因爲他們覺得，一處古代寺廟的價值遠遠不如一個豬圈來得實在。」

「可是有一天，他們會為自己的愚昧和無知付出代價的。」

「人類為此已經付出很大的代價了。」

我無法向秦鉞解釋自「農業學大寨」向「退耕還林」的歷史轉變，一個唐朝的世子，一個秉承三綱五常為做人根本的儒士，是不會理解人類在這些一目瞭然的錯誤上所栽的跟頭繞的圈子的。可是，就是這些一目瞭然的錯誤，卻令人們百年來糾纏不休，吃盡苦頭。

秦鉞低吟：「樂遊原上清秋節，咸陽古道音塵絕。」

我接口：「原來是姹紫嫣紅開遍，似這般，都付予斷壁頹垣。」

這些年來，樂遊原一直大興土木，挖山開路，只怕再過幾年，樂遊原將不復存在，便是斷壁頹垣也無從得見了。

秦鉞問：「那麼，青龍寺還在麼？聽上官老師說，那還是建自隋朝的寺廟。隋文帝楊堅幼時出生於佛寺，由尼姑撫養到十三歲，受佛教的影響很深。在修建大興城時，懷一念之仁，特將城中的陵園土塚遷葬到郊野，為超度這些亡靈，在樂遊原上修建寺院，取名靈感寺。唐睿宗景雲二年改名青龍寺，是座香火鼎盛的名寺。它現在還在吧？」

「還在。但是也已經不是當年的青龍寺，而是復古重修的了。而且，是日本人出資助修的。日本，在唐朝好像是叫做扶桑國。」

「那真是應了當年惠果法師的預言了。」秦鉞慨嘆：「青龍寺大阿闍梨惠果，一生弘傳密教，化度眾生，上自朝廷權貴，下至庶民百姓，都從受灌頂。他為青龍寺香火一生殫盡心慮，至於歿後，果然用心不爽。」

我想起來，「我在青龍寺見過惠果、空海紀念堂。我知道惠果是空海的師傅，而空海是日本東密『真言宗』的祖師。可是，惠果爲什麼要收一個日本人做徒弟盡傳平生所學，卻沒有聽說他在中土有什麼關門弟子呢？」

「那是因爲惠果大師精研佛法，能知過去未來。彼時佛教空前興盛，傳播之廣波及國外。日本平安朝時期，大批『學問僧』、『請益僧』入我大唐求法，空海也是其中之一。惠果一見到他，便說：『我先知汝來，相待久矣。今日相見，大好大好。報命欲竭，無人付法，必須速辦香華入灌頂壇。』（我早就知道你要來，已經等了很久了。今天見到你，十分高興。時間不多，卻沒有人可以傳我衣缽，你既然來了，就趕緊受禮，舉行拜師儀式吧。）空海拜惠果爲師後，惠果以兩部大法及諸尊瑜伽等全部傳予空海，猶如瀉瓶，又命畫工圖繪胎藏金剛界大曼荼羅十鋪，鑄工新造道具十五具，以及圖像寫經贈與空海。希望他『早歸本鄉，以奉國家，流布天下，增蒼山福。然則四海泰，萬民安，是則報佛恩，報師德也，爲國忠也，於家孝也，傳之東國，努力、努力。』」

我恍然大悟：「青龍寺在唐代以後日漸衰敗，終於夷爲平地。直到七十年代，才在日本人的資助下重新修建。原來是真言宗飲水思源，『報佛恩，報師德』啊。難怪惠果法師說什麼『報命欲竭，無人付法』，寧可將真傳授與外邦，還要叮囑空海早些回去，原來他早已預知了青龍寺的毀滅惡運，所以才要曲線救國，蔭庇後代，以保住青龍寺的一脈香火，真可謂用心良苦啊。」

秦鉞點頭：「其實這些都是我死後多年的事情了。但是惠果法師爲一代得道高僧，英靈不泯，曾與我有過心靈的交流。如今，他終於可以欣慰了。只願這一次青龍寺香火重續，不會再人爲地熄滅了。更願天下人存心爲善，不要再自毀家園。世間萬物，因果循環，自有其規律，這，便是天道。」

我與秦鉞，仍然在每月的十五之夜於城頭相會。這段明知沒有結果的感情，已經成爲我生命不可割捨的一部分，血液那樣貫穿我的全身。

另一面，我與九問的見面也比以前更頻繁了。只爲，我需要他的安慰，需要他在大太陽底下對我實實在在的陪伴。我無法解釋自己這種情感的游離，或許，是因爲我越來越害怕孤獨吧？

九問說：「現在我倒覺得，咱倆可能是真的沒戲了。」

我看他一眼，不明白他怎麼會沒頭沒腦冒出這麼一句。

九問解釋：「男女交往，有如逆水行舟，不進則退。從不認識到認識可以有上千種途徑，哪怕變成仇人打得你死我活都不要緊，俗話說不打不成交嘛。最怕就是感情昇華，變成兄弟姐妹，那可就真一點辦法也沒有了。不信，你從這走路姿勢就可以看出來。」

我笑，覺得這種說法倒也新鮮有趣。可是東大街上情侶如雲，看在別人眼裏，我們也未嘗不是情投意合的一對。

九問不然，指著前邊說：「才怪呢，你看，那緊緊挽在一起時不時交頭接耳的才是戀人；那一前一後表情淡漠平靜的多半是夫妻；那並排走著、時快時慢的，大概是剛認識不久正在試探階段的男女；而咱們，這種談笑風生，又熟絡又自然的，就只能是紅顏知己，革命戰友了。」

說得我笑起來，一邊順著他手指望過去，卻忽然看到一個熟悉的身影，不禁愣住。

是高子期！而他的臂上還挽著一個年輕的女子！

我起初猜這大概便是他的妻子，可是年齡看著不像，那女孩分明比黛兒還要小上幾歲。我於是又猜那是他妹妹，但兩人舉止親暱，神情曖昧，令我無法自圓其說。

照九問的說法，他們的關係只有一種解釋，即是情侶。

我禁止不住自己的好奇心，一路尾隨。

他們沒走多久就拐進了一家電影院，我看一眼海報，片名叫做《春光乍泄》。

大太陽下，我忽然愣愣落下淚來。

九問安慰我：「也許他有他的理由。」

「理由？愛可以有一千條理由，可是背叛，永遠毫無理由。他背叛妻子已經是錯，現在又背叛黛兒，他簡直禽獸不如。不行，我一定要找到黛兒，我要告訴她，她愛錯了他，她必須醒過來！」

九問忽然臉色一變：「唐豔，你是不是認為，一個人一旦愛上了，就再也不可以愛上第二個人？」

「當然。」我看一眼九問，又趕緊改口，「我是說，如果兩個人已經彼此有了誓言，就當然應該堅守承諾。」

九問鬆一口氣：「也就是說，有一天如果我愛上了別人，你仍然可以接受我做朋友了？」

我驚訝：「九問，我一直當你做朋友。是不是你已經找到最愛的人了？是不是？告訴我，讓我為你祝福。」

「現在還沒有，你放心，如果有一天我終於遇到所愛，一定會在第一時間告訴你。」

我望著九問笑一笑。

交往這許久，我對他脾氣早已熟悉，對待感情最是屬於「一瓶不響半瓶晃蕩」那種，遇到略合眼緣的女孩子，八字還沒一撇，他早已到處宣揚得天花亂墜，只差沒說女孩明天就要捲舖蓋倒貼上門；可是輪到他當真動了心，卻反而含含糊糊，謹言慎行。好像眼下這般忽然莊重起來，八九不離十，是已經有了新目標了。

當天夜裏，黛兒終於主動打來電話。

我大叫：「黛兒，你想死我了，你現在怎麼樣？孩子出世了嗎？你到底什麼時候回來？我已經搬回北關我父母家了，一直聯絡不到你，西大街的房子還要不要給你留著？你怎麼這麼久不跟我聯絡？」

問了十句不止，黛兒卻只答了一句：「我已經回來了，在家裏等你。你現在能過來一趟嗎？」

「你回西安了？什麼時候？怎麼也沒有通知我去接？」我又問了一連串的問題，但是這一次沒有等她回答已經自己說，「我現在就過去，我們見面談。」

闊別半年，我終於又見到黛兒，依然纖腰一捓，風姿楚楚，倒比過去更加清秀空靈。她穿著睡衣，一件我沒有見過的白底真絲睡袍，上面繡滿蝴蝶。

黛兒自己也是一隻蝴蝶，舞得倦了，在風中迷失了方向。

我看一眼她的身形，問：「這麼說孩子已經生了？是男是女？」

黛兒不答，卻反問我：「你見過子期沒有？」

我爲之一窒，重逢黛兒的喜悅驟然降溫。

黛兒追問：「怎麼？他過得好嗎？」

「好，很好。」

我取出茶葉，泡了兩杯新綠出來，一邊猶疑著要不要告訴她實情。

細白的瓷杯，青碧的茶葉，因了水的熱力而浮起來，又緩緩沉下去，幾度沉浮，終於水靜茶閒，香氣氤氳，一杯茶就成了。我端給黛兒一杯，問：

「黛兒，你還是愛著他？」

黛兒笑了，笑容裏有一種說不出的淒涼無奈：

「愛，就因爲這愛我才對人世充滿眷戀。他是我在人世間最大的牽掛，最後的信念。我愛他，並且依靠這愛而呼吸，生存。他就是我的空氣，是我的大海，沒有他的愛，我將隨時窒息而死。」

「不，忘掉他吧，他不值得。」

「愛沒有值與不值。無論如何，我愛過了，我不後悔。」黛兒溫和地制止我，「豔兒，你答應過不再指責子期的。」

「我不想指責任何人，我只是關心你！」我站起來走向黛兒，想去握她的手。

黛兒卻向後退了一步，我只有站住，看著她。

空氣裏有冰冷的氣息，微香，但是涼，不合乎季節的涼意。

我看著她，下定決心講出實情，「我今天下午才見到他，他和一個女人在幽會！」

黛兒彷彿受到重創般又後退了一步，喃喃著：「這麼快？」然後，她低下頭，哭了。

淚水毫無阻礙地流過她如玉的雙頰，如水的絲衣，一路滾下地去了。

一半兒落在杯中，一半兒滲入黃泉。地下的黃泉，便是傷心女子的眼淚匯成的吧？

這時候我發現，黛兒光著腳。

我不安，輕輕喚：「黛兒？」

黛兒抬起頭，淒然地一笑，她的笑容裏有一種蒼涼絕寂的冷。

「謝謝你，豔兒，我知道了。我再沒什麼可牽掛的了……豔兒，還記得何培意嗎？」

「記得，怎麼，你見到他？」

黛兒搖搖頭，又問：「記得阿倫嗎？還有……」

她說了一大串名字，都是當年苦苦追求於她的失敗男兒，有的我記憶猶新，有的名字聽著耳熟，人長什麼樣子卻已經想不起來，還有的根本連名字也陌生。

我不解：「怎麼想起他們來？你打算把他們召集起來拋繡球還是打擂臺？」

「如果，你將來遇到他們，請代我說聲對不起。」

黛兒望著我，我在她的眼睛中看到一種月光般清涼的美，那流動的冰冷而溫柔的氣息是我所熟悉的，是秦鉞特有的氣質，而今我在黛兒的眼中看到了同樣的神韻。她就用這種穿透一切的溫柔與冰冷平靜地對我說：

「豔兒，記得當年你勸我，自己的感情是感情，別人的感情也是感情，要我懂得珍惜尊重，己所不欲，勿施於人。可是我不聽，還同你吵架。現在我知道自己錯了，我不值得他們那麼愛我，更不配做你的朋友。我是個徒有其表的繡花枕頭，不懂得感情，不懂得愛，今天的一切，是我罪有應得。」

我震驚：「黛兒，你在說什麼？怎麼做起懺悔來了？」

黛兒不理我，繼續說下去：「第二件事，我還要求你，如果有一天你去北京，請你幫我把那只舊壺還給琉璃廠的那個老闆，告訴他實情，告訴他，那是一件真舊，他並沒有『打眼』，是我年輕不懂事，作弄了他。請你，也代我說一聲『對不起』吧。」

我越來越覺得有什麼不妥，黛兒的語氣，簡直有種交代臨終遺言的味道。低下頭，我忽然注意到黛兒的杯子，喝了這麼久，她的杯子居然還是滿的。

這時候黛兒說：「豔兒，拜託你，我走了。」

「走？你今晚不住這兒嗎？我還有很多話要和你說呢。」

我詫異，她明明已經換上睡袍了，要到哪裡去？

但是她已經站起身來：「豔兒，如果你看到我媽媽，告訴她，我愛她！」她仰起頭，眼睛望進看不見的遠方，「如果可以從頭來過，我真想做一個孝順聽話的好女兒，就像你那樣。」

我心中那種不安的感覺更加強烈，連忙站起：「黛兒，不要走，你聽我說……」

黛兒站住，轉身，微笑。

哦她的笑容，她的笑容有著那樣一種懾人心魄的美，美得絕望。

我好像是第一次看見她，第一次見識她的美。

雖然我一直都知道黛兒是美的，從第一次見面就已經知道，可是直到今天，我才注意到，她的美是這樣不同凡響，這樣淒切動人，彷彿可以一直穿透人的心靈，照見靈魂最深處的溫柔與感動。

那是一種絕美。是不屬於人間的，不染紅塵的，超凡脫俗的美。

我被那絕美懾住了，直到黛兒轉身離去，才如夢初醒地追上去。

黛兒已飄然出戶，繡滿蝴蝶的絲袍著地無聲。

我追出門，追進午夜的黑暗。

門外風聲蕭瑟，蟬鳴斷續，卻哪裡有黛兒如水般的身影。

可是我分明聽到她的聲音在空氣中迴響：「相思只在，丁香枝上，豆蔻梢頭。」

「黛兒，等一等！」我喊著。

然而無人應答。

她去了哪裡？是被黑夜吞沒了嗎？還是隨清風飄逝？只不過轉眼的功夫，她竟像憑空消失了似的，遁去無蹤。

天上沒有月亮，一顆顆星像一隻隻冷眼，遙遠而陌生。

而黛兒穿一件繡滿蝴蝶的睡袍，光著腳，就那樣消失在無月的星空下。

回到房間，我取過她的茶杯，剛剛泡就的夏日午夜的一杯新茶，竟會冰得凍手。

我驚疑莫名，只得一個長途打到台州去：

「請問，黛兒這次來西安，有沒有說過會住在哪裡？」

對方的聲音裏明顯充滿驚異：「黛兒來西安？你聽誰說黛兒去西安了？」

「我剛才見過她，可是她不肯留下。我不知道她去哪兒了，很不放心。」

「你說，你見了黛兒？」

「是啊。」

對方遲疑了一下，說：「請你等一等。」

電話對面換了人，我聽出聲音是黛兒母親。「伯母，我是唐豔。您還記得我嗎？」

「唐豔，我記得，你是黛兒最好的朋友。」不知爲什麼，陳伯母的聲音似乎有點哽咽。

我顧不得多想，忙問：「伯母，您知道黛兒這次來西安住在哪裡嗎？」

「唐豔，你是不是弄錯了，黛兒在家裏，在台州，她哪兒也沒去。」

「可是我剛才才見過她，她是哭著走的，我很不放心。」

對面沉默了，半晌，陳伯母說：

「唐豔，黛兒病了，病得很重，也病得很久了，你想不想來看看她？」

我奇怪到極點，也擔心到極點，迅速思考了一下，說：「好，我明天就去訂機票。」

票買得很順利，下了飛機趕汽車，第二天黃昏時分我到達台州。

陳伯母滿面戚容，淡淡招呼：「唐豔，你果真來了。」

迎面一股藥水味撲鼻而來。我十分不安：「伯母，您說黛兒在家？」

「你來。」

伯母在前帶路，引我進黛兒的臥室。

心忽然劇烈地跳動起來，我渾身寒毛直豎，不知自己會看到什麼可怕的情形。

然而我看到的不過是黛兒。

是黛兒！

真是黛兒！

黛兒真的在家裏！

我只覺匪夷所思，難道昨天的一切都是夢？

我趨前喚：「黛兒，你真的在家？」

黛兒睡著，不理不睬。

我上前輕輕搖她：「黛兒，我來了。」

身後傳來陳伯母抑制不住的哭聲。

直到這時我才驚駭地瞭解到發生了什麼可怕的事情。

可怕到不能再可怕的地步。

黛兒，她竟毫無表情，毫無反應，面對我的呼喚搖撼，絲毫不爲所動。而她身上穿的，正是我昨夜見到的那件繡滿蝴蝶的白地真絲睡袍，統統折了翼，僵死在冰冷的雪地。

我後退一步，驚叫失聲。

陳伯母哭著說：「唐豔，你看見了？她這樣子已經好幾個月了？你怎麼可能在西安看見過她呢？」

「她，她……」我口吃起來。

「唐豔，你還不明白嗎？黛兒已經成了半個死人。電視劇裏常有這樣的情節，植物人！可就是沒想到，這種事竟真的會有，還發生在我們家裏。」

我的第一個反應是：黛兒自殺了。可是黛兒不該是一個自殺的人，她那樣自愛，又那樣愛人，有著最強烈愛情的人也應該有著最強烈的生命欲。她是尊重生命的，她還懷著孩子，還想著要把那孩子生下來。她怎麼可能去死？

「這是怎麼回事？是怎麼發生的？伯母，這是怎麼發生的？」我聽到自己變了調的聲音在問。

「這都怪我。我看出她有了身孕，就勸她打胎，我求她，哭著求她，把話都說盡了，她就是不肯。我實在沒辦法，一時起了糊塗念頭，竟然偷偷在她飯裏放了打胎的藥。我本來想生米做成熟飯她也就不能怎麼樣了，她還這麼年輕，只要打掉孩子，後面還有大把的好日子要過。可是沒想到，她一向大大咧咧嘻嘻哈哈的，心氣兒卻那麼強。她流了產，氣得要發瘋，跟我大吵一架後，眼錯兒不見竟然離家出走了。結果淋了雨，病在旅館裏，等我們找到她，她就已經是這個樣子了。大夫說，是產後感冒轉成腦膜炎，治療太遲了！黛兒，是媽害了你……」

陳伯母泣不成聲。而我腦子裏轟轟做響，彷彿一陣接一陣的雷聲滾過。腦膜炎！植物人！多麼可怕的辭彙！它們怎麼會同黛兒有關？

陳伯母仍在哭泣：「我不是個好母親，我害了女兒……」

我扶住她，要很用力才能發出聲音：

「不是的，伯母，黛兒沒有怪您，她托我告訴您，她愛您……」

陳伯母嚎啕起來。

我本想告訴她，黛兒還說過：「如果可以從頭來過，我真想做一個好女兒」。但是我不敢，我怕這會要了老人的命。這位傷心的母親已經不堪一擊，再禁不起更多的刺激。

這個時候我深深明白，黛兒昨夜對我說的，都是肺腑之言。只因我也有過那樣的感受。只是，爲什麼全天下的女兒，都要在失去的時候才懂得應該做一個好女兒？

愁心驚一聲鳥啼，薄命趁一春事已，香魂逐一片花飛……

原來倩女離魂真的可以發生於現實。

我抱緊黛兒，只覺心痛如絞。

怎麼能相信懷中這個柔弱無助的貓兒一樣的小女子便是黛兒？

黛兒的飛揚跋扈哪裡去了？黛兒的煙視媚行哪裡去了？

黛兒是不敗的，無憂的，所向披靡的。黛兒怎會爲了一個臭男人如此膿包？

我握著黛兒的手，輕輕說：「黛兒，醒來，我們顛倒眾生去。」

陳伯母哭得站立不住，被家人扶了出去。

留下我一個，坐在黛兒床邊，輕輕展開在洛陽買給她還一直沒有機會送出的真絲低胸吊帶荷花背心，這是黛兒以往最愛的款式。當她穿上它，纖腰一挪，更顯得胸前蓬勃，乳溝若隱若現，要多麼誘惑就有多麼誘惑。

大學時，每次她穿這種衣服我總要罵她太招搖，可是現在我懷念她的那種風情。

床上這個無言的黛兒，這個麻木不仁的黛兒我不認識，我心目中的黛兒是永遠神采飛揚，睥睨一切的，瞧不起所有的男人，視他們如塵如芥，招之即來揮之即去。

我想看到她抽菸，看她把水果酒像水那樣灌下去，然後說：「現在最好的遊戲就是找個男人來解酒了。」我想看到她笑嘻嘻地開男人玩笑，做弄他們，引誘他們，然後當他們一團泥一樣拋開去，如蜂蝶穿過花間，留一分香氣，卻不沾粉塵。

哦黛兒黛兒，只要你起來，不論你怎麼樣的過分，我都絕不再責備你。只要你起來！

只要，你起來！

我環視四周，黛兒精緻的臥房仍然維持著她從前的布置，綴滿流蘇的繡花窗簾，累累垂垂的千紙鶴掛件，牆上陳逸飛的樂女圖嬌異地笑，而床頭《安徒生童話》在未讀完的一頁還夾著枚紅葉書簽……刻意芳菲，然而濃郁的藥水味仍清晰地提醒著這是一間病房。

我取過童話書，翻到黛兒沒有讀完的那一頁，輕輕朗誦給她聽：

「小美人魚悲哀地問：『爲什麼我們得不到一個不滅的靈魂呢？只要我能夠變成人，可以進入天上的世界，哪怕在那兒只活一天，我都願意放棄我在這兒所能活的幾百歲的生命。』

「『你絕不能有這種想法，』老太太說，『比起上面的人類來，我們在這兒的生活是幸福和美好得多的。』

「『那麼我就只有死去，變成泡沫在水上漂浮了。我將再也聽不見浪濤的音樂，看不見美麗的花朵和鮮紅的太陽嗎？難道我沒有辦法得到一個不滅的靈魂嗎？』

「『沒有！』老太太說，『只有當一個人愛你、把你當作比他父母還要親切的人的時候；只有當他把他全部的思想和愛情都放在你身上的時候；只有當他讓牧師把他的右手放在你的手裏、答應現在和將來永遠對你忠誠的時候，他的靈魂才會轉移到你的身上去，而你就會得到一份人類的歡樂。但是假如你不能使他全心全意地愛你，那麼在他與別人結婚的頭一天早晨，你的心就會碎裂，你就會變成水上的泡沫。』……」

這時候黛兒的手似乎微微一動。我趕緊握緊它，將它貼近自己的面頰。她的手冰涼而微香，雖已油盡燈枯，仍然柔膩細滑。

我的淚滴落在黛兒的手背上。

一直以來，都是黛兒讀童話給我聽，她喜歡它們，背誦它們，追求它們所描述的境界。可是，她終究沒有得到真誠的愛情，她即將化爲泡沫了嗎？

她曾經說過：「每個人對愛情的定義與追求都不同。有的人是爲了婚姻，有的人是爲了欲望，有的人是爲了利益，而我，陳黛兒，只是爲了經歷。我遇到他，愛上他，爲他快樂，爲他痛苦，爲他生，爲他死，爲他經歷世上所有的喜怒哀樂，我願意。只要我有過這樣的愛情遭遇，我便已經滿足。我不需要別的答案，因爲愛情本身已經是最完美的答案。」

如今，她果然實踐了自己的愛情理論，爲愛經歷了一切的痛苦與折磨，甚至付出生命爲代價。但是，值得嗎？值得嗎？當她的靈魂化爲泡沫在水上漂浮，她的愛呢？她的愛去到了何處？

忽然想起陳大小姐的叮嚀：阻止她，阻止她！

原來是這樣！是這樣！我辜負了陳大小姐，更辜負了和黛兒的友情！如果我多關心她一點，如果我早日來台州，也許事情就不會演變成這樣。黛兒，是我，是我害了你！

黛兒在第二天凌晨時分停止呼吸。

至死，沒有再睜開她美麗的眼睛。也許，她對這個世界已經再無留戀，也許，是她已經說完想說的話。

永遠熟睡了的黛兒仍然很美，但美得絕望，美得沒有生氣，宛如一枚淒豔的蝴蝶標本，周身都帶著種傷感的氣息，甚至連那洋溢在屋中的藥水味也無處不在地浮泛著傷心和悲涼。

就像她自己所希望的，讓生命結束在最美麗的一刻。

我親自為她更衣化妝，小心地不使眼淚滴到她的身上。因為老人說，如果生人的眼淚滴到死人的身上，那死去的靈魂就會因為牽掛人間而不得升天。

但是看黛兒焚化時我再也不能自抑，恨不得撲出去拉開所有人，勿使他們將黛兒美麗年輕的身體送進火爐。

怎能相信，只十分鐘已經化煙化灰？

當那一爐灰重新推出時，我撿起一塊灰骨，軟綿綿倒下去。

再醒來已是下午時分，我躺在陳家沙發上，手中猶自緊緊握著黛兒一塊遺骨。

要到這一刻才會清晰體味到黛兒已死。

我號啕起來。

宛如心上被掏出一個血窟窿，卻塞進一塊巨石，空落落又沉甸甸。而我知道，那一塊殘損今生再難彌補。

黛兒走了，黛兒真的走了。她再也不會同我嘻笑怒罵，再也不會向世人賣弄風情，再也不會大聲地朗讀《小王子》或者《人魚公主》，也不會再爲她的小狗流眼淚。

黛兒……

# 十三　魂兮歸來

我們的手，我們的手自空中交錯而過。

在那一個明明已經互握的瞬間，卻又明明白白地錯過。

**錯過了一——千——年！**

秦鉞慘然地回望著我，他的眼中無限慘痛，漸漸變得空洞。

我忽然無比恐懼，我知道我要失去他了，

我叫：「秦鉞！」

可是他已不肯回應。

再回西安，感覺上已經老了十年。

好像又被生命拋棄一次。我知道自己再也不會如大學時開心暢笑。

是哥哥來車站接我，我一下車即投入他懷抱痛哭起來。

哥哥也是滿臉的淚，反覆地說：「怎麼能相信？怎麼能相信？」

怎麼能相信？僅僅一年前還活蹦亂跳巧笑嫣然的黛兒，這樣輕易地就離開了我們，就化爲了烏有。那麼鮮活的生命，那麼熱烈的女子，她怎麼甘心這樣離開她深愛的人間？

甚至就在她死前一夜，她離竅的靈魂還特意雲遊到西安來見我，詢問子期，詢問她信之不疑的至愛。

如果，如果我沒有告訴她子期負心，也許她不會死，不會就這樣魂飛魄散。

黛兒說過，對子期的愛是她賴以存活的空氣，是她對人世最大的牽掛。是我，讓她的期待成空，牽掛扯斷，於是她絕望了，放棄了，遠離了。

她走得很平靜。因爲絕望得太徹底，她甚至沒有了悲哀。

而這都是因爲我。是我，是我害死了她。又一次，害死了我至愛的親人！是我！

我大病。朦朧中不是向母親懺悔，便是對黛兒哭訴。

白天與黑夜對我都不再清晰，我總之是一直生活在沒完沒了的夢魘中。那個冤魂不息的陳大小姐也抱著嬰兒向我索命，幽怨地一聲聲責問：「你爲什麼不阻止她？爲什麼不阻止她？」

九問和藍鴿子約齊了一起來看我，常常在我家一待就是一整天。

我有時候很清醒，可以同他們有一搭沒一搭地說說話，有時候卻心有餘而力不足的，明明看到他們坐在我床前，可是神智不由自主地飛出去，飛出去，自己也不知飛去了哪裡。

我常常想，我所見到的黛兒靈魂，便是在這樣的狀態下，飛離肉體來西安見我的吧？會否，我再這樣下去，也會變成植物人，直至死亡？

但是我已經不在乎生死。母親死了，黛兒死了，她們都是我害死的，為什麼我卻還活著？

整夜整夜地聽到母親在演唱《嬌紅記》：

「我如今這紅顏拼的為君絕，便死呵有甚傷嗟。但郎氣質孱弱，自來多病，身軀薄劣，怎當得千萬折？怕誤了你，怕誤了你他年錦帳春風夜。」

也許是父親在放錄音。

可是我聽到的，卻是黛兒的聲音。

睡了很久很久才重新醒來，感覺上恍如隔世。

風細細吹過，帶著微微的香氣。是戴望舒的丁香？鄧麗君的茉莉？還是張愛玲的沉香屑？黑暗裏分辨不出的一股芬芳馥郁。哦已經是盛夏了，夜晚連窗子都不用關。

我倚在窗邊看滿天星辰。月很圓，很亮，也很白，是個滿月。

我忽然充滿了力氣，充滿了渴望。

是滿月！滿月！如果我有力氣堅持走上城牆，我就會看到秦鉞！

我毫不遲疑，換過衣裳躡手躡腳走出門去。

經過哥哥房間時，我聽到他輕微的鼾聲。接著門「咯」地一響，將那聲音關在了門後。

而我如一隻重生的蝶，輕飄飄地飛向城牆，如夜鶯飛向玫瑰。

不知爲什麼，在外國童話裏，夜鶯總是與玫瑰與眼淚作伴。最美的歌，最紅的血，最痛的愛，似一胞孿生的三姐妹，永遠分隔不開。

古城牆在今夜顯得格外沉默滄桑。每一道刻劃都是一番風雨，每一塊磚石都是一朝歷史。

我緩緩地拾級而上，心裏充滿悲涼。

然後，我抬起頭，便看到秦鉞在城頭等我！

我看著他，我終於又見到他，可是，這一次，我連眼淚也流不出了。

秦鉞憐惜地看著我：「你，還是不肯原諒自己？」

我張開嘴，卻發現嗓子啞了。於是我看著他，不說話。我知道他可以在我的眼睛中讀出我之所想。

我們是那麼相知相解，甚至不需要借助語言的交流。

遠處有鐘聲傳來。

是鐘樓的聲音。

秦鉞說：「鐘樓是西安的心，這鐘聲便是城的心跳。城老了，心還依然年輕。這是一顆相當強壯的心。」

我看著他，不明白他的話。

他又說：「你知道世上最珍貴的是什麼？我最渴望的是什麼？」

我搖頭。

「是生命！無論愛恨情仇，智慧和心願，都要以生命爲載體，倚賴生命的形式來實現。如果沒有了生命，所有的理想與痛苦便都是虛空的。」

「可是黛兒放棄了她的生命。」我終於有能力發出聲音來，「她失去了她最重要的愛，生命於她便不再重要了。」

「不，不是黛兒放棄生命，而是生命放棄了她。但是她的愛，她的愛是仍然留在人間的。她不是囑託你向愛過她的人致歉嗎？不是讓你替她歸還琉璃廠那把舊壺嗎？那便是她的愛心。她在死前最後一刻懂得了愛的可貴，懂得該怎樣正確地對待愛情，珍惜愛情，處理愛情。相信九轉輪迴之後，當她重生，她會懂得該怎樣重新選擇自己的幸福，不再迷失。」

「那麼高子期呢？該怎樣對待高子期？黛兒是因爲他而死的，我要替黛兒復仇！」

「不要。」秦鉞搖頭，「不要再耿耿於懷於誰害死黛兒的問題上了。沒有人存心傷害任何人，只不過是有人做出錯誤的選擇而已。但是一個錯誤的形成有著多方面的原因，不只是一加一等於二那麼簡單，也不是哪一個人的錯。」

「錯？」我賭氣，「黛兒唯一的錯就是她愛他，多過他愛她；或者乾脆說，她愛他，而他不配她愛他。事情從頭到尾都是誤會。」

「恨有可能是誤會，愛卻永遠都是真的。」秦鉞滿眼憐惜，「既然事情已經發生，既然黛兒曾經深深愛過他，既然黛兒在生命最後時刻仍然牽掛著他，那麼我們就有理由相信，黛兒是真正愛著他，絕對不會恨他的。如果你違背了她的意志，一定要代她去仇恨，就辜負了她的愛，是對她的愛的褻瀆了。」

我低下頭：「可是，悲哀像一柄劍那樣貫穿了我的身心，我不能忘記那疼痛。」

「寬恕他吧，也寬恕你自己。」秦鉞眼中有著更為深沉的憐惜與不忍，「讓仇恨自你而結束，讓後宮的戾氣自你而結束，讓女人的悲劇自你而結束。還記得戚夫人的故事嗎？趙王如意固然死於仇恨，惠帝劉盈卻是死於內疚和自暴自棄。他始終認為弟弟的死與自己有關，抱著濃厚的『吾不殺伯仁、伯仁終因吾而死』的情結，耿耿於懷，終至鬱鬱而終。可是他這樣做，對自己，對別人，以至對整個國家人民，又有什麼意義呢？只會造成更大的悲劇，更多的錯誤。悔恨是最無益於事的，和仇恨一樣有著強烈的殺傷力，只不過，傷害的對象是自己。而你，你是一個有慧根的人，不應該過分地執著於仇恨和自責，為這天地間再添一分怨氣。」

我看著他，似懂非懂。但是我的心已經在鐘聲中一點點沉靜下來。

城下有人在唱秦腔。「我共你，戀比翼，慕並枝，願只願，生生世世情真至，長作人間風月司。卻不料，天上輪迴萬年度，人世情緣頃刻時……」

是《長生殿》，楊玉環神會唐明皇。

我與秦鉞之間，何嘗不是同樣隔著天共地，生同死？

秋風乍起時，蟬歇葉落，街上一片金黃，而電視劇《唐宮》終於上市發行。

在西安首映時，滿城空巷，那首《傾杯樂》每天從早到尾響起在城市的每一個角落。

我成了不折不扣的明星，走在街上常常會被人認出來要求簽名。印著我照片的海報，貼在西安最熱鬧地段的看板上，以至我越來越不敢隨便外出，逢到必須出門時只得戴一付遮蔽半個面孔的大墨鏡。

爸爸很不習慣突然多了一個明星女兒，每天爲了在電話裏婉拒記者的採訪要求而絞盡腦汁，不勝煩惱。

哥哥卻喜笑顏開，特意將我的劇照放大了擺在公司門口做招牌，逢人便說：

「知道唐豔吧？演上官婉兒那個，當今最紅的女明星，她是我妹妹！」

我的身世被公布開來，每個人都知道我原來是一個棄嬰，一個養女。記者喋喋不休地問著同樣的問題：「如果你的生母突然出現在你面前，你會怎麼做？」或者「你有沒有尋找你的生身父母？想沒想過他們或許是什麼樣的人？要不要我們替你登報尋人？」

而我的答案正同當年回答父親的一樣：「這世上曾經有一個人，給予我關心、愛護、撫養我長大，是我一生一世唯一的母親。她的名字，叫周青蓮。」

燕子自王謝堂前飛至百姓家仍是燕子，至於出處，何必問，有誰知？

又簽了幾份新合約，都是古裝戲。

我對時裝片沒興趣，太浪漫的故事不現實，而完全寫實的故事沒意思。生活本身已經夠平庸的了，誰還耐煩在螢幕世界再塑造一個更俗的我？

如今，我的舉止言談越來越像藍鴿子，對付記者的口頭禪正如同藍鴿子當年對待我。

「對不起，這個問題請同我經紀人談好麼？」

「不好意思，無可奉告。」

想必，記者們對我的抱怨和指責也正如同當年我對藍鴿子吧？

我現在明白了，並不是一旦成了名人就變得驕傲，而是如果不驕傲那就簡直連普通人也不要做。因為我畢竟不能一天二十四小時用來接待記者，對他們微笑，表白，出賣自己的心情甚至隱私。而且答記者問這件事，是真誠也好含蓄也好，幾乎不論說什麼都是錯，所以最好的辦法就是什麼也不說。

想到自己當年也是這些以揭瘡疤挖牆角為己任的無聊記者之一，簡直羞愧難當，不能置信。

原來，一切都只因為角色不同。

在其位謀其政的，不只是帝王將相，同樣也是平凡大眾。

我更加明白上官婉兒周旋於權力與男人之間的苦衷了。那不過是為了生存。

秦鉞說過，世間最珍貴的是生命，一切的智慧與情感都要以生命為載體。如此，我有什麼理由對人們過於苛責強求呢？

我嘗試學習寬恕和忘記。

一日接到舊同事張金定的電話，期期艾艾地說：

「唐豔，你現在出名了，該不記得老朋友了吧？」

我當然記得他，可是不記得他什麼時候成了「老朋友」了。前塵舊事湧上心頭，曾經那樣勞神勞心的人與事，如今想起來只覺漠然。於是輕鬆地笑著，不置可否。

他聽到我口氣尚好，這才猶豫地提出要求：「我女朋友跟別人說她認識你，沒人信。她就求我問問你，能不能讓她同你合張影？我知道這要求有點，嘿嘿，有點……」

原來如此。

我禮貌地打斷他：「不如這樣，我送你十張簽名劇照，寫上你女朋友的名字，她自己留著也行，送人也行，就沒人不相信她是認識我的了？你看好嗎？」

張金定喜出望外，自是沒口子稱好。想想張金定與其女友那樣的交易愛情居然也可以維持這許久，而且直至今天仍能做到唯唯諾諾，真也算不容易了。若是真能這樣演一輩子戲，一下子白頭到老，也不能不算是一段美滿姻緣。至於當初究竟是爲了什麼而結合，到白髮成霜子孫滿堂時，誰又關心呢？

我一邊認真地在自己的照片背面簽著名，一邊頗爲安慰地想，看來我是真的已經修煉得道，不再爲舊時恩怨而掛懷了。

可是沒高興多久，與高子期的一次狹路相逢卻令我原形畢露。

是在超市，我自低貨架取物時忽然抬頭撞到對方手臂，疼得「哎」一聲叫出來，墨鏡掉在地上摔了個粉碎。

兩人面面相覷，我不禁暗嘆一聲冤家路窄。

那高子期竟有心問候：「唐豔，是你，好久不見。」

我不笑，冷冷說：「我倒是見過你，在電影院裏，只不過你忙著應酬，沒看到我。」

「是這樣？」他臉上微微紅了紅，這才想起問：「最近有和黛兒聯絡嗎？」

「沒有，黛兒魂魄已散，再不願見我。」

話說到這份上已有幾分怨毒。而高某仍未聽出，猶自哈哈一笑：「唐豔你真會開玩笑。」

我這才想起此子根本不知黛兒已死。

可憐黛兒爲他淚盡而逝，而他卻自始至終無知無覺！我替黛兒不值，連那張英俊的臉也忽覺猙獰惡俗，頓時惡向膽邊生，招呼不打一個轉身便走，再不想同他多說一句話。

走出超市，風一吹，只覺臉上涼嗖嗖，才發現自己不知何時流了淚。

當下再也沒了購物的興致，搭一輛車徑奔西大街而去。

黛兒去世已經數月，可是西大街的房子我一直不忍退租。這裏留下我們太多的共同記憶，每當思念太甚，我便會來這裏坐一坐，想一想。

最近因爲出門不便，已經許久未來，屋子裏結滿蛛網，有種曖昧的陳舊的氣息。我不顧灰塵，在床邊坐下來，取出剛買的啤酒自斟自飲。

醉意朦朧間，忽然聽到低低朗誦聲，我隨口問：「黛兒，又在讀小王子？」猛一起身，卻撞在那只大木桶上，疼得一個趔趄，人已經清楚過來。由不得身子一軟，坐倒塵埃，淚水流了滿臉。

不，不是黛兒，黛兒永遠都不會再說「如果我愛上了億萬顆星星中的一株花」……

我掩住臉，抑制不住地哭泣起來。

這時候忽然聽到門響，我一躍而起，飛奔著過去開門。

是黛兒，一定是黛兒！黛兒，來吧，我不怕，我要見你，我有許多的話和你說，我願與你的夢魂夜夜相見，正如我與秦鉞的相見，我相信，無論生死，我們的友情永遠不變。

門開處，卻是手捧玫瑰的高子期。

我沉下臉：「你來做什麼？」

他笑一笑，舉舉手中的玫瑰花，輕鬆地說：

「唐豔，你的電視劇我看過了，演得真好，你現在成大明星了，我還沒有向你祝賀過呢。」

我擋住門，凝視著他，毫不掩飾甚至是刻意地表現出我的輕蔑：

「除了黛兒，沒有人再稀罕你的玫瑰。」

玫瑰開在有情人眼裏才是玫瑰，於我，卻無啻於罌粟。

「唐豔，你對我誤會太深。」

「不，沒有誤會。」我堅持，「黛兒走了，這是比黑夜更黑暗的真實，沒有一點點誤會。」

高子期急急撐住門：「可是，你聽我解釋，我沒有騙黛兒……」

「把黛兒還我！」我聲音漸漸尖利，「還我黛兒，你就不需要任何解釋！」

我用大力將房門「砰」地關上。

生與死是唯一不需要特別注解的一件事。
我坐在地上，到底哭出聲來。
從大學到工作，黛兒同我，早已不可分割，成爲生命的一部分。在我人生最彷徨時期，只有她忠實陪伴在我身旁。那麼多共同度過的花朝雨夕，成爲生命中不可重複的美好記憶。而今，她被人硬生生從我身邊拖開去，從我心上剜出去。
那個人，不僅僅是感情的背叛者，更是強盜，是魔鬼，是殺人犯，是劊子手！
門再次被敲響，我忍無可忍，「刷」地拉開來準備不顧一切地對他破口大罵，讓風度和修養見鬼去，這會子，我殺了高子期的心都有！
可是站在門外的，卻不是高子期，而是夏九問和藍鴿子。
用力太猛，激動太過，我呆著一張臉竟放不下來。
九問關切地問：「我剛好從這裏經過，聽到裏面有聲音，就猜是你。你沒事吧？又哭了？」
「沒有，誰說我哭了？」我一邊擦眼淚一邊反駁。
藍鴿子「哈」地一笑：「越來越明星風範了，就算被人抓個正著都有本事矢口否認。」
我不好意思地笑，側身讓他們進屋。「不好意思，這裏又髒又亂，都不知道該讓你們坐哪兒。」

九問四處看了看，的確無法入座，乾脆說：「我們正想去粉巷喝茶，一起去吧。」

我搖頭：「不，我哪裡也不想去，只想在這裏待一會兒。」

「去吧去吧。」藍鴿子殷勤地勸著，「相請不如偶遇，咱們也好久沒見了，敘敘舊嘛。是不是散了戲，你就再不認我這個女皇了？小心我下旨把你那邊臉也花了。」

九問笑起來。

我只好答應。

九問便對藍鴿子說：「還是你有辦法。」眼中充滿激賞。

電光石火間，我忽然明白過來。難怪今天一見面便覺得藍鴿子似與往常有所不同，豔麗得多也活潑得多，臉上晶瑩亮光絕非僅靠化妝品可以修飾得來。而夏九問卻明顯拘泥，吞吞吐吐好不曖昧。

原來是這樣。

一時間心裏說不出是什麼滋味。不見九問已經有些日子，雖然從來沒想過要他爲了我永遠獨身，可是移情這樣快，卻也始料未及，倒不免有一絲失落。但是轉念一想，又覺理所當然。藍鴿子這樣的美女，日日在眼前晃來晃去，是鐵人也動了心。說不定，他們倆就是在我患病那會兒親近起來的呢。

想通這一點，我含笑拱手：「原來二位已經情投意合，恭喜恭喜，只是，打算什麼時候辦喜事呀？」

藍鴿子臉上一紅，一反往常的矜持淡漠，在我臂上擰了一把：「你這鬼精靈。」

夏九問卻站在一邊只是笑，好像鬆了一口氣的樣子。

我慶幸，幸虧說破，免得大家尷尬。

因爲有了這件意外之喜，這個下午我們喝茶聊天，倒談得十分愉快。看著夏九問與藍鴿子眼神糾纏，如膠似漆的幸福狀，我不覺嫉妒，只覺開心，真心爲他們祝福。

中間藍鴿子去過一次洗手間，九問抓住這個機會問我：「我們還是好朋友嗎？」

「永遠。」

「豔兒，謝謝你，我永遠不會後悔曾經愛過你。」

已經很難得了。我見過至少一打以上男士在追求女友不成之後，轉過身便對旁的人抱怨：那女子恁地不識抬舉，其實我才沒有看上她，過去種種，都是她自作多情罷了。

當下，我以茶當酒，誠心誠意地對九問說：「九問，我爲你祝福。」

又過了一星期，我同業主辦過手續，終於決定退掉西大街的小屋。

業主很惋惜地說：「聽說這裏要改建，西大街很快就要拆遷了，你大概是這間屋子的最後一個住客了。」

隔了一天，他卻又給我打電話來：「唐小姐能不能麻煩你再來一趟？」

我詫異：「是不是租金有問題？行李我不是都已經搬走了嗎？」

可是房東說：「不，不是行李，是一個人。」

是高子期，他抱著一瓶酒坐在房門前爛醉如泥。見到我，只知道囉囉嗦嗦地重複一句話：

「豔兒，你聽我解釋，別恨我……」

我嘆息，很想丟下他不管，但是房東就站在一旁滿心好奇地看著，我只得把他扶進屋子，端給他一杯水。

「你現在酒醒了沒有？醒了就請你走。」我有些沒好氣。原諒他是一回事，可是能夠善待他是另一回事。

高子期長嘆一聲：「豔兒，我想有生之年都別想再看到你對我笑。」

「我的笑對你並無意義。」

「不是的。你是黛兒最好的朋友。」

提到黛兒，我的鼻子立刻酸起來。

子期說：「相信我，我愛黛兒，我對她的愛並不比她愛我淺，可是我的壓力比她大得多……」

我打斷她：「你根本就沒有資格愛她。」

「我是沒資格。」高子期用袖子擦一把眼淚，當年的英俊瀟灑全然不見，此刻他只是一個邋遢落魄的傷心人。

我不禁心軟下來。本來熾熱相愛的兩個人，一個已經死了，沒理由逼著另外一個爲她殉葬。

子期哭訴：「那樣的一個可人兒，漂亮，浪漫，又熱情如火，我既然遇上了她，又有什麼能力不愛上她呢？我告訴她我已婚，我沒有欺瞞過她，可是她說她不在乎。我想，那好，既然大家說清楚了，就都沒有負擔。可是我沒想到，彼此愛得越深，痛苦也越深，並不是不求天長地久就可以真正瀟灑，就可以沒有負罪感。我所以後來跟她提出分手，我不是不愛她，是愛得太累。我真地很想結束。我不知道她懷了孕，她沒有告訴過我……」

「可是，如果她告訴你了呢？如果她告訴了你事情就會不一樣了嗎？」

子期一窒，眼神更呆了，「我不知道。我沒想過。我只是一個平凡的人，像我這樣的人又不只是我一個，可是爲什麼偏偏我就會遇到這樣的悲劇……」

我看著他。不錯，他說得沒錯，他並不是什麼大奸大惡，他不過是一個沒有擔代的俗人。可是這世上又哪裡有什麼真正不共戴天的血海深仇或者滔天罪惡，有的，也不過是這些個平庸粗鄙自私自利的俗人，見到美色便如蒼蠅一樣湧上去，出現麻煩就跑得比誰都快，待到事情結束又以酗酒流淚演一齣寶玉哭靈，然後餘生都以此自慰：我本是一個平凡的人，可是因爲有過一段頗不平凡的愛情經歷，所以我這一生怎麼說也是與眾不同的……

我厭惡他們。然而黛兒……

秦鉞說過，黛兒既然在生命最後時刻仍牽掛子期，就絕對不會恨他，如果我代她去恨，就是辜負了她的愛。

一個喜歡讀《小王子》和《人魚公主》的黛兒是不會恨她的愛人的。

黛兒一直嫌我苛責子期。如果她看到子期這般傷心流淚，而我仍然不依不饒，必定不會開心。

我長嘆一聲，終於說：「你不必向我解釋什麼，因爲，黛兒從來沒有恨過你。她如果在天有靈，只會爲你祝福，永遠祝福。」

高子期疑惑地抬頭望著我，我點點頭，對他微笑。

是的，我終於又微笑了。許久以來，第一次由衷地笑。

讓仇恨結束，讓悲劇結束。微笑的人是美麗的，微笑的世界是美麗的……

是夜雲淡風清，明月如洗。

我在漫天星辰的照映下走上城牆。

秦鉞一如既往地在夜的城頭等我，渾身鎧甲如一尊雕像，偉岸而堅定。

他是我永遠的神。

他說：「現在，忘記仇恨了嗎？」

「我想，我仍在學習。」

我迎著他走過去。「秦鉞，爲什麼不斷要我學習寬恕？爲什麼不能教世人學習不再背叛，從而也就不需要寬恕？爲什麼這世上那麼少人懂得尊重感情？爲什麼男人不再視呵護他們的女人爲己任，而要令她們傷心流淚甚至死亡？」

「也許，世間萬物都有著物極必反的規律吧。人的心也一樣，當物質極大豐富的時候，感情反而貧瘠了。但是我相信，天地不老，人心永恆，總有人按照應有的道德規則在做人，總有人敬重感情如敬神明，也總會有真正的男人和女人，他們使世界萬物遵循著應有的陰陽平衡，循環往復，直到永遠。」

「可是，除了你，我從未見過一個真正的男人。」

「總會有的。既然世上有了你這樣一個真正的女人，就必然會重新出現真正的男人。」

「真正的女人？我？」

「不錯。」

「可是我並不美麗，也不夠溫柔，又有許多缺點……」

秦鉞笑了：「真正的女人並不等於完美的女人。你曾經跟我提到過什麼維納斯的雕像，或許維納斯是美的，可是一個斷臂的美女對人類又有什麼貢獻呢？一個真正的女人，應該健康、真實、正直、充滿愛心，她對整個世界、對所有的生命，有著最無邪的尊重與信任，她要懂得感恩，拒絕傲慢，以寬恕和溫和對待傷害，即使生活在最複雜的塵間，面對最殘酷的遭遇，也依然保有童真的心靈，每一個人將因爲認識她而快樂……」

這番話好不熟悉。我想起小王子曾說：

「你會因爲認識了我而感到高興。你將永遠是我的朋友。你會想要同我一起笑。有時，你會爲了快樂而不知不覺地打開窗戶。你的朋友們會奇怪地看著你笑著仰望天空。那時，你就可以對他們說：『是的，星星總是引我歡笑！』……！」

風吹過，傳來黛兒銀鈴般的輕笑。

我仰起頭，不知道黛兒的魂靈此刻棲息於天空上的哪一顆星，她可有看到星光下的我，永遠懷念著她的友誼？

忽然腳下一個趔趄，我整個人向後倒去，本能地驚叫：「秦鉞救我！」

秦鉞身爲戰士，訓練有素，及時出手相助。

我們的手，我們的手自空中交錯而過。

在那一個明明已經互握的瞬間，卻又明明白白地錯過。錯過了，一——千——年！

我重重摔倒，不可置信地睜大眼睛望著他。

這是我們的第一次握手，可是我卻握到了一把虛空。

原來如此！

我終於知道，他並不是一團冰，也不是一塊鐵，他什麼也不是，一片虛無。

太殘忍！

秦鉞慘然地回望著我，完全被這意外的真實打倒了。他的眼中無限慘痛，漸漸變得空洞。

我忽然無比恐懼，我知道我要失去他了，我叫：「秦鉞！」

可是他已不肯回應。

他是一個真正的男人，視保護女人爲天職。他曾爲保衛疆土付出生命，然而今天，今天已經不是秦鉞的時代。和平年月沒有戰爭，不再需要男人們金戈鐵馬地爲他們的女人浴血沙場，要的，不過是些微的溫存，柴米油鹽的細碎殷勤，可是秦鉞，他眼看著至愛的女子捽倒，甚至沒有能力出手攙扶。

這樣的真實已不是秦鉞可以承受，他的世界在那一刻粉碎。他再看我一眼，我在他眼中看到荒涼。

然後，他轉身絕然離去。

我淒厲地喊著他的名字：「秦鉞！」

不可以，我的至愛，不可以就這樣走出我的生命。我躍起，腳踝一陣撕裂般的疼痛，重新捽倒在古城牆上。

秦鉞！我慟哭，眼睜睜看著他在月光下漸行漸遠，終至消失。

我絕望地捶打著城磚，放聲痛哭。

秦鉞曾經說過，「我們是爲了保護女人而戰的，這是男人的天職。可是，我卻還沒來得及真正認識一個女人，同她轟轟烈烈地愛一次。」

「如果多年之後，有一個女子，純潔善良，一如明月。她會出現在這城牆之上，於月光下讀出我血浸的名字。那時，我的精魂將附在這城磚上重生，與她生死相愛。」

秦鉞還說：「我向上官老師學藝之時，婉兒尚在襁褓中。老師曾戲語，要將婉兒許我爲妻。」

「老師死前，曾遺命我一定要照顧好婉兒。可是當年秋天我即戰死城頭，甚至沒有機會再看婉兒一眼。這件事，至今都是我心頭憾事。」

……

我知道，如今秦鉞終於完成他的誓願，帶著最大的滿足與最痛的遺憾離去，再不會與我相見！

他已經擁有了我的愛情，可是他卻無力擔負這一份愛。生命中一切的感情與承擔都要以生命本身爲載體，而秦鉞，徒然擁有天下最高貴的品德與最偉大的心靈，卻唯獨沒有生命。於是他只有離去！

只有離去！

夜的星辰下，月光如洗，照著城磚上「秦鉞」的名字。疼痛與絕望如潮水一般地湧來，令我無法抵擋。與秦鉞永不再見的事實是我從來連想也不敢想的，可是如今它就以這樣殘忍而突然的方式橫亙在我面前。那個我至愛的人，那個整個改變了我的一生的偉大靈魂，就那樣一步步絕望而真切地走出我的視野，我的生命。

秦鉞！我心如刀割，昏倒過去……

# 十四　花好月圓

病癒後，我嫁給了唐禹。

當理想的愛情完全幻滅，我唯有抓住我現世的幸福。

有些人因為愛而地老天荒，也有些人因為**地老天荒**而愛。都不失為一種幸福。我相信自己必會與唐禹**白頭偕老**。

當哥哥在古城牆上找到我，也就找到了我常常在午夜失蹤的謎底。

只是，他無論如何不能相信我是在約會一個神秘的唐朝情人，只當我發燒說胡話，大把大把地餵我退燒藥。害我一直睡一直睡，很長一段時間都昏昏沉沉。

有時睡不著，我會整夜痛哭。

唐禹披著睡袍便趕過來，緊緊擁抱著我，也徹夜不眠。

我在他的懷抱中安然睡去。彷彿回到小時候。

不記得小時候，母親有沒有這樣擁我入眠。

我向唐禹要求：「唱一支催眠曲來聽聽。」

唐禹爲難：「你知道我五音不全，不會唱歌。」

但是禁不住我再三要求，終於開口：「憶昔笄年，生長深閨院……」

我大驚躍起，頭撞在床欄上，也顧不疼，睜大眼睛問：

「你怎麼會知道這支歌？難道你也……」

唐禹莫名其妙：「我從電視劇裏聽來的，人人都會唱啊。」

我軟倒，哭笑不得。剛才聽到《傾杯樂》的一刹那，我還以爲唐禹也是舊唐人物呢。

稍好一些的時候，唐禹逼著我去見心理醫生。

我抗議：「他們會把我當成怪物解剖。」

唐禹說：「誰說的？程醫生每天預約多得不得了，沒見他把誰送上解剖台去。」

我可以想像，在程醫生處，一定有機會聽得到比我更荒誕的經歷和故事，他早已被磨煉出鐵石心腸。

我決定以沉默對待他的種種追詢。

然而程之方並不是一個打破沙鍋的人。

同時他也並非衣冠楚楚，一本正經。他就穿著家常的棉布襯衫，休閒褲，懶人鞋。我在黛兒的薰陶下對男人的穿著十分挑剔，故而認爲他的品味頗值得商榷。

「嘿，你好，我是程之方。」他同人面對面打招呼亦好像回答電話留言，但態度是誠懇的，至少是扮誠懇扮得很到家。「你可以叫我程醫生，也可以叫我之方。」

我微笑不語。做記者的經驗告訴我，對一個饒舌的人，如果你不說話，對方就一定會自然而然地說更多的話。

現在的程醫生就是這樣。

「你很不愛說話是嗎？」他仍然維持著誠懇的笑容，推心置腹地說：「其實我小時候也很不喜歡說話，因爲這個，總是被同學捉弄……」

他從幼稚園時代講起，一直講到大學生活及他的第一次戀愛。「我的第一個女朋友是大三那年談的，是我同班同學，所以當然不會是一見鍾情，但是日久生情呢倒也談不上。照心理學的角度分析，不過是因爲周圍同學都戀愛了，我們受到觸動，於是也搭了末班車。可是兩個研究心理學的人在一起，雖然是初戀，卻一點神秘感也沒有，兩個人交往好比課外實踐，一邊談戀愛一邊忙著分析對方心理，分明是完成實習作業……」

我笑起來，情緒放鬆許多。

程之方攤開手：「所以你看，心理醫生也是人，也一樣有心理障礙。」

「那麼，你又怎樣治病救人呢？」我問。

他大吃一驚：「治病救人？我有那樣說過嗎？不不不，我才沒那麼偉大。第一，心理輔導不是治病。來到我這裏的，是客戶，不是病人；第二，我也沒有救人，人只能自救；第三，心理醫生是一項職業，而不是一種保障。我做心理醫生不等於自己沒有煩惱，就像你是演員，但也一樣會喜歡看電影一樣。」

我得承認，無論程之方是不是一個好醫生，但他的確是一個好的談話對手。

第三次見面的時候，我才肯稍微透露關於黛兒的倩女離魂。然後是上官婉兒的再世記憶。直到兩個月後，我才終於向程之方談起秦鉞。

意外的是，他並不驚訝，甚至很平和地說：這很正常，典型文藝工作者的常見病。

於是，輪到我驚訝。「那麼，你常常會遇到見鬼的病人麼？」

見鬼。可不就是見了鬼？

程醫生微笑，非常溫和誠懇令人嘆爲觀止的一個職業性的微笑。

「相信我。」程之方說。這句「相信我」同他的經典微笑一樣，都是他獲取成功的重要法寶之一吧？

「相信我，秦鉞只是你的想像，人間不可能有那麼純粹的精神之愛。你太追求完美了，在世俗的生活中得不到，就向幻想中追尋。這種豐富的想像力，正是你女性魅力的一部分，但太過誇張，就不節制。而成年人應該懂得控制自己的情緒，合理選擇記得或者忘記一些事，包括想像力。你認爲我說得對嗎？」

我低下頭捂住臉。有淚水自指縫間落下。不不，秦鉞不是我的柏拉圖之思，那是一場真正的戀愛，刻骨銘心。永生不能忘記。

這是我第一次在程之方面前落淚。

我本以爲他接下來一定會有更多的理論要傳述，可是意外地他竟難得地沉默了。當我擦乾淚抬起頭時，發現他一臉茫然。

跑心理診所成爲我每週兩次的固定功課。

在那裏，永遠有一杯新鮮的果汁和程之方誠懇的微笑在等著我。

答錄機「軋軋」地轉著，我閉上眼睛，囈語般念著秦鉞的名字，向之方說出我的經歷，古城月夜那些刻骨銘心的相會。

程醫生十分同情而理解地聽著，然後用他的術語將一切合理化。

「你的情況很典型，屬於心理疾病的一種，俗稱情緒壓迫症。」他說，語氣平和而不容置疑。

根據他的分析，所有關於秦鉞乃至黛兒靈魂的故事，都是我自己的臆想所致——由於我自小性格孤僻，長期壓抑，所以幻想出了一個秦鉞，並沉浸在這種精神戀愛中不可自拔。秦鉞的離去，其實是我為自己尋找感情解脫的一種理由，是明知沒有結果而不得不面對的一種逃避。換言之，是一種康復，一種自我拯救的方式。這證明我說到底還是一個清醒的人，理智的人。

「我當然是一個清醒的人，」我不滿於他的分析，「我從來不認為自己是瘋子。」

「我也不會認為你是瘋子。」程之方繼續他的標準的微笑。「誰都知道唐豔是一個最好的演技派明星，遠遠比一般人聰明敏感得多。但，也許這就是你的癥結所在。」

「你是說……所有的一切不過是我的職業病？」

「依照通俗一點的說法，可以這麼說吧。你扮演上官婉兒，於是就把自己當成婉兒轉世，這是由於演員對自己扮演角色的過分投入，一種弄假成真的超級敬業。許多演員都聲稱自己每演一場戲就像死過一次，也是基於這同樣的原因。事實上，來這裏診治的客人，最多的就是演藝圈裏的人。因為他們日與夜往往進行著兩種角色，活在不同的身分背景裏，極容易產生情緒紊亂。所以，在這個行業裏，有許多人都有自己固定的心理醫生，定期接受心理按摩，你不過是其中個案一例罷了。不過，由於你的成長經歷比較特殊，所以你的情況要也比他們略爲嚴重。」

我倒好奇起來：「很多同行來這裏？說說看，都有哪幾個？我認不認識？」

程之方板起臉：「你挑戰我的職業道德。」

這種地方他從不馬虎。

我漸漸視與之方對話爲生活中最佳娛樂。很多時候，我們更像是朋友交談。雖然我知道，在那裏的每一分鐘，都需要唐禹付出高額診金。

「老程。」我這樣稱呼之方，儘管我心裏對他是尊重的。「我認爲，你應該從我的收費單子裏扣除你關於小時候尿床得痲疹這些敘述的時間，因爲那些是你在說我在聽，爲什麼你不付我費用？」

「你不如建議，我們應該像外國人吃西餐，各付各的帳單算了。」程之方諷刺。

我立即拍手。「我贊成。這樣最公平不過。」

「可是我從沒有同你說過我小時候尿床的事。」

「是嗎？我以爲你已經說了。我覺得你從小到大事無鉅細都已經向我報告完了，就好像是我看著你長大似的。」

「你敢對本醫生不敬！」程之方抗議，但接著他笑起來，撓著頭說，「真是的，不知不覺同你講了那麼多。」

「就是了，所以說你該付我費用。」

雖是說笑，但是隔了幾天，程之方忽然開了一張支票給唐禹，數目正是我這些日子以來就醫的診金總額。

唐禹驚訝：「程醫生，小妹一直讚你高明，我也覺得她進步顯著，從沒有想過要向你討回診金啊。」

可是程之方十分認真：「我自認爲不是一個好醫生，不能接受你的診金。」

「爲什麼？」

「因爲，作爲一個心理醫生，基本職業操守就是不能同他的病人發生感情。」

唐禹大驚。

程之方繼續豪情萬丈地自我剖析：「我錯了，我沒有在治療過程中把握住恰當的分寸和立場。我弄不清自己的身分位置。我常常會忘記自己是個醫生。我的傾訴往往比客人還多。每當見到唐豔，我就有一種說話的衝動。這段日子以來，我相信唐豔已經成爲這世界上最瞭解我的一個人，我也通過她的訴說徹底瞭解了她。她的內心世界太豐富，太美好，也太神奇了，我沒辦法不被吸引。一方面我爲她診治心理疾病，可是另一方面，我自己卻患上了一種心理常見病——相思病。」

他這樣長篇大論地說著，看到唐禹的表情越來越複雜迷惑，他還以爲是自己的訴說不夠明確，終於簡明扼要地下結論：

「唐先生，我愛上了你的妹妹。」

「可是，唐豔不是我親妹妹。」唐禹木木地說。

程之方愕然：「你說什麼？」漸漸懂了，臉上浮現出慘痛失落。

唐禹反倒清醒過來：「你不知道嗎？」他諷刺地看著對手，「看來你對她的『瞭解』還相當有限啊。」

從那以後，唐禹不許我再去程之方處就醫。

程之方把電話打到家裏來，苦苦哀求：「唐豔，你必須見我一面，不然我會發瘋。」

但是我相信一個心理醫生必有辦法自我調解，並不同情。

家裏電話鈴一直響個不停，唐禹索性將插頭拔掉，並考慮給我另找醫生，但是我自己認爲完全沒有必要。

我已經好了，至少，再不會輕易頭昏。

老程有一日在家門口堵住了我。

我陪他到附近小花園，坐在冷杉下看葉落。

天氣冷下來，又到冬天了。

一年前，我就是在這樣的日子裏與秦鉞相遇相愛。

才不過過了一年麼？我幾乎覺得自己已經走過一輩子。

可是有時候，又覺得一切只是昨天。

我嘆了口氣。

一陣風過，針葉密匝匝落了一身。

之方一根根地拂去，嘆息：「唐豔，記得我同你說起的我的初戀嗎？事實上，後來我又幾次戀愛，都因爲自己的職業病不歡而散。」

職業病。這是誰發明的現代名詞？

演員富於幻想稱之爲職業病，醫生不能戀愛也歸罪於職業病。

我笑而不答。

之方繼續長嘆：「我真是怕你的笑容。那麼安靜，透析一切似的，讓人忍不住想對你傾訴。那真是所有心理醫生都可望不可及的境界，要對著鏡子天天做拉皮練習的。」

心理醫生不愧爲心理醫生，竟可以形容得這樣好。其實，那不過是往日記者生涯的能力積累，若沒這兩下子，如何令被採訪對象盡訴衷情。

原來職業病也有好的。我笑了。

老程繼續說：「我太瞭解女性心理，所以談戀愛總不能進入狀況。可是這一次不一樣，這一次我完全沒有準備要戀愛，我只是盡一個醫生的責任在聽你訴說，可是不知不覺，我自己說了太多。而你的故事，又那樣打動我，讓我常常在傾聽的時候忘記自己的分析能力，又那樣我好像尋幽覓勝那樣一步步深入你的內心世界，可是走得越遠便發現那世界越瑰麗，無窮無盡。所有我不曾嘗試過的戀愛的神秘感，盼望猶疑，患得患失，如今我都一一嘗試了。我知道，我是在戀愛。唐豔，我以一個心理醫生的職業精神向你保證：我是在戀愛，我會永遠地愛你。」

也許一個心理醫生的愛比任何其他職業人士的愛都更感性也更理性，甚至更有保障。可是我不打算接受。

「之方，原諒我，你對愛情的嚮往和理解同我的並不一樣。我也不想日後對著一個心理醫生，讓他像解剖白鼠一樣每天剖析我，分解我。你說過，我的心理太複雜，也許正是這複雜吸引了你。你愛的不是我，而是你自己的職業。我是對你職業能力的一個挑戰，一道新的課題，你忍不住要進一步瞭解我，直到我完全透明地展示在你面前。可是如果真有那一天，我對你的吸引力也就完全消失；而如果那一天始終不來，又未免令你失望。那將是一個令人疲憊的過程。很抱歉我不是一個喜歡自討苦吃的人，也沒有這份『明知山有虎，偏向虎山行』的魄力。我們兩個，並不合適。」

老程驚訝：「你的分析似是而非，蠻專業的樣子，像足心理醫生，如果你肯改行，一定是我們中的佼佼者。你從哪裡學來的這套論調？」

我莞爾：「我是『久病成良醫』，你卻是『能醫者不自醫』。」

之方苦笑：「至少，當我是你的朋友。」

「這個自然。」

程之方點點頭，拈下肩上最後一片扁平的針葉，珍重地放進上衣口袋裏，然後才伸手與我重重相握。

我走出很遠的時候，回過頭，仍然看到程之方站在冷杉下向我遙望。

我沒有停留，亦不再回頭。

只爲我明白，有時候加以援手，無異於落井下石。

黛兒以前說過，我似乎總有辦法與男生成爲老友，如兄弟姐妹般相處。以至於在她處愛情碰壁的小男生們個個跑到我這裏來尋求友情安慰。

我一直不知道這是優點亦或缺點。

但是夏九問和程之方後來的確都成爲我的手足兄弟。

而手足兄弟的唐禹，卻成了我的丈夫。

過年的時候，父親正式托關伯伯向我代達心意，希望我永遠留在唐家，由唐家女兒移位唐家媳婦，親上加親。並說這也是媽媽的遺願。

媽媽的遺願。

世上沒有一座山會比這更重。

我同意了。這是我用一生回報唐家恩德的最好方式。

我已經得到過世上最珍貴最難得的愛情，便從此一生孤獨，也無遺憾。

更何況，唐禹雖然並不是我理想的男子，但他不失爲一個好人，而且，我們彼此關心，情同手足，這些瞭解與親切足以保障我們一生一世的平穩生活。

結婚那天，客人來了許多，男賓都衣冠楚楚，女賓花枝招展，但沒人能壓得住藍鴿子的風采。她與夏九問挽臂而至時，引起不小的一陣轟動。

婚禮沒有驚動媒體，但那些神通廣大的記者還是聞風而至，自來熟地討一杯喜酒，然後敬業地舉著相機追著我拍照。

記者的確不容易。而我曾經也是其中一員。

我問藍鴿子：「當初有無討厭我？」

「怎麼會？」她嘴角浮起一個職業性的微笑。但停一下，又說：「不過你那時也真是討厭，窮追猛打，不依不饒。」

「沒辦法，討生活。」

夏九問送了很重的禮，握手時他對我說：「真是遺憾你沒有選我，我仍然愛你。」

我微笑：「這是我今天聽到的最好的祝福。」

我們共飲一杯。

也許他的心並沒有他的話那樣動人。但既然娛已娛人，聽在耳中又舒服，誰要尋根問底。

多少年後，他會對子孫說：「知道那個演過上官婉兒的女明星唐豔麼？她曾是我當年的夢中情人。」

而我，亦可以驕之親友：「知道名編劇夏九問吧？他曾追求於我。」

所以人非得出名不可，出了名才有被人提起的資格。

借我的婚禮，藍鴿子正式公開自己與夏九問的愛情關係，一舉奪走所有的記者鏡頭。

我微笑，她以後會更加出名。選擇夏九問做終身歸宿而沒有選擇那些擁圍前後的老闆富豪，是她的明智之舉，也是高明之處。藍鴿子，始終都是我尊重且珍惜的一位摯友。

我在來賓中留心細看，並沒有發現那位黑衣貴婦的身影，不僅鬆一口氣。稍頃卻又有些許失望。

一切都過去了。雁飛去，藍天無痕。

結婚後，我做了全職太太，沒有再拍戲，卻開始寫劇本，全部是有關唐宮的故事。

那些神出鬼沒的記憶片斷仍然時時在我腦海中閃現，我沒有再告訴任何人，而是把它們變成了文字。

我成了一個作家。一個明星作家。

圍繞我的記者更多了。

爸爸很高興。比起演員女兒，他更希望有個作家兒媳，以示自己家學淵源，教女有方。如今他也開始逢人便說：「知道唐豔嗎？那個新進作家，她是我閨女，也是我兒媳婦！」

唐禹還是老樣子，生意有時虧有時賺，小勝即喜，略有挫折便回家來向老父求助。我想他一生都會這樣平庸地度過，但這是我自己的選擇，我並無抱怨，亦無後悔。

是的，我不愛唐禹。我曾深深愛過，所以知道愛是怎麼回事。

但，我關心他，尊重他，亦可以毫不勉強地寬容他，遷就他。這對於夫妻來說，已經足夠。

愛情是愛人的事。寬容和理解才屬於夫妻。

我與唐禹，有過共同生活二十餘年的寶貴經驗，連試婚都可省卻。

這是現時代的青梅竹馬。

只是，每當月光皎潔的晚上，我仍會感到深深的孤獨與思念。

我知道，我與秦鉞已經不可能再見，但我堅信他必在冥冥之中關注我，陪伴我，永遠與我同在。因爲他，我愛這世上的每一顆星星，每一片雲，愛每一個白天與黑夜，月缺與月圓。

唐禹醒了，找到花園裏來。「怎麼，又失眠？」

我回頭，給他一個溫暖的笑。「是，最近用腦過度，有點累。」

「在寫什麼？」

「一部叫做《執子之手》的長篇。類似『郎騎竹馬來，繞床弄青梅』的故事。」

「他們可有我們這樣好的結局？」

「我還不知道。故事才剛剛進行到一半。」

我常常如此，在動筆寫一個故事之前，完全不瞭解它會向哪個方向發展。故事裏所有的人物都有他們自己的命運，悲歡離合並不由我左右。與其說我在操作故事，不如說是故事控制了我。

唐禹為我披一件繡滿蛺蝶的白色真絲睡袍，那是黛兒留給我的唯一遺物。

「寫個團圓的喜劇吧，我喜歡看喜劇。」

「好。」我慷慨地答應他。

真實人間的悲劇已經太多，怎忍讓虛構的世界再殘缺不全？

星空下，我們深深擁抱。當理想的愛情完全幻滅，我唯有抓住我現世的幸福。一再的失去，更讓我更懂得擁有的可貴。

有些人因為愛而地老天荒，也有些人因為地老天荒而愛。都不失為一種幸福。

我相信自己必會與唐禹白頭偕老。

又過了一年，我懷孕了。

並沒有夢到金甲神人賜以秤杆。

我想這樣也好，至少可以保證前人的命運不會再被重複往覆了。

唐禹怕我勞累，不許我再每天對著電腦寫作。

我於是考慮學習一樣樂器消遣。

唐禹找了許多資料來研究，最後替我報了一個琵琶學習班。

日子在弦索間於指上劃過。我並沒有無師自通。這反而讓我感到平安。

一品、二品、三品……按部就班。當學到「象」的時候，我的肚子已經不容許膝上再承擔一隻琵琶。

學習被迫終斷。但是我已經學會彈《賣報歌》。

「啦啦啦，啦啦啦，我是賣報的小行家，大風大雨地滿街跑，走不好，滑一跤，今天的新聞真正好。一個銅板就賣兩份報……」

很簡單的曲子。我喜歡簡單。

十月懷胎，一旦分娩，所有的人都激動而興奮。

做了爸爸的唐禹驚喜地大聲叫著：「男孩！是個男孩！」

孩子被抱到我跟前，我忽然心中一驚：那孩子，五官分明，嘴角緊抿，竟然酷似秦鉞。

秦鉞！

我笑了。如果你看到我的微笑，你會知道天下最美麗的容顏是什麼——那是一個充滿希望和信任的母親對世界最真誠的祝福。

因爲我知道，悲劇將從此結束，而這世上，終於又會有一個真正的男人了！

# 來自大唐的情人

作者：西嶺雪
出版者：風雲時代出版股份有限公司
出版所：風雲時代出版股份有限公司
地址：105台北市民生東路五段178號7樓之3
風雲書網：http://www.eastbooks.com.tw
官方部落格：http://eastbooks.pixnet.net/blog
信箱：h7560949@ms15.hinet.net
郵撥帳號：12043291
服務專線：(02)27560949
傳真專線：(02)27653799
執行主編：朱墨菲
美術編輯：芷姍
版權授權：劉愷怡
法律顧問：永然法律事務所　李永然律師
北辰著作權事務所　蕭雄淋律師

初版日期：2011年8月
ISBN：978-986-146-784-9

總經銷：成信文化事業股份有限公司
地　址：台北縣新店市中正路四維巷二弄2號4樓
電　話：(02)2219-2080

行政院新聞局局版台業字第3595號 營利事業統一編號22759935


定價：250元



國家圖書館出版品預行編目資料

來自大唐的情人／西嶺雪著；-- 初版. --
臺北市：風雲時代，2011.07　面；公分

ISBN 978-986-146-784-9（平裝）

857.7　　100009622